Cervantes' *Novelas ejemplares*, II

European Masterpieces
Cervantes & Co. Spanish Classics Nº 50

General Editor: TOM LATHROP

MIGUEL DE CERVANTES SAAVEDRA

Novelas ejemplares, II

La española inglesa
El licenciado vidriera
La fuerza de la sangre
La ilustre fregona

Edited and with notes by

FRANCES LUTTIKHUIZEN

Introduction by

FRANCES LUTTIKHUIZEN
and
MICHAEL J. MCGRATH
Georgia Southern University

Cervantes & Co.

NEWARK ❧ DELAWARE

Copyright © 2011 by European Masterpieces
An imprint of LinguaText, Ltd.
270 Indian Road
Newark, Delaware 19711-5204 USA
(302) 453-8695
Fax: (302) 453-8601

www.EuropeanMasterpieces.com

MANUFACTURED IN THE UNITED STATES OF AMERICA

ISBN: 978-1-58977-053-9

Table of Contents

Introduction to Students

THE PURPOSE OF THIS edition of four stories from Cervantes' *Novelas ejemplares* (1613), or *Exemplary Stories*, is to make more accessible to non-native speakers of Spanish a book whose author "presupposes an active reader who will put the text on the stage of his own productive imagination, and reconciles in this way what might appear otherwise as weaknesses of the literary artifact."[1] The *Novelas ejemplares* were an immediate best seller: four editions appeared in the first ten months, and a total of twenty-three editions were in circulation before the end of the seventeenth century. These stories have captivated readers over the centuries.

In the Prologue to the novellas, Cervantes gives four reasons why people should read them: they are harmless entertainment; they contain profitable examples; they are original—not translations—; and they all contain a hidden mystery.

THE LIFE OF MIGUEL DE CERVANTES Y SAAVEDRA

Cervantes was born in Alcalá de Henares, a university town twenty miles north of Madrid, in 1547. While his exact date of birth is unknown, it is believed he was born on September 29, which is the Feast of Saint Michael, and baptized on Oct. 9. He was one of seven children born to Rodrigo de Cervantes, who was a barber-surgeon (medical practitioner), and Leonor de Cortinas.

Following several unsuccessful years in Valladolid, Cordoba and Seville, Rodrigo de Cervantes moved his family to Madrid in 1566. During this time, Cervantes, who was a disciple of the humanist priest Juan López de Hoyos, composed a sonnet that he dedicated to Queen Isabel de Valois, who was the wife of King Philip II. In addition, he wrote four

---

1 Michael Nerlich, "Juan Andrés to Alban Forcione: On the Critical Reception of the *Novelas ejemplares*," *Cervantes's Exemplary Novels and the Adventure of Writing* (Minneapolis, MN: The Prisma Institute, 1989) 39.

poems in honor of the Queen upon her death a year later. López de Hoyos published the poems shortly after the Queen's death.

Cervantes moved to Rome to work in the household of Cardinal Giulio Acquaviva at the age of twenty-two. The brief time Cervantes spent in Italy afforded him the opportunity to learn about Italian literature, and the Italianate influence upon Cervantes' own literary style is discernible in many of his compositions, especially *La Galatea*, *Don Quijote*, and the *Novelas ejemplares*. Cervantes enlisted in the army in 1570 as a soldier and supported the Holy League, which consisted of soldiers from Spain, Italy, and Malta, in its battles against the Turkish Muslims. Cervantes fought valiantly in the Battle of Lepanto (Greece, 1571), a conflict that decided the future of Europe. In spite of a serious illness and a wound that crippled Cervantes' left hand for life, he disobeyed orders and refused to abandon his post.

After five years as a prisoner of war in Algiers, during which time he attempted to escape four times, Cervantes returned to Spain in 1580. He wrote about his experience as a prisoner in *El capitán cautivo*, one of the interpolated stories that appears in *Don Quijote*, and in *Los baños de Argel*, a play that noted Cervantine scholar Ángel Valbuena describes as "la forma más profunda dada por Cervantes, en cualquier género, al tema de su propio cautiverio y ambiente africano."[2] In addition to writing plays during this time, Cervantes published the first, and only, part of the pastoral novel *La Galatea* (1585). While this novel did not earn Cervantes the recognition he had desired, he included this genre in *Don Quixote*, which contains several pastoral narrations. Cervantes' relationship with Ana de Villafranca, who was married at the time, produced the writer's only child, Isabel de Saavedra. He married Catalina de Salazar y Palacios, who was from the town of Esquivias (Toledo), in 1584.

Cervantes worked as a purchasing agent of supplies from 1587-1594, during which time he lived in Seville. One of his duties included gathering food for the Invincible Armada, which waged an unsuccessful war against England in 1588. In 1592 Cervantes was found guilty of abusing his authority and sent to prison for a short time. He began to work as a tax collector in 1594, but three years later his mishandling of the gov-

---

2 Juan Luis Alborg, *Historia de la literatura española: Época barroca* (Madrid: Editorial Gredos, 1993) 60-61.

ernment's money landed him in jail once again. In spite of his personal setbacks, Cervantes continued to write. It is believed that he began his maſterpiece, *El ingenioso hidalgo don Quijote de La Mancha* while in jail.

Cervantes spent time in Madrid, Esquivias, and Toledo from 1597–1604. In 1604 Cervantes and his family moved to Valladolid, the city where King Philip III had eſtablished his royal court in 1601. Cervantes lived the laſt ten years of his life, however, in Madrid. During this time, he composed his beſt known literary accomplishments: *Novelas ejemplares, El viaje del Parnaso, Segunda parte del ingenioso caballero don Quijote de la Mancha, Ocho comedias y ocho entremeses,* and *Los trabajos de Persiles y Sigismunda.* Cervantes died on April 22, 1616, eleven days before William Shakespeare..[3]

NOVELAS EJEMPLARES

Cervantes writes in the prologue to the *Novelas ejemplares* that he is the firſt author to write original short ſtories in Spanish: "[…] yo soy el primero que he novelado en lengua caſtellana, que las muchas novelas que en ella andan impresas, todas son traducidas de lenguas extranjeras, y éſtas son mías propias, no imitadas ni hurtadas."[4] The *novela,* from the Italian *novella,* was a literary genre whose popularity reached new heights with Boccaccio's *Decameron* (1351).[5] During the next two centuries, however, several European authors experimented with different forms of the short ſtory. Cervantes' *Novelas ejemplares* represented "the profundity of the alteration which the genre experienced in this period."[6] The combination of Cervantes' maſtery of narrative techniques with the essential features of Boccaccio's ſtories produced Cervantes' moſt important literary accomplishment next to *Don Quijote.* Two Spanish writers who modeled their literary ſtyle after Cervantes' *Novelas ejemplares* were María de Zayas, whose *Desengaños amorosos* (1647;

---

3 The date of each author's death is based upon the Gregorian calendar. The English calendar during Shakeſpeare's lifetime was the Julian calendar, and according to it, Shakeſpeare died on the same day as Cervantes.

4 *Novelas ejemplares I,* ed. Harry Sieber (Madrid: Catédra, 1991) 13.

5 Boccaccio was one of Cervantes' main sources of inſpiration in the *Novelas ejemplares.* Seventeenth-century playwright Tirso de Molina referred to Cervantes as the "Spanish Boccaccio." Alban Forcione, *Cervantes and the Humanist Vision: A Study of Four Exemplary Novels,*" (Princeton: Princeton University Press, 1982) 31.

6 Forcione 23.

The Disenchantment of Love) is a collection of ten novellas, and Alonso Jerónimo Salas Barbadillo, who is the author of several collections of short stories.

The *Novelas ejemplares* appeared in print in 1613 when Juan de la Cuesta, whose presses produced the first editions of *Don Quijote* in 1605 and 1615, published the collection of twelve novellas. There is evidence that Cervantes wrote at least two of the stories, however, before 1613. Earlier versions of *Rinconete y Cortadillo* and *El celoso extremeño* were part of a manuscript anthology compiled around 1604 for Fernando Niño de Guevara, who was the Archbishop of Seville. When Cervantes applied for permission to publish his collection of novellas, the title was *Novelas ejemplares de honestísimo entretenimiento.*[7] This title, more so than the one by which the collection of stories is known today, emphasizes Cervantes' desire to entertain rather than preach to the reader:

> Mi intento ha sido poner en la plaza de nuestra república una mesa de trucos, donde cada uno pueda llegar a entretenerse, sin daño de barras; digo sin daño del alma ni del cuerpo, porque los ejercicios honestos y agradables, antes aprovechan que dañan. Sí, que no siempre se está en los templos; no siempre se ocupan los oratorios; no siempre se asiste a los negocios, por calificados que sean. Horas hay de recreación, donde el afligido espíritu descanse.[8]

Even though Cervantes subordinates the moral lesson of the stories, there is no mistaking the high moral tone of the *Novelas ejemplares*. In the Prologue Cervantes writes that he would rather cut off his one remaining hand than induce his reader to think or to act immorally: "[…] que si por algún modo alcanzara que la lección destas novelas pudiera inducir a quien las leyera a algún mal deseo o pensamiento, antes me cortara la mano con que las escribí, que sacarlas en público."[9] Cervantes

---

7 The abbreviated title may be attributed to Cervantes' desire to distinguish the stories from the questionable morality of some of the Italian novellas, including Boccaccio's *Decameron*, which the Romantic poet Samuel Taylor Coleridge condemned for its "gross and disgusting licentiousness." Quotation appears in Herbert G. Wright, *Boccaccio in England from Chaucer to Tennyson* (Fair Lawn, NJ: Essential Books, 1957) 319.

8 Sieber 52.

9 Sieber 52.

invites the reader to discover what he describes as "el sabroso y honesto fruto que se podría sacar, así de todas juntas como de cada una por sí."[10] The "delicious and honest fruit" about which Cervantes writes includes positive human qualities that the reader should imitate and negative behavior that the reader should avoid.

The majority of the *Novelas ejemplares* fall into two general classifications. The "romantic" novellas, also known as Italianate and idealist, are *El amante liberal* ("The Generous Lover"), *La fuerza de la sangre* ("The Force of Blood"), *La española inglesa* ("The English Spanish Lady"), *Las dos doncellas* ("The Two Damsels"), and *La señora Cornelia* ("Lady Cornelia"). Cervantes' "romantic" stories consist of a plot that centers upon love and adventure, a dialogue that includes song and poetry, and a resolution that is dramatic and coincidental. The "realistic" novellas, which may also be defined as picaresque, include *Rinconete and Cortadillo* ("Rinconete and Cortadillo"), *El licenciado Vidriera* ("The Glass Graduate"), *El celoso extremeño* ("The Jealous Man from Extremadura"), *El casamiento engañoso* ("The Deceitful Marriage"), and *El coloquio de los perros* ("The Colloquy of the Dogs"). In these stories, Cervantes blends his intimate knowledge of Spanish society with his own observations about its vices. The remaining two stories, *La gitanilla* ("The Little Gypsy Girl") and *La ilustre fregona* ("The Illustrious Kitchen maid"), fall into a third classification that may de defined as "hybrid" because the stories are a combination of "romantic" and "realistic." In *La gitanilla*, for example, Preciosa, the daughter of a chief magistrate, is raised as a gypsy, and the nobleman Don Juan de Cárcamo transforms himself into the gypsy Andrés Caballero in order to prove himself worthy of Preciosa's love. E. Michael Gerli notes how the dual nature of *La gitanilla* affects the reader:

> Indeed, from the opening words of the story, the narrative is fraught with misrepresentation and cunning illusion designed to defraud the careless reader while leaving the attentive one with a sense of awe and satisfaction as he discovers the work's intricate complexity, its subtle reversals, ironic contrasts, and parodic nuances.[11]

---

10 Sieber 52

11 E. Michael Gerli, "Romance and Novel: Idealism and Irony in *La Gitanilla*," *Cervantes* 6.1 (1986): 31.

While most scholars agree that the novellas fall into the category of "romantic," "realistic," or "hybrid," the classification of the stories has been a source of debate for a number of years.[12] Cervantes, as a master of deception and ambiguity, fuels this debate with a style of prose fiction in which there are few absolutes.

PLOT SUMMARIES

This selection of four more stories of the twelve that originally appeared in Miguel de Cervantes' *Novelas Ejemplares* (1613) provides a fascinating insight into how Cervantes used fiction to provoke thought regarding issues of moral conduct. Most of them are stories of *amour* that combine realism—rape, accident, kidnapping, poisoning, deceit— with idealism.

La fuerza de la sangre is a story of rape, forgiveness and reparation. The question of a young woman's honor —both public and private— was an important topic in Spanish literature at the time. Leocadia's attitude, her patience in adversity and her refusal to demand revenge are rewarded by marriage. The story is about Christian attitudes, not human justice.

La ilustre fregona narrates the adventures of two young boys — Tomás and Carriazo— of noble families turned *picaros* and who, on the way from their home in Burgos to the tuna-fisheries in southern Spain, are sidetracked when one falls in love with Costanza, a kitchen maid in Toledo, also of noble birth though she does not know it. It is a combination of romance between Tomás and Costanza, and the world of the water-carriers in Toledo, lived through the adventures of Carriazo.

The basic plot of *La española inglesa* is that of the plight of crypto-Catholics in Protestant England under Elisabeth I —a story kidnap, adventure, revenge, intrigue and drama—. The scenario is broad: England, Spain, Italy, and the Atlantic. It is a story of chaste love between a brave young man and a virtuous young lady that finally triumphs despite vicissitudes of exile, battle, violence and captivity.

El Licenciado Vidriera tells the story of Tomás Rodaja, a man poisoned by a woman whose attentions he spurns. Convinced he is made of glass, he goes about observing society and making satirical remarks,

---

12 Howard Mancing, "Prototypes of Genre in Cervantes' *Novelas ejemplares*," *Cervantes* 20.2 (2000): 127-150.

which attract a good following. Once sane again, he loses his credibility. The narrative can be divided into various parts: Tomás's student days in Salamanca; his trip to Italy; his return to Salamanca; his madness —the main focus of the story—; and his cure and death.

GRAMMATICAL NOTES

While sixteenth- and seventeenth-century orthographical and grammatical rules are significantly different from the rules of twenty-first century Spanish, contemporary readers are able to decipher many words and phrases due to their close resemblance to modern Spanish.

Although the original punctuation has been modernized, the vocabulary has been preserved. In this respect, you will find certain linguistic differences with modern-day Spanish. Examples of archaic Spanish are noted in the text either in the margins or in the footnotes, and include the following:

Contraction. Unlike today, the preposition *de* contracted with pronouns and demonstrative adjectives: *della* = *de ella*; *desta* = *de esta*.

Assimilation. The *–r* of the infinitive is assimilated to the *–l* of the pronouns *lo, los, la, las, le,* and *les*: *heredalle* = *heredarle*.

Enclitic. The placement of a pronoun on the end of a conjugated verb: *Vase* = *Se va*.

Future Subjunctive. The future subjunctive disappeared soon after Cervantes' time. The conjugation of the future subjunctive was similar to the ending of the past subjunctive, except for the last letter, which was an *–e* instead of an *–a*. Examples include *contentare, pidieren,* and *diere.*

Haber de + infinitive. The construction *haber de* precedes the infinitive forms of verbs and has different meanings when translated into English. This construction is commonly used to express a future action: *He de pagar* = *I shall pay.*

Vos. The predominant singular form of address in the *Novelas ejemplares* is *vos.* Its degree of familiarity is between the familiar *tú* and the more formal *vuestra merced* ("your grace"). Its conjugations are similar to today's *vosotros* forms (-áis, -éis, -ís).

Vocabulary in the margins

Words in the margins are those that many undergraduate students may not know. The first time a word appears, it is defined in the margin. Later appearances are not translated unless there it has a new meaning. In the text itself, a degree sign° follows the word that appears in the margin. For short phrases, the symbol ' precedes the first word and a degree sign° follows the last word.

Novelas ejemplares

Novela de
la española inglesa

ENTRE LOS DESPOJOS° QUE los ingleses llevaron de la ciudad de Cádiz,[1] Clotaldo, un caballero inglés, capitán de una escuadra de navíos,[2] llevó a Londres una niña de edad de siete años, poco más o menos; y esto contra la voluntad y sabiduría[3] del conde de Leste,[4] que con gran diligencia hizo buscar la niña para volvérsela° a sus padres, que ante él se quejaron de la falta° de su hija, pidiéndole° que, pues° se contentaba con las haciendas y dejaba libres las personas, no fuesen ellos tan desdichados° que, ya que quedaban° pobres, quedasen sin su hija, que era la lumbre° de sus ojos y la más hermosa criatura° que había en toda la ciudad.

Mandó el conde echar bando° por toda su armada° que, so pena de la vida,[5] volviese la niña cualquiera que la tuviese; mas ningunas penas ni temores fueron bastantes a que Clotaldo la obedeciese; que la tenía escondida en su nave,[6] aficionado, aunque cristianamente, a la incomparable hermosura de Isabel, que así se llamaba la niña. Finalmente, sus padres se quedaron sin ella, tristes y desconsolados, y Clotaldo, 'alegre sobremodo,° llegó a Londres y entregó por riquísimo despojo a su mujer a la hermosa niña.

Quiso la buena suerte que todos los de la casa de Clotaldo eran católicos secretos, aunque en lo público mostraban seguir la opinión de su reina.[7] Tenía Clotaldo un hijo llamado Ricaredo, de edad de doce años, enseñado de sus padres a amar y temer a Dios y a estar muy entero en las verdades de la fe católica. Catalina, la

plunder

= devolvérsela, absence, begging, = puesto que

wretched

were left, light

child

proclamation, fleet

extremely happy

---

1 The English raided Cadiz in 1587 under Drake and again in 1596 under Essex.

2 **Escuadra de...** *fleet of ships*

3 **Voluntad y...** *wishes and knowledge*

4 Robert Dudley (1533-1588), Earl of Leicester (pronounced Leste).

5 **So pena...** *under penalty of death*

6 The terms **nave** and **navío** are used interchangebly, though **nave** generally designates a larger vessel.

7 The queen was Anglican.

mujer de Clotaldo, noble, cristiana° y prudente señora, tomó tan-   devout
to amor a Isabel que, como si fuera su hija, la criaba, regalaba e
industriaba;[8] y la niña era de tan buen natural,° que con facilidad   character
aprendía todo cuanto le enseñaban. Con el tiempo y con los rega-
5 los, fue olvidando los que sus padres verdaderos le habían hecho;
pero no tanto que dejase de acordarse y de suspirar° por ellos mu-   yearn
chas veces; y, aunque iba aprendiendo la lengua inglesa, no perdía
la española, porque Clotaldo tenía cuidado° de traerle a casa secre-   care
tamente españoles que hablasen con ella. Desta manera, sin olvidar
10 la suya, como está dicho, hablaba la lengua inglesa como si hubiera
nacido en Londres.

    Después de haberle enseñado todas las cosas de labor° que   needlework
puede y debe saber una doncella bien nacida, la enseñaron a leer y
escribir más que medianamente; pero en lo que tuvo estremo fue
15 en tañer° todos los instrumentos que a una mujer son lícitos, y esto   play
con toda perfección de música, acompañándola con una voz que le
dio el cielo, tan estremada que encantaba° cuando cantaba.   enchanted

    Todas estas gracias, adqueridas° y puestas sobre la natural suya,   = **adquiridas** *acquired*
poco a poco fueron encendiendo° el pecho° de Ricaredo, a quien   setting on fire, heart
20 ella, como a hijo de su señor, quería y servía. Al principio le salteó°   assailed
amor con un modo de agradarse° y complacerse° de ver la sin igual   like, take pleasure
belleza de Isabel, y de considerar sus infinitas virtudes y gracias,
amándola como si fuera su hermana, sin que sus deseos saliesen
de los términos° honrados y virtuosos. Pero, como fue creciendo   limits
25 Isabel, que ya cuando Ricaredo ardía° tenía doce años, aquella be-   was on fire
nevolencia primera y aquella complacencia y agrado de mirarla 'se
volvió° en ardentísimos deseos de gozarla y de poseerla: no por-   turned into
que aspirase a esto por otros medios° que por los de ser su esposo,   means
pues de la incomparable honestidad de Isabela (que así la llamaban
30 ellos) no se podía esperar otra cosa, ni aun él quisiera esperarla,
aunque pudiera, porque la noble condición° suya, y la estimación   character
en que a Isabela tenía, no consentían que ningún mal pensamiento
'echase raíces° en su alma.   take roots

    Mil veces determinó manifestar su voluntad° a sus padres, y   wishes
35 otras tantas no aprobó su determinación, porque él sabía que le
tenían dedicado° para ser esposo de una muy rica y principal don-   intended

---

    8 **Criaba, regalaba...** *she brought her up, lavished her with attention and*
taught her various skills

cella escocesa,° asimismo secreta cristiana[9] como ellos. Y estaba   Scottish
claro, según él decía, que no habían de querer dar a una esclava (si
este nombre se podía dar a Isabela) lo que ya tenían concertado de
dar a una señora. Y así, perplejo y pensativo,° sin saber qué camino   deep in thought
tomar para venir al fin de su buen deseo, pasaba una vida tal, que
le puso a punto de perderla. Pero, pareciéndole° ser gran cobardía°   seeming, cowardice
dejarse morir sin intentar algún género° de remedio a su dolencia,°   sort, ailment
se animó y esforzó a declarar su intento° a Isabela.   intention

    Andaban todos los de casa tristes y alborotados° por la enfer-   alarmed
medad de Ricaredo, que de todos era querido, y de sus padres con
el estremo posible, así por no tener otro, como porque lo merecía
su mucha virtud y su gran valor y entendimiento. No le acertaban°   surmised
los médicos la enfermedad, ni él osaba° ni quería descubrírsela. En   dared
fin, puesto° en romper por las dificultades que él se imaginaba, un   **dispuesto** *determined*
día que entró Isabela a servirle, viéndola sola, con desmayada voz y
lengua turbada le dijo: "Hermosa Isabela, tu valor, tu mucha virtud
y grande hermosura me tienen como me vees; si no quieres que
deje la vida en manos de las mayores penas° que pueden imagi-   sorrows
narse, responda el tuyo° a mi buen deseo, que no es otro que el de   = tu *deseo*
recebirte por mi esposa 'a hurto° de mis padres, de los cuales temo   hidden from
que, por no conocer lo que yo conozco que mereces, me han de
negar° el bien que tanto me importa. Si me das la palabra de ser   deny
mía, yo te la doy, desde luego,° como verdadero y católico cristiano,   this very moment
de ser tuyo; que, puesto° que no llegue a gozarte, como no llegaré,   = por supuesto
hasta que con bendición de la Iglesia y de mis padres sea, aquel
imaginar que con seguridad eres mía será bastante a darme salud°   peace of mind
y a mantenerme alegre y contento hasta que llegue el felice punto
que deseo."

    'En tanto° que esto dijo Ricaredo, estuvo escuchándole Isabela,   while
los ojos bajos, mostrando en aquel punto que su honestidad se
igualaba a su hermosura, y a su mucha discreción su recato.° Y así,   modesty
viendo que Ricaredo callaba, honesta, hermosa y discreta, le respondió desta suerte:° "Después que quiso el rigor° o la clemencia   way, harshness
del cielo, que no sé a cuál destos estremos lo atribuya, quitarme
a mis padres, señor Ricaredo, y darme a los vuestros, agradecida
a las infinitas mercedes que me han hecho, determiné que jamás
mi voluntad saliese de la suya; y así, sin ella° tendría no por buena,   = la *voluntad de ellos*

---

9 The terms **cristiano** and **católico** are used interchangebly.

sino por mala fortuna la inestimable merced que queréis hacerme.
Si con su sabiduría fuere yo tan venturosa° que os merezca, 'desde
aquí° os ofrezco la voluntad que ellos me dieren; y, en tanto que
esto se dilatare° o no fuere, entretengan° vuestros deseos saber que
los míos serán eternos y limpios en desearos el bien que el cielo
puede daros."

    Aquí puso silencio Isabela a sus honestas y discretas razones,°
y allí comenzó la salud de Ricaredo, y comenzaron a revivir las
esperanzas° de sus padres, que en su enfermedad muertas estaban.

    Despidiéronse los dos cortésmente: él, con lágrimas° en los
ojos; ella, con admiración° en el alma de ver tan rendida° a su amor
la° de Ricaredo, el cual, levantado del lecho,° al parecer° de sus
padres por milagro, no quiso tenerles más tiempo ocultos° sus pensamientos. Y así, un día se los manifestó a su madre, diciéndole en
el fin de su plática,° que fue larga, que si no le casaban con Isabela,
que el negársela y darle la muerte era todo una misma cosa. Con
tales razones, con tales encarecimientos° subió al cielo[10] las virtudes
de Isabela Ricaredo, que le pareció a su madre que Isabela era la
engañada° en llevar a su hijo por esposo. Dio buenas esperanzas a
su hijo de disponer a su padre a que con gusto viniese° en lo que ya
ella también venía; y así fue; que, diciendo a su marido las mismas
razones que a ella había dicho su hijo, con facilidad le movió a
querer lo que tanto su hijo deseaba, fabricando escusas que impidiesen el casamiento° que casi tenía concertado con la doncella de
Escocia.

    A esta razón[11] tenía Isabela catorce y Ricaredo veinte años; y,
en esta tan verde y tan florida° edad, su mucha discreción y conocida prudencia los hacía ancianos.° Cuatro días faltaban para
llegarse aquél en el cual sus padres de Ricaredo querían que su
hijo inclinase el cuello al yugo° santo del matrimonio, teniéndose
por prudentes y dichosísimos de haber escogido a su prisionera
por su hija, teniendo en más la dote° de sus virtudes que la mucha
riqueza° que con la escocesa se les ofrecía. Las galas° estaban ya a
punto, los parientes° y los amigos convidados,° y no faltaba otra
cosa sino hacer a la reina sabidora de aquel concierto;° porque, sin
su voluntad y consentimiento, entre los de ilustre sangre, no se

---

10 **Subió al...** *praised to the skies*
11 **A esta...** *according to calculations*

Marginal glosses:
- venturosa° — fortunate
- desde aquí° — from here on
- dilatare°, entretengan° — is delayed, occupy
- razones° — words
- esperanzas° — hopes
- lágrimas° — tears
- admiración°, rendida° — amazement, overcome
- la° — = el *alma*, bed, opinion
- ocultos° — hidden
- plática° — discourse
- encarecimientos° — earnestness
- engañada° — deceived one
- viniese° — = **aviniese** *agree*
- casamiento° — marriage
- florida° — budding
- ancianos° — old
- yugo° — yoke
- dote° — dowry
- riqueza°, galas° — wealth, festivities
- parientes°, convidados° — relatives, invited
- concierto° — agreement

efetúa casamiento alguno; pero no dudaron de la licencia, y así, se detuvieron en pedirla.

Digo, pues, que, estando todo en este estado, cuando faltaban los cuatro días hasta el de la boda,° una tarde turbó° todo su rego- *wedding, disturbed* cijo° un ministro de la reina que dio un recaudo° a Clotaldo: que su *rejoicing, official letter* Majestad mandaba que 'otro día° por la mañana llevasen a su pre- *the next day* sencia a su prisionera, la española de Cádiz. Respondióle Clotaldo que 'de muy buena gana° haría lo que su Majestad le mandaba. *gladly* Fuese el ministro, y dejó llenos los pechos de todos de turbación, de sobresalto° y miedo. *fright*

"¡Ay" decía la señora Catalina, "si sabe la reina que yo he cria- do a esta niña a la católica, y de aquí viene a inferir que todos los desta casa somos cristianos! Pues si la reina le pregunta qué es lo que ha aprendido en ocho años que ha° que es prisionera, ¿qué ha *= hace* de responder la cuitada° que no nos condene, por más discreción *poor thing* que tenga?"

Oyendo lo cual Isabela, le dijo: "No le dé pena alguna, señora mía, ese temor, que yo confío en el cielo que me ha de dar palabras en aquel instante, por su divina misericordia,° que no sólo no os *mercy* condenen, sino que redunden en provecho° vuestro." *benefit*

Temblaba Ricaredo, casi como adivino° de algún mal suceso.° *mind-reader, outcome* Clotaldo buscaba modos que pudiesen 'dar ánimo° a su mucho *cheer up* temor, y no los hallaba sino en la mucha confianza que en Dios tenía y en la prudencia de Isabela, a quien encomendó° mucho *charged* que, por todas las vías que pudiese escusase° el condenallos por *= excusase avoid* católicos; que, puesto que estaban promptos° con el espíritu a rece- *= prontos ready* bir martirio,°todavía la carne enferma rehusaba su amarga carrera.[12] *martyrdom* Una y muchas veces le aseguró Isabela estuviesen seguros que por su causa no sucedería° lo que temían y sospechaban, porque, aun- *would happen* que ella entonces no sabía lo que había de responder a las pregun- tas que en tal caso le hiciesen, tenía tan viva y cierta esperanza que había de responder de modo que, como otra vez había dicho, sus respuestas les sirviesen de abono.° *guarantee*

Discurrieron° aquella noche en muchas cosas, especialmente *they spoke* en que si la reina supiera que eran católicos, no les enviara recau- do tan manso,° por donde se podía inferir que sólo querría ver a *mild* Isabela, cuya sin igual hermosura y habilidades° habría llegado a *skills*

---

12 **Todavía la...** *the weak flesh still shunned its bitter course*

sus oídos,° como a todos los de la ciudad. Pero ya en no habérsela   ears
presentado se hallaban culpados,° de la cual culpa hallaron sería   guilty
bien disculparse con decir que desde el punto° que entró en su   moment
poder la escogieron y señalaron para esposa de su hijo Ricaredo.
Pero también en esto se culpaban, por haber hecho el casamiento
sin licencia de la reina, aunque esta culpa no les pareció digna° de   worthy
gran castigo.°   punishment

   Con esto se consolaron, y acordaron que Isabela no fuese vestida humildemente, como prisionera, sino como esposa, pues ya lo
era de tan principal esposo como su hijo. Resueltos° en esto, otro   resolved
día vistieron a Isabela a la española, con una saya entera de raso
verde, acuchillada y forrada en rica tela de oro, tomadas las cuchi-
lladas con unas eses de perlas, y toda ella bordada de ríquisimas
perlas; collar y cintura de diamantes,¹³ y con abanico° a modo de las   fan
señoras damas españolas; sus mismos cabellos, que eran muchos,
rubios y largos, entretejidos° y sembrados° de diamantes y perlas,   interwoven, strewn
le sirvían de tocado.° Con este adorno riquísimo y con su gallarda°   coif, graceful
disposición y milagrosa belleza, se mostró aquel día a Londres so-
bre una hermosa carroza,° llevando colgados de su vista¹⁴ las almas   carriage
y los ojos de cuantos la miraban. Iban con ella Clotaldo y su mujer
y Ricaredo en la carroza, y 'a caballo° muchos ilustres parientes°   on horseback, relatives
suyos. Toda esta honra quiso hacer Clotaldo a su prisionera, por
obligar a la reina la tratase° como a esposa de su hijo.   treat

   Llegados, pues, a palacio, y a una gran sala° donde la reina   drawing room
estaba, entró por ella Isabela, dando de sí la más hermosa muestra°   demonstration
que pudo caber° en una imaginación. Era la sala grande y espa-   fit
ciosa, y a dos pasos se quedó el acompañamiento y 'se adelantó°   advanced
Isabela; y, como quedó sola, pareció lo mismo que parece la estrella
o exhalación° que por 'la región del fuego° en serena y sosegada°   shooting star = **Pata-**
noche suele moverse, o bien ansí como rayo del sol que 'al salir del   **gonia**, calm
día° por entre dos montañas se descubre. Todo esto pareció, y aun°   at dawn, besides
cometa que pronosticó el incendio de más de un alma de los que
allí estaban, a quien Amor abrasó° con los rayos de los hermosos   burned

---

13 **Saya entera...** *a full-length gown of green satin, with slashes through which could be seen a rich gold lining, the slashes were sewed together with zig-zags of pearls, and the whole gown embroidered with rich pearls; neckband and the waistband of diamonds*

14 **Llevando colgados...** *the sight of her captivating*

soles de Isabela; la cual, llena de humildad y cortesía, se fue 'a poner de hinojos° ante la reina, y, en lengua inglesa, le dijo: "Dé Vuestra Majestad las manos a esta su sierva, que, desde hoy más, se tendrá por señora, pues ha sido tan venturosa que ha llegado a ver la grandeza vuestra."

Estúvola la reina mirando por un 'buen espacio,° sin hablarle palabra, pareciéndole, como después dijo a su camarera,° que tenía delante un cielo estrellado, cuyas estrellas eran las muchas perlas y diamantes que Isabela traía; su bello rostro y sus ojos, el sol y la luna, y toda ella una nueva maravilla de hermosura. Las damas° que estaban con la reina quisieran hacerse todas ojos, porque no les quedase cosa por mirar en Isabela: cuál° alababa° la viveza° de sus ojos, cuál la color del rostro, cuál la gallardía del cuerpo y cuál la dulzura de la habla; y tal hubo que, de pura envidia, dijo: "Buena es la española, pero no me contenta el traje."

Después que pasó algún tanto la suspensión° de la reina, haciendo levantar a Isabela, le dijo: "Habladme en español, doncella, que yo le entiendo bien y gustaré dello."

Y, volviéndose a Clotaldo, dijo: "Clotaldo, agravio° me habéis hecho en tenerme este tesoro tantos años ha encubierto; mas él° es tal, que os haya movido a codicia:° obligado estáis a restituírmele, porque 'de derecho° es mío."[15]

"Señora," respondió Clotaldo, "mucha verdad es lo que Vuestra Majestad dice: confieso mi culpa, si lo° es haber guardado este tesoro a que estuviese en la perfección que convenía para parecer° ante los ojos de V. M.;° y, aora que lo está, pensaba traerle mejorado, pidiendo licencia a V. M. para que Isabela fuese esposa de mi hijo Ricaredo, y daros, alta Majestad, en los dos, todo cuanto puedo daros."

"Hasta° el nombre me contenta," respondió la reina: "no le faltaba más sino llamarse Isabela la española, para que no me quedase nada de perfección que desear en ella. Pero advertid,° Clotaldo, que sé que sin mi licencia la teníades prometida a vuestro hijo."

"Así es verdad, señora," respondió Clotaldo, "pero fue en confianza que los muchos y relevados° servicios que yo y mis pasados° tenemos hechos a esta corona alcanzarían° de V. M. otras mercedes más dificultosas que las desta licencia; cuanto más, que aún no

Margin glosses:

kneel

while

Lady of the Privy Chamber

ladies in waiting

one, praised, liveliness

amazement

offense

= el tesoro

greed

by right

= mi culpa

= aparecer

= Vuestra Majestad

even

bear in mind

outstanding, forefathers

obtain

---

15 All booty taken in military actions belonged to the queen.

está desposado mi hijo."

"Ni lo estará," dijo la reina, "con Isabela hasta que por sí mismo
lo merezca. Quiero decir que no quiero que para esto le aprove-
chen° vuestros servicios ni de sus pasados: él por sí mismo se ha   avail oneself of
de disponer a servirme y a merecer por sí esta prenda,° que ya la   reward
estimo como si fuese mi hija."

Apenas oyó esta última palabra Isabela, cuando se volvió a
'hincar de rodillas° ante la reina, diciéndole en lengua castellana: kneel
"Las desgracias que tales descuentos° traen, serenísima señora, an-   compensation
tes se han de tener por dichas° que por desventuras.° Ya V. M. me   happy turns, misfortune
ha dado nombre de hija: sobre tal prenda, ¿qué males podré temer
o qué bienes no podré esperar?"

Con tanta gracia y donaire° decía cuanto decía Isabela, que   charm
la reina se le aficionó° en estremo y mandó que se quedase en su   took a liking
servicio, y se la entregó a una gran señora, su camarera mayor, para
que la enseñase el modo° de vivir suyo.   way

Ricaredo, que se vio quitar la vida en quitarle a Isabela, estuvo
a pique° de 'perder el juicio;° y así, temblando y con sobresalto, se   point, going crazy
fue a poner de rodillas ante la reina, a quien dijo: "Para servir yo a
V. Majestad no es menester° incitarme con otros premios° que con   necessary, prizes
aquellos que mis padres y mis pasados han alcanzado por haber
servido a sus reyes; pero, pues V. Majestad gusta que yo la sirva
con nuevos deseos y pretensiones, querría saber en qué modo y en
qué ejercicio podré mostrar que cumplo con la obligación en que
V. Majestad me pone."

"Dos navíos," respondió la reina, "están para partirse° 'en corso,°   depart, privateering
de los cuales he hecho general° al barón de Lansac: del uno dellos   admiral
os hago a vos capitán, porque la sangre de do° venís me asegura que   = **donde**
ha de suplir la falta de vuestros años. Y advertid a la merced° que os   favor
hago, pues os doy ocasión en ella a que, correspondiendo a quien
sois, sirviendo a vuestra reina, mostréis el valor de vuestro ingenio°   talent
y de vuestra persona, y alcancéis el mejor premio que a mi parecer
vos mismo podéis acertar° a desearos. Yo misma os seré guarda de   venture
Isabela, aunque ella da muestras que su honestidad será su más
verdadera guarda. Id con Dios, que, pues vais enamorado, como
imagino, grandes cosas 'me prometo° de vuestras hazañas.° Felice   expect, feats
fuera el rey batallador° que tuviera en su ejército diez mil soldados   fighting
amantes que esperaran que el premio de sus vitorias había de ser

gozar de sus amadas. Levantaos, Ricaredo, y mirad si tenéis o queréis decir algo a Isabela, porque mañana ha de ser vuestra partida."

Besó las manos Ricaredo a la reina, estimando en mucho la merced que le hacía, y luego se fue a hincar de rodillas ante Isabela; y, queriéndola hablar, no pudo, porque se le puso un nudo° en la garganta° que le ató° la lengua y las lágrimas acudieron° a los ojos, y él acudió a disimularlas° lo más que le fue posible. Pero, con todo esto, no se pudieron encubrir a los ojos de la reina, pues dijo: "No os afrentéis,° Ricaredo, de llorar, ni os tengáis en menos[16] por haber dado en este trance° tan tiernas° muestras de vuestro corazón: que una cosa es pelear° con los enemigos y otra despedirse de quien bien se quiere. Abrazad, Isabela, a Ricaredo y dadle vuestra bendición, que bien lo merece su sentimiento."

Isabela, que estaba suspensa y atónita[17] de ver la humildad y dolor° de Ricaredo, que como a su esposo le amaba, no entendió lo que la reina le mandaba, antes comenzó a derramar° lágrimas, tan sin pensar lo que hacía, y tan sesga° y tan sin movimiento alguno, que no parecía sino que lloraba una estatua de alabastro. Estos afectos de los dos amantes, tan tiernos y tan enamorados, hicieron verter° lágrimas a muchos de los circunstantes;° y, sin hablar más palabra Ricaredo, y sin le haber hablado alguna a Isabela, haciendo Clotaldo y los que con él venían reverencia a la reina, se salieron de la sala, llenos de compasión, de despecho° y de lágrimas.

Quedó Isabela como huérfana que acaba de enterrar° sus padres, y con temor que la nueva señora quisiese que mudase° las costumbres en que la primera[18] la había criado. En fin, se quedó, y de allí a dos días Ricaredo 'se hizo a la vela,° combatido, entre otros muchos, de dos pensamientos que le tenían 'fuera de sí:° era el uno considerar que le convenía hacer hazañas que le hiciesen merecedor de Isabela; y el otro, que no podía hacer ninguna, si había de responder a su católico intento,° que le impedía no[19] desenvainar° la espada contra católicos; y si no la desenvainaba, había de ser no-

	knot
	throat, tied, came
	conceal them
	be ashamed
	difficult moment, tender
	to fight
	grief
	shed
	quietly
	shed, those standing by
	despair
	bury
	change
	set sail
	beside himself
	persuasion, unsheath

---

16 **Ni os...** *don't think less of yourself*

17 **Suspensa y...** *amazed and astonished*

18 = **La primera señora**, Ricaredo's mother

19 This **no** doesn't imply what you think, it is somehow required by the construction and no negative is implied. Like the English "Won't you sit down?" that seems to meant the opposite of what it does.

tado de cristiano o de cobarde, y todo esto redundaba en perjuicio° de su vida y en obstáculo de su pretensión.° — detriment / pursuit

Pero, en fin, determinó de posponer° al gusto de enamorado el que tenía de ser católico, y en su corazón pedía al cielo le deparase° ocasiones donde, con ser valiente, cumpliese con ser cristiano, dejando a su reina satisfecha y a Isabela merecida. — subordinate / provide

Seis días navegaron los dos navíos con próspero viento, siguiendo la derrota de las islas Terceras,[20] paraje° donde nunca faltan° o naves portuguesas de las Indias orientales o algunas derrotadas° de las occidentales.° Y, al cabo° de los seis días, les dio de costado° un recísimo° viento (que en el mar océano° tiene otro nombre que en el Mediterráneo, donde se llama mediodía), el cual viento fue tan durable° y tan recio que, sin dejarles tomar° las islas, les fue forzoso correr° a España; y, junto a su costa, a la boca del estrecho de Gibraltar, descubrieron° tres navíos: uno poderoso° y grande, y los dos pequeños. Arribó° la nave de Ricaredo a su capitán,° para saber de su general si quería embestir° a los tres navíos que se descubrían; y, antes que a ella llegase, vio poner sobre la 'gavia mayor° un estandarte° negro, y, llegándose más cerca, oyó que tocaban en la nave clarines° y trompetas roncas:° señales claras o que el general era muerto o alguna otra principal persona de la nave. Con este sobresalto llegaron a poderse hablar, que no lo habían hecho después que salieron del puerto. 'Dieron voces de la nave capitana,° diciendo que el capitán Ricaredo pasase a ella, porque el general la noche antes había muerto de una apoplejía.° Todos 'se entristecieron,° si no fue Ricaredo, que le alegró, no por el daño de su general, sino por ver que quedaba él libre para mandar en los dos navíos, que así fue la orden de la reina: que, faltando el general, lo fuese Ricaredo; el cual con presteza° se pasó a la capitana, donde halló que unos lloraban por el general muerto y otros se alegraban con el vivo. — place, lack / in route / West Indies, end; side, strong, Atlantic / continuous, reach / sail / got sight of, sturdy / pulled up, flagship / charge / topsail / banner / bugles, mournful / they shouted from the flagship / stroke, were sad / speed

Finalmente, los unos y los otros le dieron luego la obediencia[21] y le aclamaron por su general con breves° ceremonias, no dando lugar° a otra cosa dos de los tres navíos que habían descubierto, los cuales, desviándose° del grande, a las dos naves se venían. — brief / opportunity / turning off course

Luego conocieron ser galeras,° y turquescas,° por las medias lunas que en las banderas° traían, de que recibió gran gusto Rica- — galley ships, Turkish / flags

---

20 **Derrota de...** *sea route to the Azores*
21 **Dieron lurgo...** *they immediately swore allegiance to him*

redo, pareciéndole que aquella presa,° si el cielo se la concediese, sería de consideración, sin haber ofendido a ningún católico. Las dos galeras turquescas llegaron a reconocer° los navíos ingleses, los cuales no traían insignias° de Inglaterra, sino de España, por desmentir° a quien llegase a reconocellos, y no los tuviese por navíos de cosarios.° Creyeron los turcos ser naves derrotadas de las Indias y que con facilidad las rendirían.° Fuéronse entrando° poco a poco, y 'de industria° los dejó llegar Ricaredo hasta tenerlos a gusto de su artillería, la cual mandó disparar° a tan buen tiempo, que con cinco balas° dio en la mitad de una de las galeras, con tanta furia, que la abrió 'por medio toda.° Dio luego a la banda,²² y comenzó a 'irse a pique° sin poderse remediar. La otra galera, viendo tan mal suceso, con mucha priesa° le dio cabo,²³ y le llevó° a poner debajo del costado del gran navío; pero Ricaredo, que tenía los suyos prestos y ligeros,° y que salían y entraban como si tuvieran remos,° mandando cargar° de nuevo toda la artillería, los fue siguiendo hasta la nave, lloviendo° sobre ellos infinidad de balas. Los de la galera abierta, así como llegaron a la nave, 'la desampararon,° y con priesa y celeridad procuraban acogerse° a la nave. Lo cual visto por Ricaredo y que la galera sana° se ocupaba con la rendida,° cargó sobre ella con sus dos navíos, y, sin dejarla rodear° ni valerse° de los remos, la puso en estrecho:²⁴ que los turcos se aprovecharon ansimismo° del refugio de acogerse a la nave, no para defenderse en ella, sino por escapar° las vidas por entonces. Los cristianos de quien venían armadas las galeras, arrancando las branzas²⁵ y rompiendo las cadenas,° mezclados° con los turcos, también se acogieron a la nave; y, como iban subiendo por su costado, con la arcabucería° de los navíos los iban tirando° como a blanco;° a los turcos 'no más,° que a los cristianos mandó Ricaredo que nadie los tirase. Desta manera, casi todos los más turcos fueron muertos, y los que en la nave entraron, por los cristianos que con ellos se mezclaron, aprovechándose de sus mismas armas, fueron hechos pedazos: que la fuerza de los valientes, cuando caen, se pasa a la flaqueza de los

Marginal glosses:
- prize
- reconnoitre
- banners
- fool
- = corsarios
- would capture, approaching; purposely
- fire
- shots
- down the middle
- sink
- = prisa, pulled
- light, oars
- charge
- showering
- abandoned her
- take refuge
- sound, disabled
- turn round, avail themselves; likewise
- save
- chains, mixed
- artillery, shooting at, target; only

---

22 **Dio luego...** *immediately the ship turned on its side*
23 **Le dio cabo** *quickly threw out a rope*
24 **Puso en...** *trapped between his two ships*
25 **Branzas** are heavy rings to which the chains are attached.

que se levantan.²⁶ Y así, con el calor que les daba a los cristianos
pensó que los navíos ingleses eran españoles, hicieron por su libertad maravillas. Finalmente, habiendo muerto casi todos los turcos,
algunos españoles se pusieron 'a borde° del navío, y a grandes voces   on deck
5 llamaron a los que pensaban ser españoles entrasen a gozar° el   enjoy
premio del vencimiento.°   victory

Preguntóles Ricaredo en español que qué navío era aquél. Res-
pondiéronle que era una nave que venía de la India de Portugal,
cargada de especería,²⁷ y con tantas perlas y diamantes, que valía
10 más de un millón de oro, y que con tormenta había arribado° a   drifted
aquella parte, toda destruida° y sin artillería, por haberla echado° a   battered, thrown
la mar la gente, enferma y casi muerta de sed y de hambre; y que
aquellas dos galeras, que eran del cosario Arnaúte Mamí, el día
antes la habían rendido,° sin haberse 'puesto en defensa;° y que, a   captured, put up a fight
15 lo que habían oído decir, por no poder pasar tanta riqueza a sus
dos bajeles,° 'la llevaban a jorro° para meterla en el río de Larache,²⁸   boats, were towing it
que estaba allí cerca.

Ricaredo les respondió que si ellos pensaban que aquellos dos
navíos eran españoles, 'se engañaban;° que no eran sino de la seño-   were mistaken
20 ra reina de Inglaterra, cuya nueva° dio que pensar y que temer a los   news
que la oyeron, pensando, como era razón° que pensasen, que de un   reasonable
lazo° habían caído en otro. Pero Ricaredo les dijo que no temiesen   trap
algún daño, y que estuviesen ciertos° de su libertad, con tal que no   certain
se pusiesen en defensa.

25 "Ni es posible ponernos en ella," respondieron, "porque, como
se ha dicho, este navío no tiene artillería ni nosotros armas; así
que, nos es forzoso acudir²⁹ a la gentileza y liberalidad de vuestro
general; pues será justo que quien nos ha librado del insufrible
cautiverio° de los turcos lleve adelante tan gran merced y beneficio,   captivity
30 pues le podrá hacer famoso en todas las partes, que serán infinitas,
donde llegare la nueva° desta memorable vitoria y de su liberalidad,   news
más de nosotros esperada que temida."

---

26 **Que la...** *for the strength of the valient, when they fall, is passed on to
(and overcomes) the weakness of those who rise after them*

27 **Cargada de...** *full of spices*

28 This is the Loukkos River, near Larache (Morocco), an Atlantic
seaport.

29 **Forzoso acudir** *unavoidable turn to*

No le parecieron mal a Ricaredo las razones del español; y, llamando a consejo° los de su navío, les preguntó cómo haría para   consultation
enviar todos los cristianos a España sin ponerse a peligro de algún
siniestro suceso, si el ser tantos les daba ánimo para levantarse.°   mutiny
Pareceres° hubo que los hiciese pasar uno a uno a su navío, y, así   opinions
como fuesen entrando debajo de cubierta,° matarle, y desta mane-   deck
ra matarlos a todos, y llevar la gran nave a Londres, sin temor ni
cuidado alguno.

A esto respondió Ricaredo: "Pues que Dios nos ha hecho tan
gran merced en darnos tanta riqueza, no quiero corresponderle
con ánimo cruel y desagradecido,° ni es bien que lo que puedo   ungrateful
remediar con la industria° lo remedie con la espada.° Y así, soy de   ingenuity, sword
parecer que ningún cristiano católico muera: no porque los quiero
bien, sino porque me quiero a mí muy bien, y querría que esta
hazaña de hoy ni a mí ni a vosotros, que en ella me habéis sido
compañeros, nos diese, mezclado con el nombre de valientes, el
renombre° de crueles: porque nunca dijo bien[30] la crueldad con   nickname
la valentía. Lo que se ha de hacer es que toda la artillería de un
navío destos se ha de pasar a la gran nave portuguesa, sin dejar en
el navío otras armas ni otra cosa más del bastimento,° y no lejando°   supplies, = alejando *sep-*
la nave de nuestra gente, la llevaremos a Inglaterra, y los españoles   *arating*
se irán a España."

Nadie osó contradecir lo que Ricaredo había propuesto, y
algunos le tuvieron por valiente y magnánimo y de buen entendimiento; otros le juzgaron° en sus corazones por más católico   judged
que debía. Resuelto, pues, en esto Ricaredo, pasó con cincuenta
arcabuceros° a la nave portuguesa, todos alerta° y con las cuerdas°   harquebusiers, on guard,
encendidas. Halló en la nave casi trecientas personas, de las que   wicks
habían escapado de las galeras. Pidió luego el registro° de la nave,   logbook
y respondióle aquel mismo que desde el borde le habló la vez primera, que el registro le había tomado el cosario de los bajeles, que
con ellos se había ahogado.° Al instante puso el torno[31] en orden, y,   drowned
acostando su segundo bajel a la gran nave, con maravillosa presteza
y con fuerza de fortísimos cabestrantes,° pasaron la artillería del   = cabrestrantes *capstans*
pequeño bajel a la mayor nave. Luego, haciendo una breve plática
a los cristianos, les mandó pasar al bajel desembarazado,° donde   cleared

---

30   **Dijo bien** *harmonized with*
31   The **torno** is a capstan around which cables are wound

hallaron baſtimento en abundancia para más de un mes y para
más gente; y, así como se iban embarcando,° dio a cada uno cuatro   were boarding
escudos de oro españoles, que hizo traer de su navío, para remediar
en parte su necesidad cuando llegasen a tierra: que eſtaba tan cerca,
que las altas montañas de Abala y Calpe[32] desde allí se parecían.
Todos le dieron infinitas gracias por la merced que les hacía, y el
último que se iba a embarcar fue aquel que por los demás había
hablado, el cual le dijo: "Por más ventura tuviera, valeroso caballero,
que me llevaras contigo a Inglaterra, que no que me enviaras a
España; porque, aunque es mi patria y no habrá° sino seis días que   = hará
della partí, no he de hallar en ella otra cosa que no sea de ocasiones
de triſtezas y soledades° mías. Sabrás, señor, que en la pérdida° de   loneliness, siege
Cádiz, que sucedió habrá quince años, perdí una hija que los in-
gleses debieron de llevar a Inglaterra, y con ella perdí el descanso
de mi vejez° y la luz de mis ojos; que, después que no la vieron,   old age
nunca han viſto cosa que de su guſto sea. El grave descontento en
que me dejó su pérdida° y la de la hacienda, que también me faltó,   loss
me pusieron de manera[33] que ni más quise ni más pude ejercitar
la mercancía,° cuyo trato° me había pueſto en opinión° de ser el   commerce, practice, rep
más rico mercader° de toda la ciudad. Y así era la verdad, pues   utation; merchant
fuera del crédito, que pasaba de muchos centenares de millares de
escudos, valía mi hacienda dentro de las puertas de mi casa más de
cincuenta mil ducados;[34] todo lo perdí, y no hubiera perdido nada,
como no hubiera perdido a mi hija. Tras° eſta general desgracia y   following
tan particular mía, acudió la necesidad° a fatigarme,° haſta tanto   poverty, vex me
que, no pudiéndola resiſtir, mi mujer y yo, que es aquella triſte que
allí eſtá sentada, determinamos irnos a las Indias,[35] común refugio
de los pobres generosos.[36] Y, habiéndonos embarcado en un navío
de aviso[37] seis días ha, a la salida de Cádiz dieron con el navío eſtos
dos bajeles de cosarios, y nos cautivaron, donde se renovó nueſtra

---

32   Abila (Djebel) on the African side and Calpe (Gibraltar) on the
Spanish side

33   **Me pusieron...** *these losses put me in such a ſtate*

34   Values and prices were ſtated in **ducados**, but hard currency in
escudos.

35   The Weſt Indies

36   **Pobres generosos** *impoverished nobility*

37   **Navío de aviso** *small patrol boat*

desgracia y se confirmó nuestra desventura. Y fuera mayor[38] si los cosarios no hubieran tomado aquella nave portuguesa, que los entretuvo hasta haber sucedido lo que él había visto."

Preguntóles Ricaredo cómo se llamaba su hija. Respondióle que Isabel. Con esto acabó de confirmarse Ricaredo en lo que ya había sospechado, que era que el que se lo contaba era el padre de su querida Isabela. Y, sin darle algunas nuevas della, le dijo que de muy buena gana llevaría a él y a su mujer a Londres, donde podría ser hallasen nuevas de la que deseaban. Hízolos pasar luego a su capitana, poniendo marineros° y guardas bastantes en la nao° portuguesa.   *sailors, ship*

Aquella noche 'alzaron velas,° y se dieron priesa a apartarse de las costas de España, porque° el navío de los cautivos libres, entre los cuales también iban hasta veinte turcos, a quien también Ricaredo dio libertad, por mostrar que más por su buena condición y generoso ánimo se mostraba liberal, que por forzarle° amor que a los católicos tuviese. Rogó a los españoles que en la primera ocasión que se ofreciese diesen entera° libertad a los turcos, que ansimismo se le mostraron agradecidos.   *set sail* / *= por causa de* / *constrained by* / *full*

El viento, que daba señales de ser próspero y largo,° comenzó a calmar un tanto, cuya calma levantó gran tormenta de temor en los ingleses, que culpaban a Ricaredo y a su liberalidad, diciéndole que los libres podían dar aviso[39] en España de aquel suceso, y que si acaso había galeones de armada en el puerto, podían salir en su busca y ponerlos en aprieto° y en término de perderse.° Bien conocía Ricaredo que tenían razón, pero, venciéndolos° a todos con buenas razones, los sosegó; pero más 'los quietó° el viento, que volvió a refrescar de modo que, dándole 'todas las velas,° sin tener necesidad de amainallas° ni aun de templallas,° dentro de nueve días se hallaron a la vista de Londres; y, cuando en él,° vitoriosos, volvieron, habría treinta que dél faltaban.°   *lasting* / *difficult situation, lose their lives; winning them over; quieted them; full sail / take in, reduce them / =el* **puerto** / *had been gone*

No quiso Ricaredo entrar en el puerto con muestras de alegría, por la muerte de su general; y así, mezcló las señales alegres con las tristes: unas veces sonaban clarines regocijados;° otras, trompetas roncas;° unas tocaban los atambores,° alegres y sobresalta-   *cheerful* / *grim, drums*

---

38 **Fuera mayor...** *our disgrace and misfortune would have been even greater*

39 **Dar aviso** *inform the authorities*

das armas,[40] a quien con señas tristes y lamentables respondían los
pífaros;° de una gavia colgaba, puesta 'al revés,° una bandera de   fifes, upside down
medias lunas sembrada; en otra se veía un luengo° estandarte de   long
tafetán negro, cuyas puntas besaban el agua. Finalmente, con estos
tan contrarios estremos entró en el río de Londres[41] con su navío,
porque la nave no tuvo fondo en él que la sufriese;[42] y así, se quedó
en la mar a lo largo.[43]

Estas tan contrarias muestras y señales tenían suspenso° el in-   baffled
finito pueblo que desde la ribera° les miraba. Bien conocieron por   bank
algunas insignias que aquel navío menor era la capitana del barón
de Lansac, mas no podían alcanzar° cómo el otro navío se hubiese   understand
cambiado con aquella poderosa nave que en la mar se quedaba;
pero sacólos desta duda haber saltado en el esquife,° armado de to-   skiff
das armas, ricas y resplandecientes,° el valeroso Ricaredo, que a pie, shining
sin esperar otro acompañamiento que aquel de un inumerable vul-
go° que le seguía, se fue a palacio, donde ya la reina, puesta a unos throng
corredores, estaba esperando le trujesen° la nueva de los navíos.   = trajesen

Estaba con la reina, con las otras damas, Isabela, vestida a la inglesa, y parecía también° como a la castellana. Antes que Ricaredo   = tan bien
llegase, llegó otro que dio las nuevas a la reina 'de cómo° Ricaredo   = de que
venía. Alborozose° Isabela oyendo el nombre de Ricaredo, y en   was overjoyed
aquel instante temió y esperó malos y buenos sucesos de su venida.

Era Ricaredo alto de cuerpo, gentilhombre y bien proporcio-
nado. Y, como venía armado de peto, espaldar, gola y brazaletes
y escarcelas, con unas armas milanesas de once vistas, grabadas
y doradas,[44] parecía en estremo bien a cuantos le miraban; no le
cubría la cabeza morrión° alguno, sino un sombrero de 'gran falda,°   helmet, broad brim
de color leonado° con mucha diversidad de plumas terciadas a la   tawny
valona;[45] la espada, ancha; los tiros,° ricos; las calzas, a la esguízara.[46] sword straps

---

40 **Sobresaltadas armas** *lively calls to arms*
41 The Thames
42 **Nave no...** *the river was not deep enough for the big ship to anchor
there*
43 **Quedó en...** *remained out to sea*
44 **Venía armado...** *wearing a breast-plate, backplate, gorget and pouches, in full Milanese armor of eleven pieces decorated and gilded*
45 **Terciadas a...** *on a slant, Walloon-style*
46 **Calzas, a...** *slashed trousers Swiss-style*

Con este adorno y con el paso brioso[47] que llevaba, algunos
hubo que le compararon a Marte,° dios de la batallas, y otros, lleva-   Mars
dos de la hermosura de su rostro, dicen que le compararon a Venus,
que, para hacer alguna burla° a Marte, de aquel modo 'se había   trick
disfrazado.° En fin, él llegó ante la reina; puesto de rodillas, le dijo: disguised herself
"Alta Majestad, en fuerza° de vuestra ventura y en consecución de   pursuit
mi deseo, después de haber muerto de una apoplejía el general de
Lansac, quedando yo en su lugar, merced° a la liberalidad vuestra,   thanks
me deparó la suerte dos galeras turquescas que llevaban remol-
cando° aquella gran nave que allí se parece. Acometíla,° pelearon   towing, attacked
vuestros soldados como siempre, 'echáronse a fondo° los bajeles de   they sank
los cosarios; en el uno de los nuestros, en vuestro real° nombre, di   royal
libertad a los cristianos que del poder° de los turcos escaparon; sólo   the hands
truje conmigo a un hombre y a una mujer españoles, que por su
gusto quisieron venir a ver la grandeza vuestra. Aquella nave es de
las que vienen de la India de Portugal, la cual por tormenta vino a
dar en poder de los turcos, que con poco trabajo, o, por mejor decir, sin ninguno, la rindieron; y, según dijeron algunos portugueses
de los que en ella venían, pasa° de un millón de oro el valor de   surpasses
la especería y otras mercancías de perlas y diamantes que en ella
vienen. A ninguna cosa se ha tocado,° ni los turcos habían llegado   touched
a ella, porque todo lo dedicó el cielo, y yo lo mandé guardar, para
Vuestra Majestad, que con una joya° sola que se me dé, quedaré en   jewel
deuda° de otras diez naves, la cual joya ya Vuestra Majestad me la   debtor
tiene prometida, que es a mi buena Isabela. Con ella° quedaré rico   *esta joya*
y premiado,° no sólo deste servicio, cual él se sea,[48] que a Vuestra   rewarded
Majestad he hecho, sino de otros muchos que pienso hacer por
pagar alguna parte del todo casi infinito que en esta joya Vuestra
Majestad me ofrece."

"Levantaos, Ricaredo," respondió la reina, "y creedme que si
por precio° os hubiera de dar a Isabela, según yo la estimo, no la   money's worth
pudiérades pagar ni con lo que trae esa nave ni con lo que queda
en las Indias. Dóyosla porque os la prometí, y porque ella es digna de vos y vos lo sois della. Vuestro valor solo la merece. Si vos
habéis guardado las joyas de la nave para mí, yo os he guardado la
joya vuestra para vos; y, aunque os parezca que no hago mucho en

---

47 **Paso brioso** *spirited gait*
48 **Cual él...** *whichever service it may be*

volveros lo que es vuestro, yo sé que os hago mucha merced en ello;
que las prendas que se compran a deseos, y tienen su estimación en
el alma del comprador, aquello valen que vale una alma: que no hay
precio en la tierra con que apreciarla. Isabela es vuestra, veisla allí;
cuando quisiéredes podéis tomar su entera posesión, y creo será
con su gusto, porque es discreta y sabrá ponderar° la amistad que   appreciate
le hacéis, que no la quiero llamar merced, sino amistad, porque me
quiero alzar° con el nombre de que yo sola puedo hacerle mercedes.   reign supreme
Idos a descansar y venidme a ver mañana, que quiero más particu-
larmente oír vuestras hazañas; y traedme esos dos que decís que de
su voluntad han querido venir a verme, que se lo quiero agradecer."

   Besóle las manos Ricaredo por las muchas mercedes que le
hacía. Entróse la reina en una sala, y las damas rodearon a Ricaredo; y una dellas, que había tomado grande amistad con Isabela,
llamada la señora Tansi, tenida por la más discreta, desenvuelta° y   vivacious
graciosa° de todas, dijo a Ricaredo: "¿Qué es esto, señor Ricaredo,   witty
qué armas son éstas? ¿Pensábades por ventura que veníades a pelear con vuestros enemigos? Pues en verdad que aquí todas somos
vuestras amigas, si no es la señora Isabela, que, como española, está
obligada a no teneros 'buena voluntad.°"   good will

   "Acuérdese ella,[49] señora Tansi, de tenerme alguna,° que como   = alguna *buena volun-*
yo esté en su memoria," dijo Ricaredo, "yo sé que la voluntad será   *tad*
buena, pues no puede caber en su mucho valor y entendimiento y
rara° hermosura la fealdad° de ser desagradecida."   extraordinary, ugliness

   A lo cual respondió Isabela: "Señor Ricaredo, pues he de ser
vuestra, a vos está tomar de mí toda la satisfación que quisiéredes
para recompensaros de las alabanzas° que me habéis dado y de las   praises
mercedes que pensáis hacerme."

   Estas y otras honestas razones pasó Ricaredo con Isabela y con
las damas, entre las cuales había una doncella de pequeña edad, la
cual no hizo sino mirar a Ricaredo mientras allí estuvo. Alzábale
las escarcelas,[50] por ver qué traía debajo dellas, tentábale° la espada   touched
y con simplicidad de niña quería que las armas le sirviesen de espejo, llegándose a mirar de muy cerca en ellas; y, cuando se hubo ido,
volviéndose a las damas, dijo: "Aora, señoras, yo imagino que debe
de ser cosa hermosísima la guerra, pues aun entre mujeres parecen

---

49 **Acuérdese ella** *she certainly must remember*
50 **Alzábale las...** *she kept raising the pouches*

bien los hombres armados."

"¡Y cómo si parecen!" respondió la señora Tansi; "si no, mirad, a Ricaredo, que no parece sino que el sol se ha bajado a la tierra y en aquel hábito va caminando por la calle."

Riyeron todas del dicho° de la doncella y de la disparatada semejanza[51] de Tansi, y no faltaron murmuradores que tuvieron por impertinencia°el haber venido armado Ricaredo a palacio, 'puesto que° halló disculpa en otros, que dijeron que, como soldado, lo pudo hacer para mostrar su gallarda bizarría.[52]

Fue Ricaredo de sus padres, amigos, parientes y conocidos° con muestras de entrañable° amor recebido. Aquella noche se hicieron generales alegrías° en Londres por su buen suceso. Ya los padres de Isabela estaban en casa de Clotaldo, a quien Ricaredo había dicho quién eran, pero que no les diesen nueva ninguna de Isabela hasta que él mismo se la diese. Este aviso tuvo la señora Catalina, su madre, y todos los criados y criadas de su casa. Aquella misma noche, con muchos bajeles, lanchas y barcos, y con no menos ojos que lo miraban, se comenzó a descargar° la gran nave, que en ocho días no acabó de dar la mucha pimienta° y otras riquísimas mercaderías que en su vientre° encerradas tenía.

El día que siguió a esta noche fue Ricaredo a palacio, llevando consigo al padre y madre de Isabela, 'vestidos de nuevo a la inglesa,° diciéndoles que la reina quería verlos. Llegaron todos donde la reina estaba en medio de sus damas, esperando a Ricaredo, a quien quiso lisonjear° y favorecer con tener junto a sí a Isabela, vestida con aquel mismo vestido que llevó la vez primera, mostrándose no menos hermosa aora que entonces. Los padres de Isabela quedaron admirados y suspensos de ver tanta grandeza y bizarría junta. Pusieron los ojos en Isabela, y no la conocieron, aunque el corazón, presagio° del bien que tan cerca tenían, les comenzó a saltar° en el pecho, no con sobresalto que les entristeciese, sino con un no sé qué de gusto, que ellos no acertaban a entendelle. No consintió la reina que Ricaredo estuviese 'de rodillas° ante ella; antes,° le hizo levantar y sentar en una 'silla rasa,° que para sólo esto allí puesta tenían: inusitada° merced, para la altiva° condición de la reina; y alguno dijo a otro: "Ricaredo no se sienta hoy sobre la silla que le

	words
	insolence
	= **aunque**
	acquaintances
	deep
	rejoicing
	unload
	pepper
	hold
	dressed now English style
	flatter
	omen, beat hard
	kneeling, = **antes** *bien*
	instead; stool
	unusual, haughty

---

51 **Disparatada semejanza** *absurd likeness*
52 **Gallarda bizarría** *dashing gallantry*

han dado, sino sobre la pimienta que él trujo."

Otro acudió y dijo: "Aora se verifica lo que comúnmente se dice, que dádivas quebrantan peñas,[53] pues las que ha traído Ricaredo han ablandado° el duro corazón de nuestra reina." — softened

Otro acudió y dijo: "Ahora que está tan bien ensillado,° más de dos se atreverán a correrle."[54] — seated

En efeto, de aquella nueva honra que la reina hizo a Ricaredo tomó ocasión la envidia° para nacer en muchos pechos de aquéllos que mirándole estaban; porque no hay merced que el príncipe haga a su privado° que no sea una lanza° que atraviesa° el corazón del envidioso. — envy — favorite, spear, pass through

Quiso la reina saber de Ricaredo menudamente° cómo había pasado la batalla con los bajeles de los cosarios. Él la contó de nuevo, atribuyendo la vitoria a Dios y a los brazos valerosos° de sus soldados, encareciéndolos° a todos juntos y particularizando algunos hechos de algunos que más que los otros se habían señalado, con que obligó a la reina a hacer a todos merced, y en particular a los particulares; y, cuando llegó a decir la libertad que en nombre de su Majestad había dado a los turcos y cristianos, dijo: "Aquella mujer y aquel hombre que allí están," señalando° a los padres de Isabela, "son los que dije ayer a V. M. que, con deseo de ver vuestra grandeza, encarecidamente me pidieron los trujese conmigo. Ellos son de Cádiz, y de lo que ellos me han contado, y de lo que en ellos he visto y notado, sé que son gente principal y de valor." — in detail — valiant — extolling them — pointing to

Mandóles la reina que se llegasen° cerca. Alzó° los ojos Isabela a mirar los que decían ser españoles, y más de Cádiz, con deseo de saber si 'por ventura° conocían a sus padres. Ansí como Isabela alzó los ojos, los puso en ella su madre y 'detuvo el paso° para mirarla más atentamente, y en la memoria de Isabela se comenzaron a despertar° unas confusas noticias que le querían dar a entender que en otro tiempo ella había visto aquella mujer que delante tenía. Su padre estaba en la misma confusión, sin osar determinarse a dar crédito a la verdad que sus ojos le mostraban. Ricaredo estaba atentísimo a ver los afectos° y movimientos que hacían las tres dudosas° y perplejas almas,° que tan confusas estaban entre el sí y el no de conocerse.° Conoció la reina la suspensión de entrambos, — approach, raised — by chance — stopped — stir up — sentiments — doubting, souls — = reconocerse

---

53 **Dádivas quebrantan...** *gifts break hard rocks*
54 **Atreverán correrle** *will dare to embarrass him*

y aun el desasosiego° de Isabela, porque la vio trasudar° y levantar   anxiety, perspire
la mano muchas veces a componerse° el cabello.   fix

En esto, deseaba Isabela que hablase la que pensaba ser su
madre: quizá los oídos la sacarían de la duda en que sus ojos la
habían puesto. La reina dijo a Isabela que en lengua española dijese a aquella mujer y a aquel hombre le dijesen qué causa les había
movido a no querer gozar de la libertad que Ricaredo les había
dado, siendo la libertad la cosa más amada, no sólo de la gente de
razón, mas aun de los animales que carecen° della.   lack

Todo esto preguntó Isabela a su madre, la cual, sin respon-
derle palabra, desatentadamente° y medio tropezando,° se llegó a   rashly, tripping
Isabela y, sin mirar a respecto, temores ni miramientos° cortesanos,   manners
alzó la mano a la oreja derecha de Isabela, y descubrió un lunar°   mole
negro que allí tenía, la cual señal acabó de certificar[55] su sospecha.
Y, viendo claramente ser Isabela su hija, abrazándose con ella, dio
una 'gran voz,° diciendo: "¡Oh, hija de mi corazón! ¡Oh, 'prenda   loud cry
cara° del alma mía!"   dear treasure

Y, sin poder pasar adelante,[56] se cayó desmayada° en los brazos   in a faint
de Isabela.

Su padre, no menos tierno que prudente, dio muestras de su
sentimiento no con otras palabras que con derramar lágrimas, que
sesgamente su venerable rostro y barbas le bañaron. Juntó Isabela
su rostro con el de su madre, y, volviendo los ojos a su padre, de tal
manera le miró, que le dio a entender el gusto y el descontento que
de verlos allí su alma tenía. La reina, admirada de tal suceso, dijo
a Ricaredo: "Yo pienso, Ricaredo, que en vuestra discreción se han
ordenado estas vistas,° y no se os diga[57] que han sido acertadas,°   meeting, wise
pues sabemos que así suele° matar una súbita° alegría como mata   often, sudden
una tristeza."

Y, diciendo esto, se volvió a Isabela y la apartó de su madre, la
cual, habiéndole echado° agua en el rostro, 'volvió en sí;° y, estando   thrown, came to
un poco más en su acuerdo,° puesta de rodillas delante de la reina,   right mind
le dijo: "Perdone Vuestra Majestad mi atrevimiento,° que no es   boldness
mucho perder los sentidos con la alegría del hallazgo° desta amada   recovery
prenda."

---

55 **Acabó de certificar** *certified all in all*
56 **Pasar adelante** *take a step forward*
57 **No se os diga** *I'm not so sure*

Respondióle la reina que tenía razón, sirviéndole de intérpre-
te, para que lo entendiese, Isabela; la cual, de la manera que se
ha contado, conoció a sus padres, y sus padres a ella, a los cuales
mandó la reina quedar en palacio, para que 'de espacio° pudiesen   = despacio *at leisure*
ver y hablar a su hija y regocijarse con ella; de lo cual Ricaredo 'se
holgó mucho,° y de nuevo pidió a la reina le cumpliese la palabra   was very pleased
que le había dado de dársela, si es que acaso la merecía; y, de no
merecerla, le suplicaba desde luego le mandase ocupar en cosas
que le hiciesen digno de alcanzar lo que deseaba. Bien entendió la
reina que estaba Ricaredo satisfecho de sí mismo y de su mucho
valor, que no había necesidad de nuevas pruebas para calificarle;[58] y
así, le dijo que de allí a cuatro días le entregaría a Isabela, haciendo
a los dos la honra que a ella fuese posible. Con esto se despidió
Ricaredo, contentísimo con la esperanza propincua° que llevaba   so close at hand
de tener en su poder a Isabela sin sobresalto de perderla, que es el
último deseo de los amantes.

    Corrió el tiempo, y no con la ligereza° que él quisiera: que los   swiftness
que viven con esperanzas de promesas venideras° siempre imagi-   up coming
nan que no vuela° el tiempo, sino que anda sobre los pies de la   fly
'pereza misma.° Pero en fin llegó el día, no donde pensó Ricaredo   laziness itself
poner fin a sus deseos, sino de hallar en Isabela gracias nuevas que
le moviesen a quererla más, si más pudiese. Mas en aquel breve
tiempo, donde él pensaba que la nave de su buena fortuna corría
con próspero viento hacia el deseado puerto, la contraria suerte
levantó en su mar tal tormenta, que mil veces temió anegarle.°   drown him

    Es, pues, el caso que la camarera mayor de la reina, a cuyo cargo
estaba Isabela, tenía un hijo de edad de veinte y dos años, llamado
el conde Arnesto. Hacíanle la grandeza de su estado, la alteza de
su sangre, el mucho favor que su madre con la reina tenía; hacíanle,
digo, estas cosas más de lo justo[59] arrogante, altivo y confiado. Este
Arnesto, pues, se enamoró de Isabela tan encendidamente,° que en   passionately
la luz de los ojos de Isabela tenía abrasada° el alma; y aunque, en   aflame
el tiempo que Ricaredo había estado ausente, con algunas señales°   signs
le había descubierto su deseo, nunca de Isabela fue admitido.° Y,   accepted
puesto que la repugnancia y los desdenes° en los principios de los   disdains

---

58 **Pruebas para...** *signs to evaluate him*
59 **Más de...** *above what is due*

amores suelen hacer desistir de la empresa[60] a los enamorados, en
Arnesto obraron lo contrario los muchos y conocidos desdenes que
le dio Isabela, porque con su celo° ardía y con su honestidad se · scruples
abrasaba. Y como vio que Ricaredo, según el parecer de la reina,
tenía merecida a Isabela, y que en tan poco tiempo se la había de
entregar por mujer, quiso desesperarse;° pero, antes que llegase a · commit suicide
tan infame° y tan cobarde remedio, habló a su madre, diciéndole · terrible
pidiese a la reina le diese a Isabela por esposa; 'donde no,° que pen- · if not
sase que la muerte estaba llamando a las puertas de su vida. Quedó
la camarera admirada de las razones de su hijo; y, como conocía la
aspereza° de su arrojada° condición y la tenacidad° con que se le · harshness, headstrong,
pegaban los deseos en el alma, temió que sus amores habían de pa- · stubbornness
rar en algún infelice suceso. Con todo eso, como madre, a quien es
natural desear y procurar el bien de sus hijos, prometió al suyo de
hablar a la reina: no con esperanza de alcanzar della el imposible° · impossibility
de romper su palabra, sino por no dejar de intentar,° como en salir · try
desasuciada,° los últimos remedios. · deprived of all hope

Y, estando aquella mañana Isabela vestida, por orden de la reina, tan ricamente que no se atreve la pluma a contarlo, y habiéndole echado la misma reina al cuello una sarta° de perlas de las · string
mejores que traía la nave, que las apreciaron° en veinte mil ducados, · were valued
y puéstole un anillo° de un diamante, que se apreció en seis mil es- · ring
cudos, y estando alborozadas las damas por la fiesta que esperaban
del cercano desposorio,° entró la camarera mayor a la reina, y de · marriage
rodillas le suplicó suspendiese el desposorio de Isabela por otros
dos días; que, con esta merced sola que su Majestad le hiciese, se
tendría por satisfecha y pagada de todas las mercedes que por sus
servicios merecía y esperaba.

Quiso saber la reina primero por qué le pedía con tanto ahinco° · earnestness
aquella suspensión, que tan derechamente° iba contra la palabra · straightway
que tenía dada a Ricaredo; pero no se la quiso dar la camarera
hasta que le hubo otorgado° que haría lo que le pedía: tanto deseo · granted
tenía la reina de saber la causa de aquella demanda.° Y así, después · request
que la camarera alcanzó lo que por entonces deseaba, contó a la
reina los amores de su hijo, y cómo temía que si no le daban por
mujer a Isabela, o se había de desesperar, o hacer algún hecho es-
candaloso; y que si había pedido aquellos dos días, era por dar lugar

---

60 **Desistir de...** *give up the business*

a su Majestad pensase qué medio° sería a propósito y conveniente   means
para dar a su hijo remedio.

La reina respondió que si su real palabra no estuviera de por
medio, que ella hallara salida a tan cerrado laberinto, pero que no la
quebrantaría, ni defraudaría las esperanzas de Ricaredo, por todo el
interés del mundo. Esta respuesta dio la camarera a su hijo, el cual,
sin detenerse un punto, ardiendo en amor y en celos,° se armó de   jealousy
todas armas, y sobre un fuerte y hermoso caballo se presentó ante
la casa de Clotaldo, y a grandes voces pidió que 'se asomase° Rica-   lean out
redo a la ventana, el cual a aquella sazón° estaba vestido de galas de   time
desposado[61] y a punto para ir a palacio con el acompañamiento que
tal acto requería; mas, habiendo oído las voces, y siéndole dicho
quién las daba y del modo que venía, con algún sobresalto se aso-
mó a una ventana; y como le vio Arnesto, dijo: "Ricaredo, 'estáme
atento° a lo que decirte quiero: la reina mi señora te mandó fueses   pay attention
a servirla y a hacer hazañas que te hiciesen merecedor de la 'sin par°   peerless
Isabela. Tú fuiste, y volviste cargadas las naves de oro, con el cual
piensas haber comprado y merecido a Isabela. Y, aunque la reina
mi señora te la ha prometido, ha sido creyendo que no hay ninguno en su corte que mejor que tú la sirva, ni quien con mejor título
merezca a Isabela, y en esto bien podrá ser se haya engañado; y así,
llegándome a esta opinión, que yo tengo por verdad averiguada,°   established
digo que ni tú has hecho cosas tales que te hagan merecer a Isabela,
ni ninguna podrás hacer que a tanto bien te levanten; y, en razón
de que no la mereces, si quisieres contradecirme, te desafío a todo
trance de muerte."[62]

Calló el conde, y desta manera le respondió Ricaredo: "En
ninguna manera 'me toca° salir a vuestro desafío, señor conde, por-   I'm not obliged
que yo confieso, no sólo que no merezco a Isabela, sino que no la
merece ninguno de los que hoy viven en el mundo. Así que, con-
fesando yo lo que vos decís, otra vez digo que no me toca vuestro
desafío; pero yo le acepto por el atrevimiento que habéis tenido en
desafiarme."

Con esto se quitó de la ventana, y pidió apriesa° sus armas.   quickly
Alborotáronse sus parientes y todos aquellos que para ir a palacio
habían venido a acompañarle. De la mucha gente que había visto

---

61 **Galas de**... *wedding clothes*
62 **Desafío a**... *I challenge you to a duel*

al conde Arnesto armado, y le había oído las voces del desafío, no
faltó quien lo fue a contar a la reina, la cual mandó al capitán de su
guarda que fuese a prender° al conde. El capitán se dio tanta priesa,   arrest
que llegó a tiempo que ya Ricaredo salía de su casa, armado con las
armas con que se había desembarcado, puesto sobre un hermoso
caballo.

Cuando el conde vio al capitán, luego imaginó a lo que venía, y
determinó de no dejar prenderse, y, alzando la voz contra Ricaredo,
dijo: "Ya ves, Ricaredo, el impedimento que nos viene. Si tuvieres
gana de castigarme,° tú me buscarás; y, por la que yo tengo de cas-   teach me a lesson
tigarte, también te buscaré; y, pues dos que se buscan fácilmente
se hallan, dejemos para entonces la ejecución de nuestros deseos."

"Soy contento," respondió Ricaredo.

En esto, llegó el capitán con toda su guarda, y dijo al conde que
'fuese preso° en nombre de su Majestad. Respondió el conde que sí   taken prisoner
daba,[63] pero no para que le llevasen a otra parte que a la presencia
de la reina. Contentóse con esto el capitán, y, cogiéndole en medio
de la guarda, le llevó a palacio ante la reina, la cual ya de su camarera estaba informada del amor grande que su hijo tenía a Isabela,
y con lágrimas había suplicado a la reina perdonase al conde, que,
como mozo y enamorado, a mayores yerros estaba sujeto.

Llegó Arnesto ante la reina, la cual, sin entrar con él en razones, le mandó quitar la espada y llevasen[64] preso a una torre.°   tower

Todas estas cosas atormentaban el corazón de Isabela y de sus
padres, que tan presto veían turbado el mar de su sosiego. Aconsejó
la camarera a la reina que para sosegar el mal que podía suceder
entre su parentela y la de Ricaredo, que se quitase la causa de por
medio, que era Isabela, enviándola a España, y así cesarían° los   would cease
efetos° que debían de temerse; añadiendo a estas razones decir que   = efectos *results*
Isabela era católica, y tan cristiana° que ninguna de sus persuasio-   devout
nes, que habían sido muchas, la habían podido torcer° en nada de   alter
su católico intento.° A lo cual respondió la reina que por eso la   loyalty
estimaba en más, pues tan bien sabía guardar la ley que sus padres
la habían enseñado; y que en lo de enviarla a España no tratase,°   talk about
porque su hermosa presencia y sus muchas gracias y virtudes le daban mucho gusto; y que, sin duda, si no aquel día, otro se la había

---

63 **daba** *su consentimiento*
64 *que le* **llevasen**

de dar por esposa a Ricaredo, como se lo tenía prometido.

Con esta resolución de la reina, quedó la camarera tan desconsolada que no le replicó palabra; y, pareciéndole lo que ya le había parecido, que si no era quitando a Isabela de por medio, no había de haber medio alguno que la rigurosa condición de su hijo ablandase ni redujese a tener paz con Ricaredo, determinó de hacer una de las mayores crueldades que pudo caber° jamás en pensamiento   fit
de mujer principal, y tanto como ella lo era. Y fue su determinación matar con tósigo° a Isabela; y, como por la mayor parte sea la   poison
condición de las mujeres ser prestas y determinadas, aquella misma tarde atosigó a Isabela en una conserva que le dio, forzándola que la tomase por ser buena contra las ansias° de corazón que sentía.   anxieties

'Poco espacio° pasó después de haberla tomado, cuando a Isabela   a short time
se le comenzó a hinchar° la lengua y la garganta, y a ponérsele   swell
denegridos° los labios, y a enronquecérsele° la voz, turbársele los   black, hoarse
ojos y apretársele° el pecho: todas conocidas señales de haberle   hurt
dado veneno.° Acudieron las damas a la reina, contándole lo que   poison
pasaba y certificándole que la camarera había hecho aquel mal recaudo.° No fue menester mucho para que la reina lo creyese, y así,   = recado *errand*
fue a ver a Isabela, que ya casi estaba espirando. Mandó llamar la reina con priesa a sus médicos, y, en tanto que tardaban,[65] la hizo dar cantidad de polvos de unicornio,[66] con otros muchos antídotos que los grandes príncipes suelen tener prevenidos para semejantes necesidades. Vinieron los médicos, y esforzaron los remedios y pidieron a la reina hiciese decir a la camarera qué género de veneno le había dado, porque no se dudaba que otra persona alguna sino ella la hubiese avenenado.° Ella lo descubrió, y con esta noticia los   = envenenado *poisonea*
médicos aplicaron tantos remedios y tan eficaces, que con ellos y con el ayuda de Dios quedó Isabela con vida, o a lo menos con esperanza de tenerla.

Mandó la reina prender a su camarera y encerrarla en un aposento estrecho de palacio, con intención de castigarla como su delito merecía, puesto que ella se disculpaba diciendo que en matar a Isabela hacía sacrificio al cielo, quitando de la tierra a una católica, y con ella la ocasión de las pendencias° de su hijo.   quarrels

---

65 **En tanto...** *while she was waiting for them come*
66 It was thought that a ground up unicorn (rhinoceros) horn was the best antidote for poisoning.

Estas tristes nuevas 'oídas de° Ricaredo, le pusieron en térmi-   heard by
nos de perder el juicio: tales eran las cosas que hacía y las lastime-
ras° razones con que se quejaba.° Finalmente, Isabela no perdió la   pitiful, moaned
vida, que el quedar con ella la naturaleza lo comutó° en dejarla sin   = **conmutó** *exchanged*
cejas,° pestañas° y sin cabello; el rostro hinchado, la tez° perdida,   eyebrows, eyelashes,
los cueros levantados[67] y los ojos lagrimosos. Finalmente, quedó   complexion
tan fea que, como hasta allí había parecido un milagro de hermosura, entonces parecía un monstruo de fealdad. Por mayor desgracia tenían los que la conocían haber quedado de aquella manera[68]
que si la hubiera muerto el veneno. Con todo esto, Ricaredo se la
pidió a la reina, y le suplicó se la dejase llevar a su casa, porque el
amor que la tenía pasaba del cuerpo al alma; y que si Isabela había
perdido su belleza, no podía haber perdido sus infinitas virtudes.

"Así es," dijo la reina, "lleváosla, Ricaredo, y 'haced cuenta° que   bear in mind
lleváis una riquísima joya encerrada en una caja de madera tosca;[69]
Dios sabe si° quisiera dárosla como me la entregastes, pero, pues no   = **que**
es posible, perdonadme: quizá el castigo que diere a la cometedora°   committer
de tal delito° satisfará en algo el deseo de la venganza."   crime

Muchas cosas dijo Ricaredo a la reina desculpando a la camarera y suplicándola la perdonase, pues las desculpas que daba eran
bastantes para perdonar mayores insultos. Finalmente, le entrega-
ron a Isabela y a sus padres, y Ricaredo los llevó a su casa; digo a la
de sus padres. A las ricas perlas y al diamante, añadió otras joyas la
reina, y otros vestidos tales, que descubrieron el mucho amor que a
Isabela tenía, la cual duró dos meses en su fealdad, sin dar indicio
alguno de poder reducirse° a su primera hermosura; pero, al cabo   return
deste tiempo, comenzó a caérsele el cuero° y a descubrírsele su   coarse skin
hermosa tez.

En este tiempo, los padres de Ricaredo, pareciéndoles no ser
posible que Isabela 'en sí volviese,° determinaron enviar por la   be herself again
doncella de Escocia, con quien primero que con Isabela tenían
concertado de casar a Ricaredo; y esto sin que él lo supiese, no du-
dando que la hermosura presente de la nueva esposa hiciese olvidar
a su hijo la° ya pasada de Isabela, a la cual pensaban enviar a Es-   = **la** *hermosura*

---

67 **Cueros levantados** *her skin covered with an itchy rash*
68 **Por mayor...** *those that knew her considered it to be worse for her to be
in that state*
69 **Madera tosca** *rough wood*

paña con sus padres, dándoles tanto haber° y riquezas, que recom-   goods
pensasen sus pasadas pérdidas. No pasó mes y medio cuando, sin
sabiduría de Ricaredo, la nueva esposa se le entró por las puertas,
acompañada como quien ella era, y tan hermosa que, después de la
Isabela que solía ser, no había otra tan bella en toda Londres. So-
bresaltóse Ricaredo con la improvisa vista⁷⁰ de la doncella, y temió
que el sobresalto de su venida° había de acabar la vida a Isabela; y   arrival
así, para templar este temor, se fue al lecho donde Isabela estaba,
y hallóla en compañía de sus padres, delante de los cuales dijo:
"Isabela de mi alma: mis padres, con el grande amor que me tienen,
aún no bien enterados° del mucho que yo te tengo, han traído a   informed
casa una doncella escocesa, con quien ellos tenían concertado de
casarme antes que yo conociese lo que vales. Y esto, a lo que creo,
con intención que la mucha belleza desta doncella borre° de mi   erase
alma la° tuya, que en ella° estampada tengo. Yo, Isabela, desde el   = *la belleza*, = *el alma*
punto que te quise fue con otro amor de aquel que tiene su fin y
paradero° en el cumplimiento del sensual apetito; que, puesto que   end
tu corporal hermosura me cautivó los sentidos,° tus infinitas vir-   senses
tudes me aprisionaron el alma, de manera que, si hermosa te quise,
fea te adoro; y, para confirmar esta verdad, dame esa mano."

Y, dándole ella la derecha y asiéndola° él con la suya, prosiguió   clutching it
diciendo: "Por la fe católica que mis cristianos padres me enseña-
ron, la cual si no está en la entereza° que se requiere, por aquella°   perfect state, = *fe*
juro° que guarda 'el Pontífice romano,° que es la que yo en mi co-   I swear, the Pope
razón confieso, creo y tengo, y por el verdadero Dios que nos está
oyendo, te prometo, ¡oh Isabela, mitad de mi alma! de ser tu esposo,
y lo soy desde luego si tú quieres levantarme a la alteza de ser tuyo."

Quedó suspensa Isabela con las razones de Ricaredo, y sus padres atónitos y pasmados.⁷¹ Ella no supo qué decir, ni hacer otra
cosa que besar muchas veces la mano de Ricaredo y decirle, con
voz mezclada con lágrimas, que ella le aceptaba por suyo y se en-
tregaba por su esclava. Besóla Ricaredo en el rostro feo, no habiendo tenido jamás atrevimiento de llegarse a él° cuando hermoso.   = *el rostro*

Los padres de Isabela solenizaron° con tiernas y muchas lá-   = solemnizaron *cele-*
grimas las fiestas del desposorio.° Ricaredo les dijo que él dilataría   *brated*; marriage
el casamiento de la escocesa, que ya estaba en casa, del modo que

---

70 **Improvisa vista** *unexpected sight*
71 **Atónitos y pasmados** *amazed and astonished*

después verían; y, cuando su padre los quisiese enviar a España a todos tres, no lo rehusasen,° sino que se fuesen y le aguardasen° en Cádiz o en Sevilla dos años, dentro de los cuales les daba su palabra de ser con ellos, si el cielo tanto tiempo le concedía de vida; y que si deste término pasase, tuviese por cosa certísima que algún grande impedimento, o la muerte, que era lo más cierto, se había opuesto a su camino.

refuse, wait for him

Isabela le respondió que no solos dos años le aguardaría, sino todos aquéllos de su vida, hasta estar enterada que él no la tenía, porque en el punto que esto supiese, sería el mismo de su muerte. Con estas tiernas palabras, se renovaron las lágrimas en todos, y Ricaredo salió a decir a sus padres cómo en ninguna manera se casaría ni daría la mano a su esposa la escocesa, sin haber primero ido a Roma a asegurar° su conciencia.[72] Tales razones supo decir a ellos y a los parientes que habían venido con Clisterna, que así se llamaba la escocesa, que, como todos eran católicos, fácilmente las creyeron, y Clisterna se contentó de quedar en casa de su suegro hasta que Ricaredo volviese, el cual pidió de término un año.

set at ease

Esto ansí° puesto y concertado, Clotaldo dijo a Ricaredo cómo determinaba enviar a España a Isabela y a sus padres, si la reina le daba licencia: quizá los aires de la patria° apresurarían° y facilitarían la salud que ya comenzaba a tener. Ricaredo, por no dar indicio de sus designios,° respondió tibiamente° a su padre que hiciese lo que mejor le pareciese; sólo le suplicó que no quitase a Isabela ninguna cosa de las riquezas que la reina le había dado. Prometióselo Clotaldo, y aquel mismo día fue a pedir licencia a la reina, así para casar a su hijo con Clisterna, como para enviar a Isabela y a sus padres a España.

= así

homeland, would hasten

plans, lukewarmly

De todo se contentó la reina, y tuvo por acertada la determinación de Clotaldo. Y aquel mismo día, sin acuerdo de letrados[73] y sin poner a su camarera 'en tela de juicio,° la condenó en que no sirviese más su oficio° y en diez mil escudos de oro para Isabela; y al conde Arnesto, por el desafío, le desterró° por seis años de Inglaterra. No pasaron cuatro días, cuando ya Arnesto se puso a punto de salir a cumplir su destierro y los dineros estuvieron juntos. La reina llamó a un mercader rico, que habitaba° en Londres y era

on trial

profession

exiled

lived

72 His pseudo-Anglicanism required confession before the Pope.
73 **Sin acuerdo...** *without consulting lawyers*

francés, el cual tenía correspondencia° en Francia, Italia y España, **agents**
al cual entregó los diez mil escudos, y le pidió cédulas° para que **documents**
se los entregasen al padre de Isabela en Sevilla o en otra playa° de **coastal town**
España. El mercader, descontados sus intereses y ganancias, dijo a
la reina que las daría ciertas y seguras para Sevilla, sobre otro mercader francés, su correspondiente, en esta forma: que él escribiría a
París para que allí se hiciesen las cédulas por otro correspondiente
suyo, a causa que° rezasen° las fechas° de Francia y no de Inglaterra, **= *para* que, say, date**
por el contrabando° de la comunicación de los dos reinos,[74] y que **and place; ban**
bastaba llevar una 'letra de aviso° suya sin fecha, con sus contrase- **certified letter**
ñas,° para que luego diese el dinero el mercader de Sevilla, que ya **signature**
estaría avisado del de París.

En resolución, la reina tomó tales seguridades del mercader,
que no dudó de no ser cierta la partida;° y, no contenta con esto, **amount**
mandó llamar a un patrón de una nave flamenca,° que estaba para **Flemish**
partirse otro día 'a Francia,° a sólo tomar en algún puerto della **= de *Francia***
testimonio° para poder entrar en España, 'a título de° partir de **testimonial, as a pretense**
Francia y no de Inglaterra; al cual pidió encarecidamente llevase en **to**
su nave a Isabela y a sus padres, y con toda seguridad y buen tratamiento los pusiese en un puerto de España, el primero a do llegase.

El patrón,° que deseaba contentar a la reina, dijo que sí haría, y **ship captain**
que los pondría en Lisboa, Cádiz o Sevilla. Tomados, pues, los re-
caudos° del mercader, envió la reina a decir a Clotaldo no quitase a **documents**
Isabela todo lo que ella la había dado, así de joyas como de vestidos.
Otro día, vino Isabela y sus padres a despedirse de la reina, que los
recibió con mucho amor. Dioles la reina la carta del mercader y
otras muchas dádivas, así de dineros como de otras 'cosas de regalo° **gifts**
para el viaje.

Con tales razones se lo agradeció Isabela, que de nuevo dejó
obligada a la reina para hacerle siempre mercedes. Despidióse de
las damas, las cuales, como ya estaba fea, no quisieran que se par-
tiera, viéndose libres de la envidia que a su hermosura tenían, y
contentas de gozar de sus gracias y discreciones. Abrazó la reina
a los tres, y, encomendándolos a la buena ventura y al patrón de la
nave, y pidiendo a Isabela la avisase de su buena llegada a España,

---

74 Relations between England and Spain were very tense throughout
the Anglo-Spanish War (1585-1604), and commercial activities with England
were prohibited.

y siempre de su salud, por la vía del mercader francés, se despidió de Isabela y de sus padres, los cuales aquella misma tarde se embarcaron, no sin lágrimas de Clotaldo y de su mujer y de todos los de su casa, de quien era en todo eſtremo bien querida. No se halló a eſta despedida presente Ricaredo, que por no dar mueſtras de tiernos sentimientos, aquel día hizo con unos amigos suyos le llevasen a caza.° Los regalos que la señora Catalina dio a Isabela para el viaje fueron muchos, los abrazos infinitos, las lágrimas en abundancia, las encomiendas de que la escribiese sin número, y los agradecimientos de Isabela y de sus padres correspondieron a todo; de suerte que, aunque llorando, los dejaron satisfechos.

    Aquella noche se hizo el bajel a la vela; y, habiendo con próspero viento tocado en Francia y tomado en ella° los recaudos necesarios para poder entrar en España, de allí a treinta días entró por la barra° de Cádiz,[75] donde se desembarcaron Isabela y sus padres; y, siendo conocidos de todos los de la ciudad, los recibieron con mueſtras de mucho contento. Recibieron mil parabienes° del hallazgo de Isabela y de la libertad que habían alcanzado, ansí de los moros° que los habían cautivado (habiendo sabido todo su suceso de los cautivos que dio libertad la liberalidad de Ricaredo), como° de la que habían alcanzado de los ingleses.

    Ya Isabela en eſte tiempo comenzaba a dar grandes esperanzas de volver a cobrar° su primera hermosura. Poco más de un mes eſtuvieron en Cádiz, reſtaurando los trabajos° de la navegación, y luego se fueron a Sevilla por ver si salía cierta la paga[76] de los diez mil ducados que, librados sobre el mercader francés, traían. Dos días después de llegar a Sevilla le buscaron, y le hallaron y le dieron la carta del mercader francés de la ciudad de Londres. Él la reconoció, y dijo que haſta que de París le viniesen las letras y carta de aviso no podía dar el dinero; pero que por momentos aguardaba el aviso.

    Los padres de Isabela alquilaron° una casa principal, frontero° de Santa Paula,[77] por ocasión que eſtaba monja° en aquel santo

hunting

= Francia

sandbar

good wishes

Turks

as well as

regain

travails

rented, across from

nun

---

75 A sandbar conneĉted the old city of Cádiz, located on an island, with the mainland.

76 **Salía cierta...** *could be made effeĉtive the payment*

77 The Convento de Santa Paula, the home of Jerónima nuns, dates from 1475.

monasterio una sobrina suya, única y estremada en la voz,[78] y así por tenerla cerca como por haber dicho Isabela a Ricaredo que, si viniese a buscarla, la hallaría en Sevilla y le diría su casa° su prima la monja de Santa Paula, y que para conocella no había menester más de preguntar por la monja que tenía la mejor voz en el monasterio, porque estas señas no se le podían olvidar. Otros cuarenta días tardaron de venir los avisos de París; y, a dos que llegaron, el mercader francés entregó los diez mil ducados a Isabela, y ella a sus padres; y con ellos y con algunos más que hicieron vendiendo algunas de las muchas joyas de Isabela, volvió su padre a ejercitar su oficio de mercader, no sin admiración de los que sabían sus grandes pérdidas.

    En fin, en pocos meses fue restaurando su perdido crédito, y la belleza de Isabela volvió a su ser primero,° de tal manera que, en hablando de hermosas, todos daban el lauro° a *la española inglesa*; que, tanto por este nombre como por su hermosura, era de toda la ciudad conocida. 'Por la orden° del mercader francés de Sevilla, escribieron Isabela y sus padres a la reina de Inglaterra su llegada, con los agradecimientos y sumisiones que requerían las muchas mercedes della recebidas. Asimismo, escribieron a Clotaldo y a su señora Catalina, llamándolos Isabela padres, y sus padres, señores. De la reina no tuvieron respuesta, pero de Clotaldo y de su mujer sí, donde les daban el parabién de la llegada a salvo,° y los avisaban cómo su hijo Ricaredo, otro día después que ellos se hicieron a la vela, se había partido a Francia, y de allí a otras partes, donde le convenía a ir para seguridad de su conciencia, añadiendo a éstas otras razones y cosas de mucho amor y de muchos ofrecimientos. A la cual carta respondieron con otra no menos cortés y amorosa que agradecida.

    Luego imaginó Isabela que el haber dejado Ricaredo a Inglaterra sería para venirla a buscar a España; y, alentada° con esta esperanza, vivía la más contenta del mundo, y procuraba vivir de manera que, cuando Ricaredo llegase a Sevilla, antes le diese en los oídos la fama de sus virtudes que el conocimiento de su casa. Pocas o ninguna vez salía de su casa, si no para el monasterio; no ganaba otros jubileos[79] que aquellos que en el monasterio se ganaban. Des-

Margin glosses: address — original state — laurels — via — safe — sustained

---

78 **Única...** *known for her unique and extremely fine voice*
79 **Jubileos** (*plenary indulgences*) were earned by going on pilgrimages.

de su casa y desde su oratorio° andaba con el pensamiento los vier- private chapel
nes de Cuaresma° la santísima estación de la cruz, y los siete veni- Lent
deros del Espíritu Santo.[80] Jamás visitó el río,[81] ni pasó a Triana,[82]
ni vio el común regocijo en el campo de Tablada y puerta de Jerez
el día, si le hace claro, de San Sebastián,[83] celebrado de tanta gente,
que apenas se puede reducir a número. Finalmente, no vio regocijo
público ni otra fiesta en Sevilla: todo lo libraba° en su recogimien- spent her time
to y en sus oraciones y buenos deseos esperando a Ricaredo. Este
su grande retraimiento° tenía abrasados y encendidos los deseos, seclusion
no sólo de los pisaverdes del barrio,[84] sino de todos aquellos que
una vez la hubiesen visto: de aquí nacieron músicas de noche en
su calle y carreras° de día. Deste no dejar verse y desearlo muchos horse races
crecieron las alhajas de las terceras,[85] que prometieron mostrarse
primas y únicas[86] en solicitar a Isabela; y no faltó quien se quiso
aprovechar de lo que llaman hechizos,° que no son sino embustes y magic spells
disparates.[87] Pero a todo esto estaba Isabela como roca en mitad del
mar, que la tocan, pero no la mueven las olas ni los vientos.

Año y medio era ya pasado cuando la esperanza propincua° de near at hand
los dos años por Ricaredo prometidos comenzó con más ahínco
que hasta allí a fatigar el corazón de Isabela. Y, cuando ya le parecía
que su esposo llegaba y que le tenía ante los ojos, y le preguntaba
qué impedimentos le habían detenido tanto; cuando ya llegaban a
sus oídos las disculpas de su esposo, y cuando ya ella le perdonaba
y le abrazaba, y como a mitad de su alma le recebía, llegó a sus
manos una carta de la señora Catalina, fecha en Londres cincuenta
días había;° venía en lengua inglesa, pero, leyéndola en español, vio = hacía
que así decía: Hija de mi alma: bien conociste a Guillarte, el paje° page

---

80 **Los siete venideros del Espíritu Santo** is baffling. It doesn't
correspond to any known rite of the Church.

81 The Guadalquivir river

82 The area on the other side of the river where artisans, sailors, picaros,
vagabonds and gypsies lived and worked.

83 The **Día de San Sebastián**, patron saint of the city, falls on the 20th
of January. Festivities were celebrated, if the weather was good, with outings
to outlying areas such as the **campo de Tablada.**

84 **Pisaverdes del...** *conceited young men living in the district*

85 **Alhajas de...** *coffers of the procuresses, or go-betweens*

86 **Primas y únicas** *the prime and the best*

87 **Embustes y disparates** *deceits and absurdities*

de Ricaredo. Éste se fue con él al viaje, que por otra° te avisé, que   = otra *carta*
Ricaredo a Francia y a otras partes había hecho el segundo día de
tu partida. Pues este mismo Guillarte, a cabo de diez y seis meses
que no habíamos sabido de mi hijo, entró ayer por nuestra puerta con nuevas que el conde Arnesto había muerto a traición[88] en
Francia a Ricaredo. Considera, hija, cuál quedaríamos su padre y
yo y su esposa con tales nuevas; tales, digo, que aun no nos dejaron
poner en duda nuestra desventura. Lo que Clotaldo y yo te roga-
mos otra vez, hija de mi alma, es que encomiendes muy de veras a
Dios la° de Ricaredo, que bien merece este beneficio el que tanto   = el *alma*
te quiso como tú sabes. También pedirás a Nuestro Señor nos dé a
nosotros paciencia y buena muerte, a quien nosotros también pe-
diremos y suplicaremos te dé a ti y a tus padres largos años de vida.

Por la letra y por la firma,° no le quedó que dudar a Isabela   signature
para no creer la muerte de su esposo. Conocía muy bien al paje
Guillarte, y sabía que era verdadero° y que de suyo° no habría que-   truthful, on his own
rido ni tenía para qué fingir° aquella muerte; ni menos su madre, la   account; invent
señora Catalina, la habría fingido, por no importarle nada[89] enviar-
le nuevas de tanta tristeza. Finalmente, ningún discurso que hizo,
ninguna cosa que imaginó, le pudo quitar del pensamiento no ser
verdadera la nueva de su desventura.

Acabada de leer la carta, sin derramar lágrimas ni dar señales
de doloroso sentimiento, con sesgo° rostro y, al parecer, con sosega-   calm
do pecho, se levantó de un estrado° donde estaba sentada y se entró   couch
en un oratorio; y, hincándose de rodillas ante la imagen de un de-
voto crucifijo, hizo voto° de ser monja, pues lo podía ser teniéndose°   vow, considering herself
por viuda.° Sus padres disimularon y encubrieron° con discreción   widow, hid
la pena que les había dado la triste nueva, por poder consolar a
Isabela en la amarga° que sentía; la cual, casi como satisfecha de   = la amarga *bitter pena*
su dolor, templándole con la santa y cristiana resolución que había
tomado, ella consolaba a sus padres, a los cuales descubrió su in-
tento,° y ellos le aconsejaron° que no le pusiese en ejecución hasta   intention, advised her
que pasasen los dos años que Ricaredo había puesto por término
a su venida; que con esto se confirmaría la verdad de la muerte de
Ricaredo, y ella con más seguridad podía mudar de estado. Ansí lo
hizo Isabela, y los seis meses y medio que quedaban para cumplirse

---

88 **Muerto a ...** *murdered in an act of teason*
89 **No importarle...** *was not at all to her advantage*

los dos años, los pasó en ejercicios de religiosa[90] y en concertar° la   arrange
entrada del monasterio, habiendo elegido el de Santa Paula, donde
estaba su prima.

   Pasóse el término de los dos años y llegóse el día de 'tomar
el hábito,° cuya nueva 'se estendió° por la ciudad; y de los que   take the veil, spread
conocían de vista a Isabela, y de aquéllos que por sola su fama,° se   reputation
llenó el monasterio y la poca distancia que dél a la casa de Isabela
había. Y, convidando su padre a sus amigos y aquéllos a otros, hicieron a Isabela uno de los más honrados acompañamientos que
en 'semejantes actos° se había visto en Sevilla. Hallóse en él° el   similar events, = el *acto*
asistente,[91] y el provisor° de la Iglesia y vicario° del arzobispo, con   vicar-general, deputy
todas las señoras y señores 'de título° que había en la ciudad: tal era   titled
el deseo que en todos había de ver el sol de la hermosura de Isabela, que tantos meses se les había eclipsado. Y, como es costumbre
de las doncellas que van a tomar el hábito ir lo posible galanas y
bien compuestas,[92] como quien en aquel punto echa el resto de la
bizarría y se descarta della,[93] quiso Isabela ponerse la más bizarra
que le fue posible; y así, se vistió con aquel vestido mismo que llevó
cuando fue a ver la reina de Inglaterra, que ya se ha dicho cuán rico
y cuán vistoso era. Salieron a luz las perlas y el famoso diamante,
con el collar y cintura, que asimismo era de mucho valor.

   Con este adorno y con su gallardía, dando ocasión para que todos alabasen° a Dios en ella, salió Isabela de su casa a pie, que el es-   praise
tar tan cerca del monasterio escusó° los coches y carrozas. El con-   made unnecessary
curso° de la gente fue tanto, que les pesó° de no haber entrado en   throng, grieved
los coches, que no les 'daban lugar° de llegar al monasterio. Unos   permitted
bendecían° a sus padres, otros al cielo, que de tanta hermosura la   blessed
había dotado;° unos se empinaban° por verla; otros, habiéndola   endowed, stood on tip-
visto una vez, corrían adelante° por verla otra; y el que más solícito   toe; ahead
se mostró en esto, y tanto que muchos echaron de ver en ello,[94]
fue un hombre vestido en hábito de los que vienen rescatados de

---

   90 **Ejercicios de...** *preparatory studies to be a nun*

   91 **Asistente** *chief magistrate* (**corregidor**) In Seville, **corregidores** were
called **asistentes**.

   92 **Lo posible...** *as handsome and well groomed as possible*

   93 **Echa el...** *puts all her worldly splendor at stake and abandons it.* **Echar
el resto** refers to a gambler who bets all he has in one final move.

   94 **Echaron de...** *took notice of it*

cautivos,[95] con una insignia de la Trinidad[96] en el pecho, en señal que han sido rescatados por la limosna° de sus redemptores.°[97]   alms, ransomers
Este cautivo, pues, al tiempo que ya Isabela tenía un pie dentro de
la portería° del convento, donde habían salido a recebirla, como   entrance
es uso,° la priora° y las monjas con la cruz, a grandes voces dijo: custom, prioress
"¡Detente, Isabela, detente!; que mientras yo fuere vivo no puedes
tú ser religiosa."°   nun

A estas voces, Isabela y sus padres volvieron los ojos, y vieron
que, hendiendo por toda la gente,[98] hacia ellos venía aquel cautivo; que, habiéndosele caído un bonete azul redondo que en la
cabeza traía, descubrió una confusa madeja de cabellos de oro
ensortijados,[99] y un rostro como el carmín y como la nieve, colorado y blanco: señales que luego le hicieron conocer y juzgar por
estranjero de todos. En efeto, cayendo y levantando, llegó donde
Isabela estaba; y, asiéndola de la mano, le dijo: "¿Conócesme, Isabela? Mira que yo soy Ricaredo, tu esposo."

"Sí conozco," dijo Isabela, "si ya no eres fantasma° que viene a   ghost
turbar mi reposo."

Sus padres le asieron y atentamente le miraron, y en resolución
conocieron ser Ricaredo el cautivo; el cual, con lágrimas en los ojos,
hincando las rodillas delante de Isabela, le suplicó que no impidie-
se la estrañeza° del traje en que estaba su 'buen conocimiento,° ni   strangeness, full recog-
estorbase° su baja fortuna[100] que ella no correspondiese a la palabra   nition; hinder
que entre los dos se habían dado. Isabela, a pesar de la impresión
que en su memoria había hecho la carta de su madre de Ricaredo,
dándole nuevas de su muerte, quiso dar más crédito a sus ojos y a
la verdad que presente tenía; y así, abrazándose con el cautivo, le
dijo: "Vos, sin duda, señor mío, sois aquel que sólo podrá impedir
mi cristiana determinación. Vos, señor, sois sin duda la mitad de
mi alma, pues sois mi verdadero esposo; estampado os tengo en mi
memoria y guardado en mi alma. Las nuevas que de vuestra muer-

---

95 **Vienen rescatados...** *like the one ransomed captives wear*
96 **Insignia de...** *mark of the Order of the Trinity* (Orden de la Santísima Trinidad Redención de Cautivos) One-third of all the Order's income was
to random Christians held captive by non-believers.
97 Fundraising constituted an important aspect of the Order's activities.
98 **Hendiendo por...** *making his way through the crowd*
99 **Confusa madeja...** *unruly mass of blond curls*
100 **Baja fortuna** *reduced circumstances*

te me escribió mi señora, y vuestra madre, ya que no me quitaron la vida, me hicieron escoger 'la de la religión,° que en este punto quería entrar a vivir en ella. Mas, pues Dios con tan justo impedimento° muestra querer otra cosa, ni podemos ni conviene que por mi parte se impida. Venid, señor, a la casa de mis padres, que es vuestra, y allí os entregaré mi posesión por los términos que pide nuestra santa fe católica."

    Todas estas razones oyeron los circunstantes, y el asistente, y vicario, y provisor del arzobispo; y de oírlas se admiraron y suspendieron, y quisieron que luego se les dijese qué historia era aquélla, qué estranjero aquél y de qué casamiento trataban. A todo lo cual respondió el padre de Isabela, diciendo que aquella historia pedía otro lugar y algún término para decirse. Y así, suplicaba a todos aquellos que quisiesen saberla, diesen la vuelta a su casa, pues estaba tan cerca; que allí se la contarían de modo que con la verdad quedasen satisfechos, y con la grandeza y estrañeza de aquel suceso admirados. En esto, uno de los presentes alzó la voz, diciendo: "Señores, este mancebo es un gran cosario inglés, que yo le conozco; y es aquel que habrá° poco más de dos años tomó a° los cosarios de Argel la nave de Portugal que venía de las Indias. No hay duda sino que es él, que yo le conozco, porque él me dio libertad y dineros para venirme a España, y no sólo a mí, sino a otros trecientos cautivos."

    Con estas razones se alborotó la gente y se avivó° el deseo que todos tenían de saber y ver la claridad de tan intricadas° cosas. Finalmente, la gente más principal, con el asistente y aquellos dos señores eclesiásticos, volvieron a acompañar a Isabela a su casa, dejando a las monjas tristes, confusas y llorando por lo que perdían en no tener en su compañía a la hermosa Isabela; la cual, estando en su casa, en una gran sala della hizo que aquellos señores se sentasen. Y, aunque Ricaredo quiso tomar la mano° en contar su historia, todavía° le pareció que era mejor fiarlo° de la lengua y discreción de Isabela, y no de la suya, que no muy expertamente hablaba la lengua castellana.

    Callaron todos los presentes; y, teniendo las almas pendientes de las razones de Isabela, ella así comenzó su cuento; el cual le reduzgo yo a que dijo todo aquello que, desde el día que Clotaldo la robó de Cádiz, hasta que entró y volvió a él,° le había sucedido,

---

(glosses, right margin)

= monastic life

hinderance

=hará, from

increased

complicated

iniciative

yet, entrust it

a *Cádiz*

contando asimismo la batalla que Ricaredo había tenido con los turcos, la liberalidad que había usado con los cristianos, la palabra que entrambos a dos se habían dado de ser marido y mujer, la promesa de los dos años, las nuevas que había tenido de su muerte: tan ciertas a su parecer, que la pusieron en el término que habían visto de ser religiosa. Engrandeció° la liberalidad de la reina, la cristiandad de Ricaredo y de sus padres, y acabó con decir que dijese Ricaredo lo que le había sucedido después que salió de Londres hasta el punto presente, donde le veían con hábito de cautivo y con una señal de haber sido rescatado por limosna.

     "Así es," dijo Ricaredo, "y en breves razones sumaré° los inmensos trabajos míos. Después que me partí de Londres, por escusar el casamiento que no podía hacer con Clisterna, aquella doncella escocesa católica con quien ha dicho Isabela que mis padres me querían casar, llevando en mi compañía a Guillarte, aquel paje que mi madre escribe que llevó a Londres las nuevas de mi muerte, atravesando por Francia, llegué a Roma, donde se alegró mi alma y 'se fortaleció° mi fe. Besé los pies al Sumo Pontífice,° confesé mis pecados° con el mayor penitenciero;[101] absolvióme dellos, y diome los recaudos necesarios que diesen fe de mi confesión y penitencia y de la reducción que había hecho a nuestra universal madre la Iglesia. Hecho esto, visité los lugares tan santos como inumerables que hay en aquella ciudad santa; y de dos mil escudos que tenía en oro, di los mil y seiscientos a un cambio,° que me los libró° en esta ciudad sobre un tal° Roqui, florentín.° Con los cuatrocientos que me quedaron, con intención de venir a España, me partí para Génova, donde había tenido nuevas que estaban dos galeras de aquella señoría° de partida para España.

    »Llegué con Guillarte, mi criado, a un lugar que se llama Aquapendente, que, viniendo de Roma a Florencia, es el último que tiene el Papa,[102] y en una hostería° o posada, donde 'me apeé,° hallé al conde Arnesto, mi mortal enemigo, que con cuatro criados disfrazado y encubierto,[103] más por ser curioso que por ser católico, entiendo que iba a Roma. Creí sin duda que no me había conocido. Encerréme° en un aposento con mi criado, y estuve con cuidado

Glosses (right margin):
extolled
I will summarize
was strengthened, the Pope; sins
money-changer, transfered; certain, from Florence
republic
inn, I dismounted
I locked myself

---

101 A **penitenciario** is a cardinal belonging to the Apostolic Penitentiary
102 **Último que...** *the last town within the Papal States*
103 **Disfrazado y encubierto** *disguised and with his face hidden*

y con determinación de mudarme a otra posada en cerrando la noche.[104] No lo hice ansí, porque el descuido grande que no sé que tenían[105] el conde y sus criados, me aseguró que no me habían conocido. Cené en mi aposento, cerré la puerta, apercebí° mi es- *I had ready* pada, encomendéme a Dios y no quise acostarme.° Durmióse mi *go to bed* criado, y yo sobre una silla me quedé medio dormido; mas, poco después de la media noche, me despertaron, para hacerme dormir el eterno sueño, cuatro pistoletes,° como después supe, dispararon *pistol shots* contra mí el conde y sus criados; y, dejándome por muerto, tenien- do ya 'a punto° los caballos, se fueron, diciendo al 'huésped de la *ready* posada° que me enterrase, porque era hombre principal; y, con esto, *innkeeper* se fueron.

»Mi criado, según dijo después el huésped, despertó al ruido,[106] y con el miedo 'se arrojó° por una ventana que caía a un patio; y, *threw himself* diciendo "¡'Desventurado de mí,° que han muerto a mi señor!" se *wretched me* salió del mesón; y debió de ser con tal miedo, que no debió de pa- rar° hasta Londres, pues él fue el que llevó las nuevas de mi muerte. *stop* Subieron los de la hostería y halláronme atravesado con cuatro ba- las y con muchos perdigones;° pero todas por partes,° que de nin- *pellets, places* guna fue mortal la herida.° Pedí confesión y todos los sacramentos *wound* como católico cristiano; diéronmelos, curáronme,° y no estuve para *treated my wounds* ponerme en camino en dos meses; al cabo de los cuales vine a Gé- nova, donde no hallé otro pasaje, sino en dos falugas° que fletamos° *launches, hired* yo y otros dos principales españoles: la una para que fuese delante descubriendo,[107] y la otra donde nosotros fuésemos.

»Con esta seguridad nos embarcamos, navegando 'tierra a tie- rra° con intención de no engolfarnos;[108] pero, llegando a un paraje *within sight of land* que llaman las Tres Marías, que es en la costa de Francia, yendo nuestra primera faluga descubriendo, a desora° salieron de una cala° *=deshora, small inlet* dos galeotas turquescas; y, tomándonos 'la una la mar° y 'la otra la *seaward* tierra,° cuando íbamos a embestir en ella, nos cortaron el camino y *landward* nos cautivaron. En entrando en la galeota, 'nos desnudaron° hasta *undessed us*

---

104 **En cerrando...** *when it got dark*
105 **Descuido grande...** *unexplicable great careless attitude of*
106 **Al ruido** *on hearing the noise*
107 **Descubriendo** *on the look out for pirates*
108 **Navegando tierra...** *sailing close to the coast in order not to lose sight of land*

dejarnos en carnes.° Despojaron° las falugas de cuanto llevaban, y ⟶ naked, cleared
dejáronlas embestir en tierra sin echallas a fondo, diciendo que
aquéllas les servirían otra vez de traer otra galima,° que con este ⟶ petty theft
nombre llaman ellos a los despojos que de los cristianos toman.
Bien se me podrá creer si digo que sentí en el alma mi cautiverio, y
sobre todo la pérdida de los recaudos de Roma, donde en una 'caja
de lata° los traía, con la cédula de los mil y seiscientos ducados; ⟶ tin box
mas la buena suerte quiso que viniese a manos de un cristiano cautivo español, que las guardó; que si vinieran 'a poder° de los turcos, ⟶ in the hands
por lo menos había de dar por mi rescate lo que rezaba la cédula,
que ellos averiguaran cúya° era. ⟶ whose

»Trujéronnos° a Argel, donde hallé que estaban rescatando los ⟶ =trajéronnos
padres de la Santísima Trinidad.[109] Hablélos, díjeles quién era, y,
movidos de caridad,° aunque yo era estranjero, me rescataron en ⟶ charity
esta forma: que dieron por mí trecientos ducados, los ciento luego° ⟶ then and there
y los docientos cuando volviese el 'bajel de la limosna° a rescatar ⟶ rescue boat
al padre de la redempción, que se quedaba en Argel empeñado° ⟶ pledged
en cuatro mil ducados, que había gastado más de los que traía.[110]
Porque a toda esta misericordia y liberalidad se estiende la caridad destos padres, que dan su libertad por la ajena,° y se quedan ⟶ someone else's
cautivos por rescatar los cautivos. 'Por añadidura° del bien de mi ⟶ in addition
libertad, hallé la caja perdida con los recaudos y la cédula. Mostré-
sela al bendito padre que me había rescatado, y ofrecíle quinientos
ducados más de los de mi rescate para ayuda de su empeño.° ⟶ enterprise

»Casi un año 'se tardó° en volver la nave de la limosna; y lo ⟶ it took
que en este año me pasó, a poderlo contar aora, fuera otra nueva
historia. Sólo diré que fui conocido de uno de los veinte turcos que
di libertad con los demás cristianos ya referidos, y fue tan agradecido y tan 'hombre de bien,° que no quiso descubrirme;° porque, a ⟶ noble, denounce me
conocerme los turcos por aquél que había echado a fondo sus dos
bajeles, y quitádoles de las manos la gran nave de la India, o me
presentaran al Gran Turco o me quitaran la vida; y de presentarme

---

109 **Padres de...** priests belonging to the Orden de la Santísima Trinidad Redención de Cautivos

110 Since these priests generally found more captives than the ransom
money they carried with them, one priest remained as a guarentee that the
ship would return with the full amount.

al Gran Señor[III] redundara no tener libertad en mi vida. Finalmente, el padre redemptor vino a España conmigo y con otros
cincuenta cristianos rescatados. En Valencia hicimos la procesión
general,[112] y desde allí cada uno se partió donde más le plugo,° con   pleased
las insignias de su libertad, que son estos habiticos. Hoy llegué a
esta ciudad, con tanto deseo de ver a Isabela, mi esposa, que, sin
detenerme a otra cosa, pregunté por este monasterio, donde me
habían de dar nuevas de mi esposa. Lo que en él me ha sucedido
ya se ha visto. Lo que queda por ver son estos recaudos, para que
se pueda tener por verdadera mi historia, que tiene tanto de milagrosa como de verdadera."

　　Y luego, en diciendo esto, sacó de una caja de lata los recaudos que decía, y se los puso en manos del provisor, que los vio
junto con el señor asistente; y no halló en ellos cosa que le hiciese dudar de la verdad que Ricaredo había contado. Y, para más
confirmación della, ordenó el cielo que se hallase presente a todo
esto el mercader florentín, sobre quien venía[113] la cédula de los mil
y seiscientos ducados, el cual pidió que le mostrasen la cédula; y,
mostrándosela, la reconoció° y la aceptó para luego, porque él mu-   acknowleged it
chos meses había° que tenía aviso desta partida. Todo esto fue aña-   =hacía
dir admiración a admiración y espanto° a espanto. Ricaredo dijo   consternation
que de nuevo ofrecía los quinientos ducados que había prometido.
Abrazó el asistente a Ricaredo y a sus padres de Isabela y a ella,
ofreciéndoseles[114] a todos con corteses razones. Lo mismo hicieron
los dos señores eclesiásticos, y rogaron a Isabela que pusiese toda
aquella historia por escrito, para que la leyese su señor el arzobispo;
y ella lo prometió.

　　El grande silencio que todos los circunstantes habían tenido,
escuchando el estraño caso, se rompió en dar alabanzas a Dios por
sus grandes maravillas;° y, dando desde el mayor hasta el más pe-   wonders
queño el parabién a Isabela, a Ricaredo y a sus padres, los dejaron;
y ellos suplicaron al asistente honrase sus bodas,° que de allí a ocho   wedding celebrations
días pensaban hacerlas. Holgó de hacerlo así el asistente, y, de allí

　　III　The Grand Turk, Sultan Mehmet II at Constantinople
　　112　It was custom for rescued captives to walk in procession up to the
Cathedral as soon as they reached port in an act of thanksgiving.
　　113　**Sobre quien...** *in whose name it was made out*
　　114　**Ofreciéndoseles** *putting himself at their service*

a ocho días, acompañado de los más principales de la ciudad, se
halló en ellas.°   *= las bodas*

Por estos rodeos° y por estas circunstancias, los padres de Isa-   roundabout ways
bela cobraron su hija y restauraron su hacienda; y ella, favorecida
del cielo y ayudada de sus muchas virtudes, 'a despecho de° tantos   in spite of
inconvenientes, halló marido tan principal como Ricaredo, en cuya
compañía se piensa que aún hoy vive en las casas que alquilaron
frontero de Santa Paula, que después las compraron de los herede-
ros de un hidalgo burgalés° que se llamaba Hernando de Cifuentes.   from Burgos

Esta novela nos podría enseñar cuánto puede la virtud, y cuán-
to la hermosura, pues son bastantes juntas, y cada una 'de por sí,°   on its own
a enamorar aun hasta los mismos enemigos; y de cómo sabe el
cielo sacar° de las mayores° adversidades nuestras nuestros mayores   take, greatest
provechos.

Novela del
licenciado Vidriera

PASEÁNDOSE° DOS CABALLEROS ESTUDIANTES por las riberas° de Tormes,[1] hallaron en ellas, debajo de un árbol durmiendo, a un muchacho de haſta edad de once años, veſtido como labrador.° Mandaron a un criado que le despertase; despertó y preguntáronle de adónde era y qué hacía durmiendo en aquella soledad.° A lo cual el muchacho respondió que el nombre de su tierra° se le había olvidado, y que iba a la ciudad de Salamanca a buscar un amo° a quien servir, por sólo que le diese eſtudio.[2] Preguntáronle si sabía leer; respondió que sí, y escribir también.

"De esa manera," dijo uno de los caballeros, "no es por falta° de memoria habérsete olvidado el nombre de tu patria.°"

"Sea por lo que fuere," respondió el muchacho, "que ni el della° ni del de mis padres sabrá ninguno haſta que yo pueda honrarlos a ellos y a ella."[3]

"Pues, ¿de qué suerte° los piensas honrar?" preguntó el otro caballero.

"Con mis eſtudios," respondió el muchacho, "siendo famoso por ellos;[4] porque yo he oído decir que de los hombres se hacen los obispos."[5]

Eſta respueſta movió a los dos caballeros a que le recibiesen y llevasen consigo, como lo hicieron, dándole eſtudio de la manera que se usa[6] dar en aquella universidad a los criados que sirven. Dijo el muchacho que se llamaba Tomás Rodaja, de donde infirieron sus amos, por el nombre y por el veſtido, que debía de ser hijo de

out strolling, banks

peasant

lonely place, homeland

master

lack

birthplace

of my birthplace

way

---

1 The Tormes river flows through Salamanca.
2 As wages he only asked that his tuition be paid and that he'd be allowed time off to ſtudy.
3 **Honrarlos a...** *honor both my parents and my birthplace*
4 *my ſtudies*
5 **He oído...** *I've heard it said that ordinary men can rise to be bishops*
6 **Manera que...** *the way it is done*

algún labrador pobre. A pocos días le vistieron de negro,[7] y a pocas
semanas dio Tomás muestras de tener raro ingenio,[8] sirviendo a
sus amos con tanta fidelidad, puntualidad y diligencia que, con
no faltar un punto a sus estudios,[9] parecía que sólo se ocupaba en
servirlos. Y, como el buen servir del siervo mueve la voluntad° del — will
señor a tratarle° bien, ya Tomás Rodaja no era criado de sus amos, — treat him
sino su compañero.

　　Finalmente, en ocho años que estuvo con ellos, se hizo tan famoso en la universidad, por su buen ingenio y notable habilidad,° — skill
que de todo género° de gentes era estimado y querido. Su principal — kinds
estudio fue de leyes;° pero en lo que más se mostraba era en 'letras — law
humanas;° y tenía tan feliz memoria que era cosa de espanto,° e — liberal arts, admiration
ilustrábala tanto con su buen entendimiento, que no era menos fa-
moso por él que por ella.[10]

　　Sucedió° que se llegó el tiempo que sus amos acabaron sus — it happened
estudios y se fueron a su lugar, que era una de las mejores ciudades
de la Andalucía. Lleváronse consigo a Tomás, y estuvo con ellos
algunos días; pero, como le fatigasen° los deseos de volver a sus — vexed him
estudios y a Salamanca (que enhechiza° la voluntad de volver a — bewitches
ella° a todos los que de la apacibilidad de su vivienda[11] han gustado), — **Salamanca**
pidió a sus amos licencia para volverse. Ellos, corteses y liberales,
se la dieron, acomodándole de suerte[12] que con lo que le dieron se
pudiera sustentar tres años.

　　Despidióse dellos, mostrando en sus palabras su agradeci-
miento,° y salió de Málaga (que ésta era la patria de sus señores); y, — gratitude
al bajar de la cuesta de la Zambra,[13] camino de Antequera, 'se topó
con° un gentilhombre 'a caballo,° vestido bizarramente de camino,[14] — came across, on horse-
con dos criados también a caballo. Juntóse con él y supo cómo lle- — back
vaba su mismo viaje. Hicieron camarada,[15] departieron° de diversas — talked

---

7 Students dressed in black cassocks and cloaks.
8 **Muestras de...** *signs of having an exceptional mind*
9 **Con no...** *without falling behind one bit in his studies*
10 **El... ella** *good understanding... good memory*
11 **Apacibilidad de...** *peaceful life style*
12 **De suerte** *in such a way*
13 The hill that goes up to Zambra Tower, a watchtower built by the Arabs in the 8th century.
14 **Vestido bizarramente...** *dressed in a splendid riding suit*
15 **Hicieron camarada...** *they struck up a good friendship*

cosas, y 'a pocos lances° dio Tomás muestras de su raro ingenio, y   very quickly
el caballero las dio de su bizarría y cortesano trato, y dijo que era
capitán de infantería por Su Majestad, y que su alférez° estaba   subaltern
haciendo la compañía[16] en tierra de Salamanca.

Alabó° la vida de la soldadesca; pintóle muy al vivo la belleza   praised
de la ciudad de Nápoles, las holguras° de Palermo, la abundancia   past-times
de Milán, los festines de Lombardía, las espléndidas comidas de
las hosterías;° dibujóle dulce y puntualmente° el *aconcha, patrón;*   inns, minutely
pasa acá, manigoldo; venga la macarela, li polastri e li macarroni.[17]
Puso las alabanzas en el cielo de la vida libre del soldado y de la libertad de Italia; pero no le dijo nada del frío de las centinelas,° del   night watches
peligro de los asaltos, del espanto° de las batallas, del hambre de   horror
los cercos,° de la ruina de la minas, con otras cosas deste jaez,° que   blockades, sort
algunos las toman y tienen por añadiduras[18] del peso de la solda-
desca, y son la carga principal della. En resolución, tantas cosas le
dijo, y tan bien dichas, que la discreción de nuestro Tomás Rodaja
comenzó a titubear° y la voluntad a aficionarse° a aquella vida, que   waver, take a liking to
tan cerca tiene la muerte.

El capitán, que don Diego de Valdivia se llamaba, contentísimo de la buena presencia, ingenio y desenvoltura[19] de Tomás, le
rogó que se fuese con él a Italia, si quería,[20] por curiosidad de verla;
que él le ofrecía su mesa y aun, si fuese necesario, su bandera,[21]
porque su alférez la había de dejar presto.°   soon

Poco fue menester° para que Tomás tuviese° el envite, hacien-   necessary, accept
do consigo en un instante un breve discurso de que sería bueno ver
a Italia y Flandes y otras diversas tierras y países, pues las luengas
peregrinaciones[22] hacen a los hombres discretos;° y que en esto, a   wise
lo más largo, podía gastar tres o cuatro años, que, añadidos a los
pocos que él tenía, no serían tantos que impidiesen volver a sus estudios. Y, como si todo hubiera de suceder a la medida de su gusto,

---

16   **Haciendo la compañía** *recruiting men to serve under his banner*
17   **Aconcha, patrón...** In somewhat macaronic Italian, "Attention, patron, come here, rogue, bring on the meatballs, the chickens and the macaroni."
18   **Toman...** *put up with and just consider a small part*
19   **Buena...** *good looks, wit and self-confidence*
20   **Si quería** *even if only for the sake of*
21   One of the jobs of the *alférez* was to to carry the company's banner.
22   **Luengas peregrinaciones** *long journeys*

dijo al capitán que era[23] contento de irse con él a Italia; pero había
de ser condición que no se había de sentar debajo de bandera, ni
poner en lista de soldado, por no obligarse a seguir su bandera;[24] y,
aunque el capitán le dijo que no importaba ponerse en lista, que
ansí gozaría de los socorros y pagas[25] que a la compañía se diesen,
porque él le daría licencia todas las veces que se la pidiese.

"Eso sería," dijo Tomás, "ir contra mi conciencia y contra la del
señor capitán; y así, más quiero ir suelto° que obligado."   no strings attached

"Conciencia tan escrupulosa," dijo don Diego, "más es de re-
ligioso° que de soldado; pero, comoquiera que sea,[26] ya somos ca-   monk
maradas."

Llegaron aquella noche a Antequera,[27] y en pocos días y 'gran-
des jornadas° se pusieron donde estaba la compañía, ya acabada de   long marches
hacer, y que comenzaba a marchar 'la vuelta de° Cartagena, alo-   towards
jándose° ella° y otras cuatro por los lugares que le venían a mano.   lodging, = la compañía
Allí notó Tomás la autoridad de los comisarios, la incomodidad de
algunos capitanes, la solicitud de los aposentadores,° la industria   quartering officers
y cuenta de los pagadores, las quejas° de los pueblos, el rescatar de   complaints
las boletas,[28] las insolencias de los bisoños,° las pendencias° de los   rookies, quarrels
huéspedes,° el pedir bagajes° más de los necesarios, y, finalmente,   innkeepers, beasts of
la necesidad casi precisa de hacer todo aquello que notaba y mal   burden
le parecía.[29]

Habíase vestido Tomás de papagayo,[30] renunciando los hábitos
de estudiante, y púsose a lo de Dios es Cristo,[31] como se suele decir.

---

23   Today we would say *estaba*.

24   He did not want his name to appear in the list of soldiers because
that would oblige him to obey the rules of the company.

25   **Gozaría de...** he'd enjoy the assistence and pay

26   **Comoquiera que...** *be it as it may*

27   Antequera, at the crossroads between Málaga to the south, Granada
to the east, Córdoba to the north and Seville to the west, was an important
commercial center in the 16th century.

28   **Boletas** were documents given to each soldier showing in which
house he was to lodge

29   **Necesidad casi...** *nearly unavoidable necessity to do the things he saw
but didn't agree with*

30   The expression "vestirse de papagayo"—parrot style—, refers to the
way soldiers dressed: bright colors, profusely decorated with gold chains, mul-
ticolor plumes and hat bands embroidered in gold or silver, etc.

31   **Dios es...** *as colorful and dashing as possible*

Los muchos libros que tenía los redujo a unas *Horas de Nuestra
Señora*[32] y un *Garcilaso* sin comento,[33] que en las dos faldriqueras°　bags
llevaba. Llegaron más presto de lo que quisieran a Cartagena, porque la vida de los alojamientos es ancha y varia, y cada día se topan
cosas nuevas y gustosas.

Allí se embarcaron en cuatro galeras de Nápoles,[34] y allí notó
también Tomás Rodaja la extraña vida de aquellas marítimas casas, adonde lo más del tiempo maltratan las chinches,° roban los　bedbugs
forzados,° enfadan los marineros, destruyen los ratones y fatigan　galley slaves
las maretas.° Pusiéronle temor las grandes borrascas° y tormentas,°　swells, squalls, storms
especialmente en el golfo de León,[35] que tuvieron dos; que la una
los echó en Córcega° y la otra los volvió a Tolón,[36] en Francia. En　Corsica
fin, trasnochados, mojados y con ojeras,[37] llegaron a la hermosa y
bellísima ciudad de Génova; y, desembarcándose en su recogido
mandrache,[38] después de haber visitado una iglesia,[39] dio el capitán
con todos sus camaradas° en una hostería, donde pusieron en olvi-　fellow officers
do todas las borrascas pasadas con el presente *gaudeamus*.[40]

Allí conocieron la suavidad del Treviano,[41] el valor del Monte-
frascón, la fuerza del Asperino, la generosidad de los dos griegos
Candia y Soma, la grandeza del de las Cinco Viñas, la dulzura y
apacibilidad de la señora Guarnacha, la rusticidad de la Chénto-
la, sin que entre todos estos señores osase° parecer° la bajeza del　dare, =aparecer
Romanesco. Y, habiendo hecho el huésped la reseña° de tantos y　description
tan diferentes vinos, se ofreció de hacer parecer allí, sin usar de

32　The *Little Office of Our Lady*, or *Hours of the Virgin*, was a collection
of texts and prayers with illustrations.

33　Probably *Las obras del excelente Poete Garcilasso de la Vega*. Salamanca: Pedro Lasso, 1577.

34　**Galeras de Nápoles** *Spanish galley ships stationed in Naples*

35　The Gulf of Lions, off the southern coast of France, is known for its
cyclonic storm systems.

36　The city of Toulon is located at the easterly edge of the Gulf of Lions.

37　**Trasnochados. mojados…** *awake all night, wet and with rings under
their eyes*

38　The secluded Mandraccio wharf area, or Porto Antico, of Genoa.

39　Their first duty was to enter a church to give thanks to God for a
safe journey.

40　Latin for "let us enjoy ourselves to the fullest."

41　Here Tomas describes the different Italian, Greek and Spanish wines
the inn keeper set before them.

tropelía,° ni 'como pintados en mapa,° sino real y verdaderamente, *magic, speculation*
a Madrigal, Coca, Alaejos, y a la imperial más que Real Ciudad,
recámara del dios de la risa;[42] ofreció a Esquivias, a Alanís, a Caza-
lla, Guadalcanal y la Membrilla, sin que se le olvidase de Ribadavia
y de Descargamaría. Finalmente, más vinos nombró el huésped, y
más les dio, que pudo tener en sus bodegas° el mismo Baco. *wine cellars*

Admiráronle también al buen Tomás los rubios° cabellos de *fair*
las ginovesas, y la gentileza y gallarda disposición[43] de los hombres;
la admirable belleza de la ciudad, que en aquellas peñas° parece *rocks*
que tiene las casas engastadas° como diamantes en oro. *set*

Otro día[44] se desembarcaron todas las compañías que habían
de ir al Piamonte;[45] pero no quiso Tomás hacer este viaje, sino irse
desde allí por tierra a Roma y a Nápoles, como lo hizo, quedando
de volver por la gran Venecia y por Loreto a Milán y al Piamonte,
donde dijo don Diego de Valdivia que le hallaría si ya no los hubiesen llevado a Flandes, según se decía.

Despidióse Tomás del capitán de allí a dos días, y en cinco
llegó a Florencia, habiendo visto primero a Luca, ciudad pequeña, pero muy bien hecha, y en la que, mejor que en otras partes
de Italia, son bien vistos y agasajados[46] los españoles. Contentóle
Florencia en extremo, así por su agradable asiento° como por su *location*
limpieza, sumptuosos edificios, fresco río[47] y apacibles calles. Estuvo en ella cuatro días, y luego se partió a Roma, reina de las ciudades y señora del mundo. Visitó sus templos, adoró sus reliquias
y admiró su grandeza; y, así como por las uñas del león se viene en
conocimiento de su grandeza y ferocidad, así él sacó la° de Roma = *la grandeza*
por sus despedazados mármoles, medias y enteras estatuas,[48] por
sus rotos arcos y derribadas termas°, por sus magníficos pórticos y *thermal baths*

---

42 **Recámara...** *domain of Bacchus, the god of wine* This is a play on
Ciudad Imperial (Toledo) and Ciudad Real and the rivalry between the two
province for their excellent wines.

43 **Gentileza y...** *politeness and graceful attitude*

44 **Otro dia** *the next day*

45 The units were trained in Piedmont and later sent to Flanders.

46 **Bien vistos...** *well accepted and royally entertained.* Lucca was an independent city-state at that time—a privilege granted by Charles V in 1552—,
which could explain the friendliness of the people.

47 The Arno

48 He probably means half buried statues.

anfiteatros grandes; por su famoso y santo río,° que siempre llena   = the Tiber
sus márgenes de agua y las beatifica con las infinitas reliquias de
cuerpos de mártires que en ellas tuvieron sepultura;[49] por sus puen-
tes, que parece que se están mirando unas a otras, que con sólo el
nombre cobran autoridad sobre todas las de las otras ciudades del
mundo: la vía Apia,[50] la Flaminia,[51] la Julia,[52] con otras deste jaez.
Pues no le admiraba menos la división de sus montes dentro de
sí misma: el Celio, el Quirinal y el Vaticano,[53] con los otros cuatro,
cuyos nombres manifiestan la grandeza y majestad romana. Notó
también la autoridad° del Colegio de los Cardenales, la majestad   pomp
del Sumo Pontífice,[54] el concurso° y variedad de gentes y naciones.°   crowds, nationalities
Todo lo miró, y notó y 'puso en su punto.° Y, habiendo andado la   reflected on
estación de las siete iglesias, y confesádose con un penitenciario,[55]
y besado el pie a Su Santidad,° lleno de *agnusdeis*[56] y cuentas,° de-   His Holiness, rosaries
terminó irse a Nápoles; y, por ser tiempo de mutación,[57] malo y
dañoso para todos los que en él entran o salen de Roma, como
hayan caminado por tierra, se fue por mar a Nápoles, donde a la
admiración que traía de haber visto a Roma añadió la que le causó
ver a Nápoles, ciudad, a su parecer y al de todos cuantos la han
visto, la mejor de Europa y aun de todo el mundo.

Desde allí se fue a Sicilia, y vio a Palermo, y después a Micina;° de Palermo le pareció bien el asiento y belleza, y de Micina,   Messina
el puerto, y de toda la isla, la abundancia, por quien propiamente
y con verdad es llamada granero de Italia. Volvióse a Nápoles y a
Roma, y de allí fue a Nuestra Señora de Loreto, en cuyo santo-

---

49 A reference to the persecution of Christians under Diocletian and
Galerius (303-304)

50 The Appian Way connected Rome with southeast Italy and the
Adriatic.

51 Via Flaminia connected Rome with northeast Italy and the Adriatic.

52 Via Julia Augusta was a northern route connecting the Adriatic with
the Mediterranean.

53 A common error; the Vatican is not one of the seven hills of Rome.

54 The red gowns and *birretti* of the cardinals must have impressed him
as they marched in procession with the Pope from the Basilica of Santa Sabina
to the Circus Maximus on Ash Wednesday.

55 A cardinal belonging to the Apostolic Penitentiary

56 **Agnus Dei** was a wax bar stamped with the image of a lamb, the
Lamb of God.

57 **Tiempo de**... *the rainy season*

templo no vio paredes ni murallas, porque todas estaban cubiertas de muletas, de mortajas, de cadenas, de grillos, de esposas, de
cabelleras, de medios bultos de cera y de pinturas y retablos,[58] que
daban manifiesto indicio de las inumerables mercedes que muchos
habían recebido de la mano de Dios, por intercesión de su divina
Madre, que aquella sacrosanta imagen suya quiso engrandecer y
autorizar con muchedumbre° de milagros, en recompensa de la
devoción que le tienen aquellos que con semejantes doseles° tienen adornados los muros° de su casa. Vio el mismo aposento y
estancia° donde se relató la más alta embajada[59] y de más impor-
tancia que vieron y no entendieron todos los cielos, y todos los
ángeles y todos los moradores de las moradas sempiternas.[60]

    Desde allí, embarcándose en Ancona,[61] fue a Venecia, ciudad
que, a no haber nacido Colón en el mundo, no tuviera en él semejante: merced° al cielo y al gran Hernando Cortés, que conquistó
la gran Méjico, para que la gran Venecia tuviese en alguna manera
quien se le opusiese. Estas dos famosas ciudades[62] se parecen en las
calles, que son todas de agua: la de Europa, admiración del mundo
antiguo; la de América, espanto del mundo nuevo. Parecióle que
su riqueza era infinita, su gobierno prudente, su sitio inexpugnable,
su abundancia mucha, sus contornos alegres, y, finalmente, toda
ella en sí y en sus partes digna de la fama que de su valor por todas
las partes del orbe se extiende, dando causa de acreditar más esta
verdad la máquina de su famoso Arsenal,[63] que es el lugar donde se
fabrican las galeras, con otros bajeles° que no tienen número.

    Por poco fueran los de Calipso[64] los regalos° y pasatiempos
que halló nuestro curioso en Venecia, pues casi le hacían olvidar
de su primer intento.° Pero, habiendo estado un mes en ella, por

(marginal glosses: multitude, hangings, walls, room, thanks, ships, treats, purpose)

---

    58 **Cubiertas de...** *the walls were covered with crutches, shrouds, chains,
shackles, handcuffs, wigs, wax busts, paintings and portraits*

    59 The Annunciation

    60 **Moradores semipternas** *those dwelling in heavenly places*

    61 A small seaport on the Adriatic coast

    62 Venice and Tenochitilán, the Aztec capital and home of Montezuma

    63 Where the shipbuilding, textiles, glass making and printing indus-
tries were located

    64 When Ulysses was shipwrecked, Calypso lavished him with presents
and promises of immortality if he remained with her on her island.

Ferrara, Parma y Plasencia volvió a Milán, oficina de Vulcano,[65] ojeriza° del reino de Francia;[66] ciudad, en fin, de quien se dice que puede decir y hacer, haciéndola magnífica la grandeza suya y de su templo y su maravillosa abundancia de todas las cosas a la vida humana necesarias. Desde allí se fue a Aste,° y llegó a tiempo que otro día marchaba el tercio° a Flandes.

    Fue muy bien recibido de su amigo el capitán, y en su compañía y camarada pasó a Flandes, y llegó a Amberes,° ciudad no menos para maravillar que las que había visto en Italia. Vio a Gante,° y a Bruselas, y vio que todo el país se disponía a tomar las armas, para salir en campaña el verano siguiente.[67]

    Y, habiendo cumplido con el deseo que le movió a ver lo que había visto, determinó volverse a España y a Salamanca a acabar sus estudios; y como lo pensó lo puso luego por obra, con pesar° grandísimo de su camarada, que le rogó, al tiempo de despedirse, le avisase de su salud, llegada y suceso. Prometióselo ansí como lo pedía, y, por Francia, volvió a España, sin haber visto a París, por estar puesta en armas.[68] En fin, llegó a Salamanca, donde fue bien recibido de sus amigos, y, con la comodidad° que ellos le hicieron, prosiguió sus estudios hasta graduarse de licenciado en leyes.

    Sucedió que en este tiempo llegó a aquella ciudad una dama de todo rumbo y manejo.[69] Acudieron luego a la añagaza, y reclamo[70] todos los pájaros del lugar, sin quedar *vademécum*[71] que no la visitase. Dijéronle a Tomás que aquella dama decía que había estado en Italia y en Flandes, y, por ver si la conocía, fue a visitarla, de cuya visita y vista quedó ella enamorada de Tomás. Y él, sin echar de ver en ello,[72] si no era por fuerza y llevado de otros, no quería entrar en su casa. Finalmente, ella le descubrió su voluntad

Margin glosses: exasperation / Asti / troops / Antwerp / Ghent / regret / help

---

65 Milan was noted for its armor-making industry.

66 In 1499 the French occupied Milan but in 1512 they were expelled.

67 A possible reference to the Battle of Oosterweel, near Antwerp, March 1567

68 A possible reference to the Battle of Saint-Denis, between Huguenots and Catholics, November 1567

69 **Todo rumbo...** *very crafty and shrewd*

70 **Añagaza y reclamo** *lure and call*

71 **Vademecum** was a bag to carry books, also a nickname for servant-boy students.

72 **Sin echar...** *without paying much attention to what was going on*

y le ofreció su hacienda. Pero, como él atendía más a sus libros que
a otros pasatiempos, en ninguna manera respondía al gusto de la
señora; la cual, viéndose desdeñada° y, a su parecer, aborrecida° y   scorned, despised
que por medios ordinarios y comunes no podía conquistar la roca
de la voluntad de Tomás, acordó° de buscar otros modos, a su pare-   decided
cer más eficaces y bastantes para 'salir con° el cumplimiento de sus   carry out
deseos. Y así, aconsejada de una morisca,° en un membrillo toleda-   Moorish woman
no[73] dio a Tomás unos destos que llaman hechizos,° creyendo que   magic potions
le daba cosa que le forzase la voluntad a quererla: como si hubiese
en el mundo yerbas, encantos° ni palabras suficientes a forzar el   charms
'libre albedrío;° y así, las que dan estas bebidas o comidas amatorias   will
se llaman *veneficios*;[74] porque no es otra cosa lo que hacen sino dar
veneno a quien las[75] toma, como lo tiene mostrado la experiencia
en muchas y diversas ocasiones.

    Comió en tan mal punto Tomás el membrillo, que al momen-
to comenzó a herir° de pie y de mano como si tuviera alferecía,° y   shake, epilepsy
sin volver en sí estuvo muchas horas, al cabo de las cuales volvió
como atontado, y dijo con lengua turbada y tartamuda[76] que un
membrillo que había comido le había muerto, y declaró quién se
le había dado. La justicia, que tuvo noticia del caso, fue a buscar la
malhechora;° pero ya ella, viendo el mal suceso, se había puesto en   evildoer
cobro° y no pareció jamás.°   hiding, ever again

    Seis meses estuvo en la cama Tomás, en los cuales 'se secó° y se   wasted away
puso, como suele decirse, en los huesos, y mostraba tener turbados
todos los sentidos. Y, aunque le hicieron los remedios posibles,[77]
sólo le sanaron la enfermedad del cuerpo, pero no de lo del entendimiento, porque quedó sano, y loco de la más extraña locura
que entre las locuras hasta entonces se había visto. Imaginóse el
desdichado que era todo hecho de vidrio,° y con esta imaginación,   glass
cuando alguno se llegaba° a él, daba terribles voces° pidiendo y   approached, shrieks
suplicando con palabras y razones concertadas° que no se le acer-   well chosen
casen, porque le quebrarían;° que real y verdaderamente él no era   would break

---

    73 **Membrillo toledano** *Toledo quince jelly*

    74 From the Latin *venenum* (poison), a play on the pseudo homo-
phones: **veneficios** (poisoners) and **beneficios** (benefactors)

    75 = **las bebidas o comidas amatorias**

    76 **Lengua turbada...** *disconcerting and stammering speech*

    77 **Hicieron los...** *applied all possible remedies*

como los otros hombres: que todo era de vidrio de pies a cabeza.

Para sacarle deſta extraña imaginación, muchos, sin atender a sus voces y rogativas,° arremetieron a él y le abrazaron,[78] dicién- pleas
dole que advirtiese° y mirase cómo no se quebraba. Pero lo que se consider
granjeaba° en eſto era que el pobre 'se echaba° en el suelo dando gained, throw himself
mil gritos, y luego le tomaba un desmayo° del cual no volvía en faint
sí en cuatro horas; y cuando volvía, era renovando las plegarias° entreaties
y rogativas de que otra vez no le llegasen. Decía que le hablasen
desde lejos y le preguntasen lo que quisiesen, porque a todo les
respondería con más entendimiento, por ser hombre de vidrio y no
de carne: que el vidrio, por ser de materia sutil° y delicada, obraba fine
por ella el alma con más promptitud y eficacia que no por la del
cuerpo, pesada y terreſtre.

Quisieron algunos experimentar si era verdad lo que decía; y
así, le preguntaron muchas y difíciles cosas, a las cuales respondió
espontáneamente con grandísima agudeza de ingenio:[79] cosa que
causó admiración a los más letrados° de la Universidad y a los pro- learned
fesores de la medicina y filosofía, viendo que en un sujeto donde
se contenía tan extraordinaria locura como era el pensar que fuese
de vidrio, se encerrase tan grande entendimiento que respondiese
a toda pregunta con propiedad y agudeza.

Pidió Tomás le diesen alguna funda° donde pusiese aquel vaso overgarment
quebradizo de su cuerpo, porque al veſtirse algún veſtido eſtrecho
no se quebrase; y así, le dieron una ropa parda[80] y una camisa muy
ancha, que él se viſtió con mucho tiento° y se ciñó con[81] una cuerda care
de algodón. No quiso calzarse° zapatos en ninguna manera, y el put on
orden° que tuvo para que le diesen de comer, sin que a él llegasen, arrangement
fue poner en la punta de una vara° una vasera de orinal,[82] en la pole
cual le ponían alguna cosa de fruta de las que la 'sazón del tiempo° season
ofrecía. Carne ni pescado, no lo quería; no bebía sino en fuente
o en río, y eſto con las manos; cuando andaba por las calles iba
por la mitad dellas, mirando a los tejados,° temeroso no le cayese roofs

---

78 **Arremetieron a...** *grabbed him and embraced him*
79 **Grandísima agudeza...** *a very keen mind*
80 **Ropa parda** *a faded brown robe*
81 **Se ciñó...** *tied around his waist*
82 **Vasera de orinal** was a sort of basket or recipient where urinals were placed.

alguna teja encima y le quebrase. Los veranos dormía en el campo
al cielo abierto, y los inviernos se metía en algún mesón, y en el
pajar° se enterraba hasta la garganta,° diciendo que aquélla era la   straw pile, neck
más propia y más segura cama que podían tener los hombres de
5   vidrio. Cuando tronaba,° temblaba como un azogado,[83] y se salía al   thundered
campo y no entraba en poblado hasta haber pasado la tempestad.

Tuviéronle encerrado° sus amigos mucho tiempo; pero, viendo   confined
que su desgracia 'pasaba adelante,° determinaron de condecender   persisted
con lo que él les pedía, que era le dejasen andar libre; y así, le de-
10   jaron, y él salió por la ciudad, causando admiración y lástima° a   pity
todos los que le conocían.

Cercáronle° luego los muchachos; pero él con la vara los de-   fenced him in
tenía, y les rogaba le hablasen apartados,° porque° no se quebrase;   at a distance, =**para que**
que, por ser hombre de vidrio, era muy tierno° y quebradizo. Los   fragil
15   muchachos, que son la más traviesa° generación del mundo, a des-   naughty
pecho° de sus ruegos y voces, le comenzaron a tirar trapos,° y aun   disregarding, rags
piedras, por ver si era de vidrio, como él decía. Pero él daba tantas
voces y hacía tales extremos, que movía a los hombres a que riñe-
sen° y castigasen a los muchachos porque no le tirasen.   scold

20   Mas° un día que le fatigaron mucho se volvió a ellos, dicien-   but
do: "¿Qué me queréis, muchachos, porfiados como moscas, sucios
como chinches, atrevidos como pulgas?[84] ¿Soy yo, por ventura, el
monte Testacho de Roma,[85] para que me tiréis tantos tiestos y te-
jas?"

25   Por oírle reñir y responder a todos, le seguían siempre muchos,
y los muchachos tomaron y tuvieron por mejor partido antes oílle
que tiralle.

Pasando, pues, una vez por la ropería[86] de Salamanca, le dijo
una ropera: "En mi ánima, señor Licenciado, que me pesa° de su   grieves
30   desgracia; pero, ¿qué haré, que no puedo llorar?"

Él se volvió a ella, y muy mesurado° le dijo: "*Filiæ Hierusalem,*   gravely
plorate super vos et super filios vestros."[87]

---

83   **Temblaba como…** *he shook like a leaf.*
84   **Porfiados como…** *Stubborn as flies, dirty as bed bugs, daring as lice*
85   Mount Testaccio was a rubbish dump for broken amphorae.
86   Where the clothiers had their shops
87   Daughter of Jerusalem, weep for yourselves and for your children.
Luke 23,28.

Entendió el marido de la ropera la malicia del dicho[88] y díjole: "Hermano licenciado Vidriera (que así decía él que se llamaba), más tenéis de bellaco° que de loco." rogue

"No se me da un ardite,"[89] respondió él, "como° no tenga nada de necio." as long as

Pasando un día por la casa llana y venta común,[90] vio que estaban a la puerta della muchas de sus moradoras, y dijo que eran bagajes del ejército de Satanás[91] que estaban alojados en el mesón del infierno.

Preguntóle uno que qué consejo o consuelo daría a un amigo suyo que estaba muy triste porque su mujer se le había ido con otro.

A lo cual respondió: "Dile que dé gracias a Dios por haber permitido le llevasen de casa a su enemigo."

"Luego, ¿no irá a buscarla?" dijo el otro.

"¡'Ni por pienso!" replicó Vidriera; "porque sería el hallarla hallar un perpetuo y verdadero testigo° de su deshonra." never
witness

"Ya que eso sea así," dijo el mismo, "¿qué haré yo para tener paz con mi mujer?"

Respondióle: "Dale lo que hubiere menester; déjala que mande a todos los de su casa, pero no sufras° que ella te mande a ti." tolerate

Díjole un muchacho: "Señor licenciado Vidriera, yo me quiero desgarrar° de mi padre porque me azota° muchas veces." run away from, beats

Y respondióle: "Advierte,° niño, que los azotes que los padres dan a los hijos honran, y los del verdugo afrentan."[92] listen

Estando a la puerta de una iglesia, vio que entraba en ella un labrador de los que siempre blasonan° de cristianos viejos,[93] y detrás dél venía uno que no estaba en tan buena opinión como el primero; y el Licenciado dio grandes voces al labrador, diciendo: brag

---

88 The insult comes from "Daughter of Jerusalem," an insinuation that she was a New Christian of Jewish extraction, or "*super filios*" understood as *su perfil,* insinuating how homely she was.

89 **No se...** *I don't give a tinker's damm.*

90 **Casa llana...** *brothel and public house*

91 **Bagajes de...** *beasts of burden of Satan's army*

92 **Los del...** *the beatings of the executioner bring dishonor*

93 Whereas Old Christian were considered first class citizens, New Christians—converts of Jewish or Moorish descent—endured social discrimination.

"Esperad, Domingo, a que pase el Sábado."[94]

De los maestros de escuela decía que eran dichosos, pues trataban siempre con ángeles; y que fueran dichosísimos si los angelitos no fueran mocosos.[95]

Otro le preguntó que qué le parecía de las alcahuetas.° Respondió que no lo eran las apartadas, sino las vecinas.

procuresses

Las nuevas° de su locura y de sus respuestas y dichos se extendió por toda Castilla; y, llegando a noticia de un príncipe, o señor, que estaba en la Corte,[96] quiso enviar por él, y encargóselo° a un caballero amigo suyo, que estaba en Salamanca, que se lo enviase; y, topándole el caballero un día, le dijo: "Sepa el señor licenciado Vidriera que un gran personaje de la Corte le quiere ver y envía por él."

news

commissioned it

A lo cual respondió: "Vuesa merced me excuse con ese señor, que yo no soy bueno para palacio, porque tengo vergüenza y no sé lisonjear."[97]

Con todo esto, el caballero le envió a la Corte, y para traerle usaron con él desta invención: pusiéronle en unas árgenas de paja,[98] como aquéllas donde llevan el vidrio, igualando los tercios° con piedras, y entre paja puestos algunos vidrios, porque se diese a entender que como vaso de vidrio le llevaban. Llegó a Valladolid; entró de noche y desembanastáronle° en la casa del señor que había enviado por él, de quien fue muy bien recebido diciéndole: "Sea muy bien venido el señor licenciado Vidriera. ¿Cómo ha ido en el camino? ¿Cómo va de salud?

both sides

unpacked him

A lo cual respondió: "Ningún camino hay malo, como se acabe, si no es el que va a la horca.° De salud estoy neutral, porque están encontrados mis pulsos con mi celebro.°"[99]

gallows

=cerebro

Otro día, habiendo visto en muchas alcándaras muchos neblíes y azores y otros pájaros de volatería,[100] dijo que la caza de

---

94 **Esperad, Domingo,…** *Wait, Sunday, let Saturday go first.* This is a play on the men's religious affiliation: Christians worship on Sunday; Jews on Saturday.

95 A pun on *moco*: a snot or brat; a running (snotty) nose

96 The capital, which was Valladolid at that time

97 **Tengo vergüenza…** *I'm shy and I don't know how to flatter people*

98 **Árgenas de…** *saddlebags made like wicker baskets*

99 **Encontrados mis…** *my heart and my mind are one*

100 **Alcándaras muchos…** *on perches many hawks and goshawks and*

altanería° era digna de príncipes y de grandes señores; pero que   falconry
advirtiesen que con ella echaba el guſto censo sobre el provecho
a más de dos mil por uno.¹⁰¹ La caza de liebres° dijo que era muy   hares
guſtosa, y más cuando se cazaba con galgos preſtados.¹⁰²

El caballero guſtó de su locura y dejóle salir por la ciudad, de-
bajo del amparo° y guarda de un hombre que 'tuviese cuenta° que   protection, make sure
los muchachos no le hiciesen mal; de los cuales y de toda la Corte
fue conocido en seis días, y a cada paso, en cada calle y en cualquiera esquina,° respondía a todas las preguntas que le hacían; entre las   corner
cuales le preguntó un eſtudiante si era poeta, porque le parecía que
tenía ingenio para todo.

A lo cual respondió: "Haſta aora no he sido tan necio ni tan
venturoso.°"   fortunate

"No entiendo eso de necio y venturoso," dijo el eſtudiante.

Y respondió Vidriera: "No he sido tan necio que diese en poeta malo, ni tan venturoso que haya merecido serlo bueno."

Preguntóle otro eſtudiante que en qué eſtimación tenía a los
poetas. Respondió que a la ciencia,° en mucha; pero que a los poe-   = the science of poetics
tas, en ninguna. Replicáronle que por qué decía aquello. Respon-
dió que del infinito número de poetas que había, eran tan pocos
los buenos, que casi no 'hacían número;'¹⁰³ y así, como si no hubiese
poetas, no los eſtimaba; pero que admiraba y reverenciaba la ciencia de la poesía porque encerraba en sí todas las demás ciencias:
porque de todas se sirve, de todas se adorna, y pule° y saca a luz sus   polish up
maravillosas obras, con que llena el mundo de provecho, de deleite
y de maravilla.

Añadió más: "Yo bien sé en lo que se debe eſtimar un buen
poeta, porque se me acuerda de aquellos versos de Ovidio¹⁰⁴ que
dicen: *Cum ducum fuerant olim Regnumque poeta: premiaque antiqui*
magna tulere chori. Sanĉtaque maieſtas, et erat venerabile nomen va-

---

other birds of prey used in hawking

101   **Echaba el...** *pleasure outweighs profit at a rate of 2000 to 1*

102   **Galgos preſtados** *borrowed greyhounds*. When borrowed greyhounds were used to hunt, the meat was shared among the townſpeople, making it **guſtoso** (pleasant, and taſty) for everyone.

103   **Hacían número** *be counted*

104   Publius Ovidius Naso, a Roman poet, author of *Metamorphoses*

tibus; et large sape dabantur opes.[105] Y menos se me olvida la alta calidad de los poetas, pues los llama Platón intérpretes de los dioses,
y de ellos dice Ovidio: *Est Deus in nobis, agitante calescimus illo.*[106] Y
también dice: *At sacri vates, et Divum cura vocamus.*[107] Esto se dice
de los buenos poetas; que de los malos, de los churrulleros,° ¿qué   big talkers
se ha de decir, sino que son la idiotez y la arrogancia del mundo?"

Y añadió más: "¡Qué es ver a un poeta destos de la 'primera
impresión° cuando quiere decir un soneto a otros que le rodean, las   novices
salvas° que les hace diciendo: «Vuesas mercedes escuchen un sone-   salutations
tillo que anoche a cierta ocasión° hice, que, a mi parecer, aunque no   event
vale nada, tiene un no sé qué de bonito!» Y en esto tuerce° los labios,   twists
pone en arco las cejas y se rasca° la faldriquera, y de entre otros mil   rummage through
papeles mugrientos° y medio rotos, donde queda otro millar de so-   greasy
netos, saca el que quiere relatar,° y al fin le dice con tono melifluo   recite
y alfenicado.[108] Y si acaso los que le escuchan, 'de socarrones° o de   out of mockery
ignorantes, no se le alaban, dice: «O vuesas mercedes no han enten-
dido el soneto, o yo no le he sabido decir; y así, será bien recitarle
otra vez y que vuesas mercedes le presten más atención, porque en
verdad en verdad que el soneto lo merece». Y vuelve como primero
a recitarle con nuevos ademanes° y nuevas pausas. Pues, ¿qué es   gestures
verlos censurar los unos a los otros? ¿Qué diré del ladrar° que hacen   barking
los cachorros° y modernos a los mastinazos° antiguos y graves? ¿Y   pups, massiffs
qué de los que murmuran de algunos ilustres y excelentes sujetos,
donde resplandece la verdadera luz de la poesía; que, tomándola[109]
por alivio° y entretenimiento de sus muchas y graves ocupaciones,   relief
muestran la divinidad de sus ingenios y la alteza de sus conceptos,
a despecho y pesar del circunspecto° ignorante que juzga de lo que   bystander
no sabe y aborrece lo que no entiende, y del que quiere que se esti-
me y tenga en precio° la necedad que se sienta debajo de doseles y   =aprecio *high regard*

---

105   "Poets were once the concern of gods and kings: and the ancient
chorus earned a big reward. A bard's dignity was inviolable: his name was hon-
ored, and he was often granted vast wealth." Ovid, *The Art of Love,* Book III,
Part IX. (tr. A.S. Kline)

106   "There is a god within us. It is when he stirs us that our bosom
warms." Ovid, *Fasti,* 6.5. (tr. A.G. Frazer)

107   "We bards are called 'sacred' and thought to be the special care of the
gods." Ovid, *Amores,* III, 9. (tr. D. Drake)

108   **Melifluo y alfenicado** *sweet and affected*

109   That is, using poetry.

la ignorancia que se arrima a los sitiales?[110]

Otra vez le preguntaron qué era la causa de que los poetas, por la mayor parte, eran pobres. Respondió que porque ellos querían, pues estaba en su mano ser ricos, si se sabían aprovechar de la ocasión° que por momentos° traían entre las manos, que eran las de sus damas, que todas eran riquísimas en estremo, pues tenían los cabellos de oro, la frente de plata bruñida,[111] los ojos de verdes esmeraldas, los dientes de marfil,° los labios de coral y la garganta de cristal transparente, y que lo que lloraban eran líquidas perlas; y más, que lo que sus plantas° pisaban, por dura y estéril tierra que fuese, al momento producía jazmines y rosas; y que su aliento° era de puro ámbar, almizcle° y algalia;° y que todas estas cosas eran señales y muestras de su mucha riqueza. Estas y otras cosas decía de los malos poetas, que de los buenos siempre dijo bien y los levantó sobre el cuerno de la luna.[112]

    opportunities, at every turn

    ivory

    feet
    breath
    musk, civet

Vio un día en la acera de San Francisco[113] unas figuras pintadas de mala mano, y dijo que los buenos pintores imitaban a naturaleza, pero que los malos[114] la vomitaban.

Arrimóse un día con grandísimo tiento, porque no se quebrase, a la tienda de un librero, y díjole: "Este oficio° me contentara mucho si no fuera por una falta° que tiene."

    trade
    shortcoming

Preguntóle el librero se la dijese. Respondióle: "Los melindres° que hacen cuando compran un privilegio de un libro, y de la burla° que hacen a su autor si acaso le imprime a su costa; pues, en lugar de mil y quinientos, imprimen tres mil libros, y, cuando el autor piensa que se venden los suyos, se despachan los ajenos.°"

    prudish ways
    mockery

    the other man's

Acaeció° este mismo día que pasaron por la plaza seis azotados;[115] y, diciendo el pregón:° «Al primero, por ladrón°», dio grandes voces a los que estaban delante dél, diciéndoles: "¡Apartaos, hermanos, no comience aquella cuenta por alguno de vosotros!"

    it happened
    town crier, thief

---

110 **Necedad que...** *foolishness that sits under cannopies and ignorance that seeks protection in seats of honor*

111 **Plata bruñida** *polished silver*

112 He praised them to the skies.

113 The paved area in front of the Church of San Francisco in the main square of Valladolid

114 A pun on **malo**: bad painter; a sick person

115 **Azotados** *men condemned to public flogging*

Y cuando el pregonero llegó a decir: «Al trasero… »,[116] dijo: "Aquel debe de ser el fiador[117] de los muchachos."

Un muchacho le dijo: "Hermano Vidriera, mañana sacan a azotar a una alcagüeta.°"

⁵   Respondióle: "Si dijeras que sacaban a azotar a un alcagüete, entendiera que sacaban a azotar un coche."[118]

Hallóse allí uno destos que llevan sillas de manos, y díjole: "De nosotros, Licenciado, ¿no tenéis qué decir?"

"No," respondió Vidriera, "sino que sabe cada uno de vosotros

¹⁰   más pecados° que un confesor; más es con esta diferencia: que el confesor los sabe para tenerlos secretos, y vosotros para publicarlos por las tabernas."

Oyó esto un mozo de mulas, porque de todo género de gente le estaba escuchando contino, y díjole: "De nosotros, señor Redoma,[119]

¹⁵   poco o nada hay que decir, porque somos gente de bien y necesaria en la república."

A lo cual respondió Vidriera: "La honra del amo descubre la del criado. Según esto, mira a quién sirves y verás cuán honrado eres:[120] mozos sois vosotros de la más ruin canalla[121] que sustenta

²⁰   la tierra. Una vez, cuando no era de vidrio, caminé una jornada en una mula de alquiler tal, que le conté ciento y veinte y una tachas,° todas capitales y enemigas del género humano. Todos los mozos de mulas tienen su punta de rufianes, su punta de cacos,[122] y su es no es de truhanes.° Si sus amos (que así llaman ellos a los que

²⁵   llevan en sus mulas) son boquimuelles,° hacen más suertes[123] en ellos que las que echaron en esta ciudad los años pasados: si son extranjeros, los roban; si estudiantes, los maldicen; y si religiosos, los reniegan;° y si soldados, 'los tiemblan.° Estos, y los marineros

Marginal glosses:
=alcahueta *procuress*
sins
defects
rogues
docile
curse, take their last cent

---

116   A pun on **trasero**: the one bringing up the rear; one's rear end

117   **Fiador** *the one responsible*

118   A pun on **alcahuete**: a pimp or something that serves to keep things out of view In this case, sedan chairs with curtains, the ideal transport for secret rendezvous.

119   **Redoma** is a glass flask used by alchemists and apothecaries to pre-pare medication

120   A variant reading of **Dime con quién andas, y te diré quién eres.**

121   **Ruin canalla** *despicable rabble*

122   Cacus, a crafty thief in Roman mythology

123   A pun on **suertes**: lashes, or strokes of good luck

y carreteros° y arrieros,° tienen un modo de vivir extraordinario y   wagoners, muleteers
sólo para ellos: el carretero pasa lo más de la vida en espacio de
'vara y media° de lugar, que poco más debe de haber del yugo de las   4 square feet
mulas a la boca del carro; canta la mitad del tiempo y la otra mitad
reniega; y en decir: «'Háganse a zaga° » se les pasa otra parte; y si   stand back
acaso les queda por sacar alguna rueda de algún atolladero,° más   mud hole
se ayudan de dos pésetes[124] que de tres mulas. Los marineros son
gente gentil,[125] inurbana, que no sabe otro lenguaje que el que se
usa en los navíos; en la bonanza son diligentes y en la borrasca
perezosos;en la tormenta mandan muchos y obedecen pocos; su
Dios es su arca y su rancho,[126] y su pasatiempo ver mareados° a   seasick
los pasajeros. Los arrieros son gente que ha hecho divorcio con
las sábanas y se ha casado con las enjalmas;° son tan diligentes y   saddle
presurosos° que, a trueco de no perder la jornada, perderán el alma;   quick
su música es la del mortero;[127] su salsa,° la hambre; sus maitines,° seasoning, matins
levantarse a dar sus piensos;° y sus misas, no oír ninguna."   fodder

   Cuando eſto decía, eſtaba a la puerta de un boticario,° y, vol-   apothecary shop
viéndose al dueño, le dijo: "Vuesa merced tiene un saludable oficio,
si no fuese tan enemigo de sus candiles.°"   oil lamps

   "¿En qué modo soy enemigo de mis candiles?" preguntó el boticario.

   Y respondió Vidriera: "Eſto digo porque, en faltando cual-
quiera aceite, la suple° la del candil que eſtá más a mano; y aún tie- substitutes
ne otra cosa eſte oficio baſtante a quitar el crédito al más acertado° wisest
médico del mundo."

   Preguntándole por qué, respondió que había boticario que, por
no decir que faltaba en su botica lo que recetaba° el médico, por las   perscribed
cosas que le faltaban ponía otras que a su parecer tenían la misma
virtud y calidad, no siendo así; y con eſto, la medicina mal com-
pueſta obraba al revés de lo que había de obrar la bien ordenada.

   Preguntóle entonces uno que qué sentía de los médicos, y respondió eſto: "*Honora medicum propter necessitatem, etenim creavit
eum Altissimus. A Deo enim eſt omnis medela, et a rege accipiet*

---

124 A pun on **pesetes**: coins (for tips) or swear words
125 A pun on **gentil**: charming or heathen (*renegado*)
126 **Arca... rancho** *coffer... grub*
127 Muleteers announced their presence by beating on their copper
mortars.

donationem. Disciplina medici exaltavit caput illius, et in conspectu magnatum collaudabitur. Altissimus de terra creavit medicinam, et vir prudens non abhorrebit illam.[128] Esto dice," dijo, "el Eclesiástico de la medicina y de los buenos médicos, y de los malos se podría decir todo al revés, porque no hay gente más dañosa° a la repú-   harmful
blica que ellos. El juez nos puede torcer o dilatar[129] la justicia; el
letrado,° sustentar por su interés nuestra injusta demanda; el mer-   lawyer
cader, chuparnos° la hacienda; finalmente, todas las personas con   swallow up
quien de necesidad tratamos nos pueden hacer algún daño; pero
quitarnos la vida, sin quedar sujetos al temor del castigo, ninguno.
Sólo los médicos nos pueden matar y nos matan sin temor y a pie
quedo,[130] sin desenvainar otra espada que la de un *récipe*. Y no hay
descubrirse sus delitos,° porque al momento los meten debajo de   crimes
la tierra. Acuérdaseme° que cuando yo era hombre de carne, y no   I recall
de vidrio como agora soy, que a un médico destos de segunda clase
le despidió un enfermo por curarse con otro, y el primero, de allí a
cuatro días, acertó a pasar por la botica donde receptaba el segundo, y preguntó al boticario que cómo le iba al enfermo que él había
dejado, y que si le había recetado alguna purga el otro médico. El
boticario le respondió que allí tenía una receta de purga que el día
siguiente había de tomar el enfermo. Dijo que se la mostrase, y vio
que al fin della estaba escrito: *Sumat dilúculo*;[131] y dijo: «Todo lo
que lleva esta purga me contenta, si no es este *dilúculo*, porque es
húmido demasiadamente»."

Por estas y otras cosas que decía de todos los oficios, se anda-
ban tras él, sin hacerle mal y sin dejarle sosegar;° pero, con todo   rest
esto, no se pudiera defender de los muchachos si su guardián no
le defendiera. Preguntóle uno qué haría para no tener envidia° a   envy
nadie. Respondióle: "Duerme; que todo el tiempo que durmieres
serás igual al que envidias."

---

128 "Honor the physician for the need thou hast of him: for the most
High hath created him. For all healing is from God, and he shall receive gifts
of the king. The skill of the physician shall lift up his head, and in the sight of
great men he shall be praised. The most High hath created medicines out of
the earth, and a wise man will not abhor them." *Ecclesiasticus* 38,1-4.

129 **Torcer... dilatar** *pervert... prolong*

130 **A pie...** *without moving a finger*

131 **Sumat dilúculo** *to be taken at daybreak*. The pun is on **dilúculo** (at
daybreak) and **dilución** (dilute).

Otro le preguntó qué remedio tendría para salir con una co-
misión° que había dos años que la pretendía.° Y díjole: "Parte a
caballo y a la mira° de quien la lleva,[132] y acompáñale haſta salir de
la ciudad, y así saldrás con ella."[133]

Pasó acaso una vez por delante donde él eſtaba un juez de comisión[134] que iba de camino a una causa criminal, y llevaba mucha
gente consigo y dos alguaciles; preguntó quién era, y, como° se lo
dijeron, dijo: "Yo apoſtaré° que lleva aquel juez víboras en el seno,
piſtoletes en la cinta y rayos en las manos,[135] para deſtruir todo
lo que alcanzare su comisión.[136] Yo me acuerdo haber tenido un
amigo que, en una comisión criminal que tuvo, dio una sentencia
tan exorbitante, que excedía en muchos quilates[137] a la culpa de los
delincuentes. Preguntéle que por qué había dado aquella tan cruel
sentencia y hecho tan manifieſta injuſticia. Respondióme que
pensaba otorgar° la apelación, y que con eſto dejaba campo abierto
a los señores del Consejo para moſtrar su misericordia, moderan-
do y poniendo aquella su rigurosa sentencia en su punto y debida°
proporción. Yo le respondí que mejor fuera haberla dado de manera que les quitara de aquel trabajo, pues con eſto le tuvieran a él
por juez reſto y acertado.

En la rueda de la mucha gente que, como se ha dicho, siempre
le eſtaba oyendo, eſtaba un conocido suyo en 'hábito de letrado,°
al cual otro le llamó *Señor Licenciado;* y, sabiendo Vidriera que el
tal a quien llamaron licenciado no tenía ni aun título de bachiller,[138]
le dijo: "Guardaos, compadre, no encuentren con vueſtro título
los frailes de la redempción de cautivos, que os le llevarán por
moſtrenco."[139]

A lo cual dijo el amigo: "Tratémonos bien, señor Vidriera,

Margin notes:

post, aspired to
on the lookout

when
will bet

grant

proper

lawyer's gown

---

132 A pun on *llevar*: get (the poſt) or carry (the document)
133 A pun on *salir con*: leave with or be successful in doing something
134 **Juez de comisión** *judge who inveſtigated crimes*
135 **Lleva aquel...** *that judge carries vipers in his breast, pocket pistols in
his belt and lightning in his hands*
136 **Deſtruir todo...** *deſtroy everything within his reach*
137 **Excedía en...** *greatly outweighed*
138 **Bachiller** is a degree required before that of licenciate
139 The friars of the Order of the Redeemers of Captives had a right to
unclaimed property (= **moſtrenco**), which they sold to ransomed Chriſtian
captives.

pues ya sabéis vos que soy hombre de altas y de profundas letras."

Respondióle Vidriera: "Ya yo sé que sois un Tántalo[140] en ellas,° = **profundas letras**
porque se os van por altas y no las alcanzáis de profundas."

Estando una vez arrimado a la tienda de un sastre, vióle que
estaba mano sobre mano, y díjole: "Sin duda, señor maeso,° que   =**maestro**
estáis en camino de salvación."

"¿En qué lo veis?" preguntó el sastre.

"¿En qué lo veo?" respondió Vidriera. "Véolo en que, pues no
tenéis qué hacer, no tendréis ocasión de mentir."[141]

Y añadió: "Desdichado del sastre que no miente y cose las fiestas; cosa maravillosa es que casi en todos los deste oficio apenas se
hallará uno que haga un vestido justo,[142] habiendo tantos que los
hagan pecadores."

De los zapateros decía que jamás hacían, conforme a su parecer, zapato malo; porque si al que se le calzaban venía estrecho y
apretado,° le decían que así había de ser, por ser de galanes calzar   tight
justo,[143] y que en trayéndolos dos horas vendrían más anchos que
alpargates;° y si le venían anchos, decían que así habían de venir,   =**alpargatas** *canvas san-*
por amor de la gota.[144]   *dals*

Un muchacho agudo° que escribía[145] en un oficio de Provincia   clever
le apretaba mucho con preguntas y demandas, y le traía nuevas de
lo que en la ciudad pasaba, porque sobre todo discantaba° y a todo   made comments
respondía. Éste le dijo una vez: "Vidriera, esta noche se murió en
la cárcel un banco° que estaba condenado ahorcar."   moneychanger

A lo cual respondió: "Él hizo bien a darse priesa a morir antes
que el verdugo se sentara sobre él."   group, =**genoveses**

En la acera de San Francisco estaba un corro° de ginoveses;° y,
pasando por allí, uno dellos le llamó, diciéndole: "Lléguese acá el
señor Vidriera y cuéntenos un cuento."

Él respondió: "No quiero, porque no me le paséis a Génova."[146]

---

140   Tantalus was an inhabitant of the Underworld whose punishment
was to stand in a pool of water beneath a fruit tree. When he reached for the
fruit, the branches rose; when he bent to drink, the water receded.

141   **Pues no...** *since you have nothing to do you have no reason to lie*

142   A pun on **justo**: *perfect fit* or *righteous.*

143   **Por ser...** *it was gentleman-like to wear tight fitting shoes*

144   **Amor de...** *for the sake of the gout*

145   He worked as a notary.

146   A pun on **cuento**: a story; a million maravedis

Topó una vez a una tendera que llevaba delante de sí una hija suya muy fea, pero muy llena de dijes,° de galas y de perlas; y díjole a la madre: "Muy bien habéis hecho en empedralla, por que se pueda pasear."[147]

De los pasteleros° dijo que había muchos años que jugaban a la dobladilla,[148] sin que les llevasen la pena,°[149] porque habían hecho el pastel de a dos de a cuatro, el de a cuatro de a ocho, y el de a ocho de a medio real,[150] por sólo su albedrío y beneplácito.[151]

De los titereros° decía mil males: decía que era gente vagamunda y que trataba con indecencia de las cosas divinas, porque con las figuras que mostraban en sus retratos° volvían la devoción en risa, y que les acontecía envasar en un costal° todas o las más figuras del Testamento Viejo y Nuevo[152] y sentarse sobre él a comer y beber en los bodegones y tabernas. En resolución, decía que se maravillaba de cómo quien podía no les ponía perpetuo silencio en sus retablos, o los desterraba del reino.

Acertó a pasar una vez por donde él estaba un comediante° vestido como un príncipe, y, en viéndole, dijo: "Yo me acuerdo haber visto a éste salir al teatro enharinado el rostro y vestido un zamarro del revés;[153] y, con todo esto, a cada paso fuera del tablado, jura a fe de hijodalgo."[154]

"Débelo de ser" respondió uno, "porque hay muchos comediantes que son muy bien nacidos y hijosdalgo."

"Así será verdad," replicó Vidriera, "pero lo que menos ha menester la farsa° es personas bien nacidas; galanes sí, gentileshom-

(margin glosses, top to bottom): trinkets · pastery makers · penalty · **=titiriteros** *puppeteers* · **=retablos** *representatations;* bag · actor · theater

---

147 **Muy bien...** *you do well to cover her with stones so you can take her for a walk* A pun on **empedrar**: to civer witrh precious stones or cobblestones.

148 A card game in which the bid is doubled each round

149 Public flogging was the punishment for not observing established prices.

150 **Pastel de...** *pastry worth a* maravedí de a 2 *for a* maravedí de a 4; *pastry worth a* maravedí de a 4 *for one of 8; pastry worth* maravedí de a 8 *for half a real (16 maravedis)* Maravedís were minted in pieces of *de a 2, de a 4* and *de a 8.*

151 **Albedrío y beneplácito** *fancy and consent*

152 They mixed Jews (Old Testament) and Christians (New Testament).

153 **Zamarro del...** *a sheepskin jacket inside out*

154 Malapropism for **hijo de hidalgo** or **hidalgo**

bres y de expeditas lenguas.[155] También sé decir dellos que en el
sudor de su cara ganan su pan con inllevable trabajo, tomando
contino° de memoria, hechos perpetuos gitanos, de lugar en lugar
y de mesón en venta, desvelándose° en contentar a otros, porque
en el gusto ajeno° consiste su bien propio. Tienen más, que con su
oficio no engañan a nadie, pues por momentos sacan su mercadu-
ría a pública plaza, al juicio y a la vista de todos. El trabajo de los
autores° es increíble, y su cuidado, extraordinario, y han de ganar
mucho para que al cabo del año no salgan tan empeñados,° que
les sea forzoso hacer 'pleito de acreedores.° Y, con todo esto, son
necesarios en la república, como lo son las florestas, las alamedas° y
las vistas de recreación, y como lo son las cosas que honestamente
recrean."

    Decía que había sido opinión de un amigo suyo que el que
servía a una comedianta, en sola una servía a muchas damas juntas,
como era a una reina, a una ninfa, a una diosa, a una fregona, a una
pastora, y muchas veces caía la suerte en que serviese en ella a un
paje y a un lacayo: que todas estas y más figuras suele hacer una
farsanta.

    Preguntóle uno que cuál había sido el más dichoso del mundo.
Respondió que *Nemo;* porque *Nemo novit Patrem, Nemo sine crimi-*
ne vivit, Nemo sua sorte contentus, Nemo ascendit in coelum.[156]

    De los diestros° dijo una vez que eran maestros de una ciencia
o arte que cuando la habían menester no la sabían, y que tocaban
algo en presumptuosos, pues querían reducir a demostraciones
matemáticas, que son infalibles, los movimientos y pensamientos
coléricos de sus contrarios. Con los que se teñían las barbas[157] tenía particular enemistad; y, riñendo° una vez delante dél dos hombres, que el uno era portugués, éste dijo al castellano, asiéndose
de las barbas, que tenía muy teñidas: "*¡Por istas barbas que teño no*
rostro…!"[158]

    A lo cual acudió Vidriera: "*¡Ollay, home, naon digáis teño, sino*

Margin glosses: =continuamente; taking great care of the other; theater directors; in debt; plead bankruptcy; tree-lined paths; fencers; quarreling

---

155 **Expeditas lenguas** *clear speech; actors that articulate well*
156 **Nemo sine…** *Nobody knows God (the Father); Nobody is sinless;*
Nobody is pleased with his lot; Nobody goes to heaven. Phrases taken from
Matthew 11:27; John 3:13, etc. *Nemo* is a Latin word meaning "no man."
157 **Teñían las…** *dyed their beard*
158 **Por…** *by the beard on my face!*

tiño!"[159]

Otro traía las barbas jaspeadas° y de muchas colores,[160] cul-　streaked
pa de la mala tinta; a quien dijo Vidriera que tenía las barbas de
muladar° overo.° A otro, que traía las barbas por mitad blancas y　manure-pile, yellow
negras, por haberse descuidado, y los cañones crecidos,[161] le dijo
que procurase de no porfiar° ni reñir con nadie, porque estaba apa-　argue
rejado° a que le dijesen que mentía por la mitad de la barba.[162]　inevitable

Una vez contó que una doncella discreta y bien entendida, por
acudir a la voluntad de sus padres, dio el sí de casarse con un viejo
todo cano, el cual la noche antes del día del desposorio se fue, no
al río Jordán,[163] como dicen las viejas, sino a la redomilla del agua
fuerte y plata,[164] con que renovó de manera su barba, que la acostó
de nieve y la levantó de pez.° Llegóse la hora de darse las manos,　tar
y la doncella conoció por la pinta° y por la tinta la figura, y dijo　shape
a sus padres que le diesen el mismo esposo que ellos le habían
mostrado,[165] que no quería otro. Ellos le dijeron que aquel que
tenía delante era el mismo que le habían mostrado y dado por
esposo. Ella replicó que no era, y trajo testigos cómo el que sus
padres le dieron era un hombre grave y lleno de canas; y que, pues
el presente no las tenía, no era él, y se llamaba a engaño.[166] Atúvose
a esto,[167] corrióse° el teñido y deshízose el casamiento.　blushed

Con las dueñas° tenía la misma ojeriza que con los escabecha-　governesses
dos: decía maravillas de su *permafoy*,[168] de las mortajas de sus tocas,
de sus muchos melindres, de sus escrúpulos y de su extraordinaria
miseria.[169] Amohinábanle° sus flaquezas de estómago, su vaguidos　irritated him

---

159　**Ollay...** "Man, don't say *teño* but rather *tiño!*" **Teño** means *I have* in
Portuguese; **tiño** is Spanish, from *teñir* (dye).

160　Today we would say *muchos colores*.

161　**Cañones crecidos** *grown out roots*

162　**Mentía por...** *was telling a half truth*

163　**Irse al Jordán** meant *to rejuvenate*.

164　**Redomilla...** *the little flask of aqua fortis (nitric acid) and silver*

165　Often marriages were arranged with the couple only having seen a
portrait of the other party.

166　**Se llamaba...** *she was being cheated*

167　**Atúvose a...** *she held her ground*

168　Malapropism for the French *par ma foi* (by my faith)

169　**Mortajas de...** *of how their widow's weeds were their shrouds, of their
prudishness, of their scruples and of their extreme stinginess*

de cabeza,[170] su modo de hablar, con más repulgos[171] que sus tocas; y, finalmente, su inutilidad° y sus vainillas.[172]

    Uno le dijo: "¿Qué es esto, señor licenciado, que os he oído decir mal de muchos oficios y jamás lo habéis dicho de los escriba-
5 nos,° habiendo tanto que decir?"

    A lo cual respondió: "Aunque de vidrio, no soy tan frágil que me deje ir con la corriente del vulgo, las más veces engañado. Paréceme a mí que la gramática de los murmuradores y el *la, la, la* de los que cantan son los escribanos; porque, así como no se puede
10 pasar a otras ciencias, si no es por la puerta de la gramática,[173] y como el músico primero murmura que canta, así, los maldicientes, por donde comienzan a mostrar la malignidad de sus lenguas es por decir mal de los escribanos y alguaciles y de los otros ministros de la justicia, siendo un oficio el del escribano sin el cual andaría la
15 verdad por el mundo a sombra de tejados, corrida y maltratada;[174] y así, dice el Eclesiástico: *In manu Dei potestas hominis est, et super faciem scribe imponet honorem.*[175] Es el escribano persona pública, y el oficio del juez no se puede ejercitar cómodamente sin el suyo. Los escribanos han de ser libres, y no esclavos, ni hijos de esclavos:
20 legítimos, no bastardos ni de ninguna mala raza nacidos.[176] Juran de secreto fidelidad y que no harán escritura usuraria;[177] que ni amistad ni enemistad, provecho o daño les moverá a no hacer su oficio con buena y cristiana conciencia. Pues si este oficio tantas buenas partes requiere, ¿por qué se ha de pensar que de más de
25 veinte mil escribanos que hay en España se lleve el diablo la co-secha, como si fuesen cepas de su majuelo?[178] No lo quiero creer,

uselessness

notaries

---

170 **Flaquezas de...** *loss of appetite, fainting spells*
171 A pun on *repulgos*: ſtitches or false scruples
172 A pun on *vainicas*: needlework or housework
173 A knowledge of "grammar" (Latin) opened the door to other sciences.
174 **Sombra de...** *hidden from view, mixed up and ill treated*
175 **In manu...** "The prosperity of man is in the hand of God, and upon the person of the scribe he shall lay his honor." *Ecclesiasticus* 10,5.
176 By law, notaries had to be Old Chriſtians.
177 **Juran de...** *they swear to keep secrecy and fidelity and not to charge exorbitant fees for writing up a public document*
178 **Se lleve...** *the devil reaps the benefits as if they were vines of his vineyard*

ni es bien que ninguno lo crea; porque, finalmente, digo que es la gente más necesaria que había en las repúblicas bien ordenadas,° y que si llevaban demasiados derechos,° también hacían demasiados tuertos,°[179] y que destos dos extremos podía resultar un medio que les hiciese mirar por el virote.”[180]

properly governed
fees
injustices

De los alguaciles dijo que no era mucho que tuviesen algunos enemigos, siendo su oficio, o prenderte,° o sacarte la hacienda de casa, o tenerte en la suya 'en guarda° y comer a tu costa. Tachaba° la negligencia e ignorancia de los procuradores° y solicitadores, comparándolos a los médicos, los cuales, que sane o no sane el enfermo, ellos llevan su propina,° y los procuradores y solicitadores, lo mismo, salgan o no salgan con el pleito° que ayudan.

arrest you
under custody, accused
attorneys

pay
lawsuit

Preguntóle uno cuál era la mejor tierra. Respondió que la temprana y agradecida.[181] Replicó el otro: “No pregunto eso, sino que cuál es mejor lugar: ¿Valladolid o Madrid?”[182]

Y respondió: “De Madrid, los extremos; de Valladolid, los medios.”

“No lo entiendo,” repitió el que se lo preguntaba.

Y dijo: “De Madrid, cielo y suelo; de Valladolid, los entresuelos.”[183]

Oyó Vidriera que dijo un hombre a otro que, así como había entrado en Valladolid, había caído su mujer muy enferma, porque la había probado la tierra.[184]

A lo cual dijo Vidriera: “Mejor fuera que se la hubiera comido, si acaso es celosa.”[185]

De los músicos y de los correos de a pie decía que tenían las esperanzas y las suertes limitadas, porque los unos la acababan con

---

179   Felipe II tried to curb these abuses with new regulations (*Nueva Recopilación*, 1589).

180   **Mirar por...** *heed one's business carefully*

181   **Temprana y agradecida** *one with early and abundant yields*

182   The question has to do with the rivalry between the two cities. Valladolid was the capital of Spain until 1561, when Felipe II moved it to Madrid. Felipe III moved it to Valladolid in 1601 and in 1606 back to Madrid.

183   **Entresuelos** *mezzanine* the story between the groundfloor and first floor

184   A pun on **probar**: to taste or to suit or agree with

185   A play on the saying **a la mujer celosa que se la trague la tierra** *a jealous woman, let the earth swallow her up.*

llegar a serlo de a caballo, y los otros con alcanzar a ser músicos del rey. De las damas que llaman cortesanas decía que todas, o las más, tenían más de corteses que 'de sanas.°   healthy

Estando un día en una iglesia vio que traían a enterrar° a un   bury
viejo, a bautizar a un niño y a velar° una mujer, todo a un mismo   veil
tiempo, y dijo que los templos eran campos de batalla, donde los viejos acaban, los niños vencen[186] y las mujeres triunfan.[187]

Picábale° una vez una avispa° en el cuello, y no se la osaba sa-   stung, wasp
cudir por no quebrarse; pero, con todo eso, se quejaba.° Preguntóle   moaned
uno que cómo sentía aquella avispa, si era su cuerpo de vidrio. Y respondió que aquella avispa debía de ser murmuradora, y que las lenguas y picos[188] de los murmuradores eran bastantes a desmoro-nar cuerpos de bronce, 'no que° de vidrio.   not only

Pasando acaso° un religioso muy gordo por donde él estaba,   by chance
dijo uno de sus oyentes: "De hético[189] no se puede mover el padre."

Enojóse Vidriera, y dijo: "Nadie se olvide de lo que dice el Espíritu Santo: *Nolite tangere christos meos.*"[190]

Y, subiéndose más en cólera, dijo que mirasen en ello, y verían que de muchos santos que de pocos años a esta parte había cano-
nizado la Iglesia y puesto en el número de los bienaventurados,°   blessed
ninguno se llamaba el capitán don Fulano,° ni el secretario don   So-and-So
Tal° de don Tales, ni el Conde, Marqués o Duque de tal parte, sino   Such-and-Such
fray Diego, fray Jacinto, fray Raimundo, todos frailes y religiosos; porque las religiones° son los Aranjueces°[191] del cielo, cuyos frutos,   religious orders, or-
de ordinario, se ponen en la mesa de Dios.   chards

Decía que las lenguas de los murmuradores eran como las plu-mas del águila: que roen y menoscaban todas las de las otras aves que a ellas se juntan.[192] De los gariteros y tahúres[193] decía milagros:

---

186 Children triumph over the devil through baptism.

187 Women are victorious in bringing the children into the world.

188 A pun on *pico*: beaks, mouths or loquacity

189 A pun on *hético/ético*: *hético* (frail and skinny) or *ético* (ethical and moral)

190 **Nolite...** "Touch not my anointed." Psalm 105,15.

191 Aranjuez is famous for its Royal Palace and its gardens.

192 From Giambattista della Porta's *Natural Magick* (1584) Book I, Ch. XIV: "The feathers of other fowls, being put among Eagle feathers, do rot and consume of themselves."

193 **Gariteros y tahúres** *owners of gambling-houses and gamblers*

decía que los gariteros eran públicos prevaricadores,° porque, en
sacando el barato° del que iba haciendo suertes,° deseaban que
perdiese y pasase el naipe° adelante, porque el contrario° las hiciese y él cobrase sus derechos.° Alababa mucho la paciencia de
un tahúr, que estaba toda una noche jugando y perdiendo, y con
ser de condición° colérico y endemoniado, 'a trueco de que° su
contrario no 'se alzase,° no descosía° la boca, y sufría lo que un
mártir de Barrabás.¹⁹⁴ Alababa también las conciencias de algunos
honrados gariteros que ni por imaginación consentían que en su
casa se jugase otros juegos que polla y cientos;¹⁹⁵ y con esto, a fuego
lento, sin temor y nota de malsines,¹⁹⁶ sacaban al cabo del mes más
barato que los que consentían los 'juegos de estocada,° del reparolo,
siete y llevar, y pinta en la del punto.¹⁹⁷

En resolución, él decía tales cosas que, si no fuera por los grandes gritos que daba cuando le tocaban o a él se arrimaban, por el
hábito que traía, por la estrecheza° de su comida, por el modo con
que bebía, por el no querer dormir sino al cielo abierto en el verano
y el invierno en los pajares, como queda dicho, con que daba tan
claras señales de su locura, ninguno pudiera creer sino que era uno
de los más cuerdos° del mundo.

Dos años o poco más duró en esta enfermedad, porque un
religioso de la Orden de San Jerónimo, que tenía gracia y ciencia
particular en hacer que los mudos° entendiesen y en cierta manera
hablasen, y en curar locos, tomó a su cargo° de curar a Vidriera,
movido de caridad; y le curó y sanó, y volvió a su primer juicio,
entendimiento y discurso. Y, así como le vio sano, le vistió como
letrado y le hizo volver a la Corte, adonde, con dar tantas muestras
de cuerdo como las había dado de loco, podía usar su oficio y hacerse famoso por él.

Hízolo así, y llamándose el licenciado Rueda, y no Rodaja,
volvió a la Corte, donde, apenas hubo entrado, cuando fue conocido de los muchachos; mas, como le vieron en tan diferente hábito

crooks
commission, strokes of
good luck; game, op-
ponent; commission

temperment, so that
get up and leave, open

banned games

=estrechez meagerness

sane

dumb
charge

---

194 Barabbas was the thieves released by Pontius Pilate (John 18:40),
who got off scot-free
195 **Polla y cientos** *a card game played on a one-to-one basis*
196 **Sin temor...** *without fear of being denounced*
197 **Reparolo, siete:** These card games were banned by royal decree in
1594.

del que solía,[198] no le osaron dar grita ni hacer preguntas; pero seguíanle y decían unos a otros: "¿Éste no es el loco Vidriera? ¡A fe que es él! Ya viene cuerdo. Pero tambien puede ser loco bien vestido como mal vestido; preguntémosle algo, y salgamos desta confusión."

Todo esto oía el licenciado y callaba, y iba más confuso y más corrido que cuando estaba sin juicio.

Pasó el conocimiento de los muchachos a los hombres; y, antes que el licenciado llegase al patio de los Consejos,[199] llevaba tras de sí más de docientas personas de todas suertes.° Con este ⟶ sorts acompañamiento, que era más que de un catedrático,[200] llegó al patio, donde le acabaron de circundar cuantos en él estaban. Él, viéndose con tanta turba° a la redonda, alzó la voz y dijo: "Señores, ⟶ crowd yo soy el licenciado Vidriera, pero no el que solía: soy aora el licenciado Rueda; sucesos y desgracias que acontecen en el mundo, por permisión del cielo, me quitaron el juicio, y las misericordias de Dios me le han vuelto. Por las cosas que dicen que dije cuando loco, podéis considerar las que diré y haré cuando cuerdo. Yo soy graduado en leyes por Salamanca, adonde estudié con pobreza y adonde llevé segundo en licencias:[201] de do° se puede inferir que ⟶ =donde más la virtud que el favor me dio el grado que tengo. Aquí he venido a este gran mar de la Corte para abogar y ganar la vida; pero si no me dejáis, habré venido a bogar y granjear la muerte.[202] Por amor de Dios que no hagáis que el seguirme sea perseguirme, y que lo que alcancé por loco, que es 'el sustento,° lo pierda por ⟶ my living cuerdo. Lo que solíades preguntarme en las plazas, preguntádmelo aora en mi casa, y veréis que el que os respondía bien, según dicen, de improviso, os responderá mejor de pensado."

Escucháronle todos y dejáronle algunos. Volvióse a su posada° ⟶ inn con poco menos acompañamiento que había llevado.

Salió otro día y fue lo mismo; hizo otro sermón y no sirvió de

---

198 **Solía traer...** *used to wear*

199 The Consejo Real in the Royal Palace in Valladolid

200 Chair Professors were escorted through the ſtreets the day they earned their chair.

201 **Segundo...** *second place in his graduating class*

202 **Abogar ... bogar...** *to pra&ctice as a lawyer and earn a living ... to row (in this great sea of the Court) and be rewarded with death*

nada. Perdía mucho y no ganaba cosa; y, viéndose morir de hambre, determinó de dejar la Corte y volverse a Flandes, donde pensaba valerse de las fuerzas de su brazo, pues no se podía valer de las de su ingenio.

Y, poniéndolo en efeto, dijo al salir de la Corte: "¡Oh Corte, que alargas las esperanzas de los atrevidos pretendientes, y acortas las de los virtuosos encogidos,[203] sustentas abundantemente a los truhanes desvergonzados y matas de hambre a los discretos vergonzosos!"

Esto dijo y se fue a Flandes, donde la vida que había comenzado a eternizar por las letras la acabó de eternizar por las armas, en compañía de su buen amigo el capitán Valdivia, dejando fama en su muerte de prudente y valentísimo soldado.

203 **Alargas las...** *you increase the hopes of the bold suitors but decrease those of the discreet and fearful ones*

Novela de
la fuerza de la sangre

UNA NOCHE DE LAS calurosas del verano, volvían de recrearse del río° en Toledo un anciano° hidalgo con su mujer, — the Tajo, old
un niño pequeño, una hija de edad de diez y seis años y
una criada. La noche era clara; la hora, las once; el camino, solo,° — deserted
y el paso, tardo,° por no pagar con cansancio la pensión que traen — slow
consigo las holguras que en el río o en la vega se toman¹ en Toledo.

Con la seguridad que promete² la mucha justicia y bien incli-
nada gente de aquella ciudad, venía el buen hidalgo con su honrada familia, lejos de pensar en desastre que sucederles pudiese.³ Pero,
como las más° de las desdichas° que vienen no se piensan, contra — majority, misfortunes
todo su pensamiento, les sucedió una que les turbó° la holgura y les — upset
dio que llorar muchos años.

Hasta veynte y dos tendría un caballero de aquella ciudad a
quien la riqueza,° la sangre ilustre, la inclinación torcida,° la liber- — wealth, devious
tad demasiada y las compañías libres,° le hacían hacer cosas y tener — loose-living
atrevimientos° que desdecían° de su calidad° y le daban renombre° — audacity, were unworthy, status, reputation
de atrevido. Este caballero, pues (que por aora, por buenos respec-
tos, encubriendo° su nombre, le llamaremos con el de Rodolfo), — concealing
con otros cuatro amigos suyos, todos mozos,° todos alegres y todos — young
insolentes, bajaba por la misma cuesta° que el hidalgo subía. — hill

Encontráronse los dos escuadrones:⁴ el de las ovejas° con el — sheep
de los lobos°; y, con deshonesta desenvoltura,° Rodolfo y sus ca- — wolves, confidence
maradas, cubiertos los rostros, miraron los° de la madre, y de la — = los *rostros*
hija y de la criada. Alborotóse° el viejo y reprochóles y afeóles° su — became alarmed, cen-
atrevimiento. Ellos le respondieron con muecas° y burla,° y, sin — sured; sneers, jeers

---

1 **Por no…** *in order not to repay with weariness the rest that the pleasures
bring that are enjoyed at the river or the plain bordering the river*

2 **Con la…** *confiding in*

3 **Sucederles pudiese** *could befall them*

4 **Encontráronse los…** *the two small companies met*

desmandarse a más, pasaron adelante.[5] Pero la mucha hermosura
del rostro que había visto Rodolfo, que era el de Leocadia, que así
quieren que se llamase la hija del hidalgo, comenzó de tal manera
a imprimírsele° en la memoria, que le llevó tras sí la voluntad[6] y   be fixed
despertó° en él un deseo de gozarla° a pesar de todos los incon-   aroused, enjoy her
venientes que sucederle pudiesen. Y en un instante comunicó su
pensamiento con sus camaradas, y en otro instante se resolvieron
de volver y robarla, por dar gusto a Rodolfo; que siempre los ri-
cos que dan en liberales[7] hallan quien canonice° sus desafueros° y   applaud, excesses
califique por buenos sus malos gustos. Y así, el nacer el mal pro-   consent
pósito, el comunicarle y el aprobarle° y el determinarse de robar a
Leocadia y el robarla, casi todo fue en un punto.

Pusiéronse los pañizuelos° en los rostros, y, desenvainadas las   handkerchiefs
espadas,[8] volvieron, y a pocos pasos alcanzaron° a los que no 'ha-   overtook
bían acabado° de dar gracias a Dios, que de las manos de aquellos   hadn't finished
atrevidos les había librado.

Arremetió° Rodolfo con Leocadia, y, cogiéndola° en brazos,   rushed at, seizing her
dio a huir° con ella, la cual no tuvo fuerzas° para defenderse, y   made off, strength
el sobresalto° le quitó° la voz para quejarse,° y aun la luz de los   scare, took away, scream
ojos, pues, desmayada° y sin sentido, ni vio quién la llevaba, ni   fainted
adónde la llevaban. 'Dio voces° su padre, gritó° su madre, lloró su   shouted, cried out
hermanico, arañóse[9] la criada; pero ni las voces fueron oídas, ni los
gritos escuchados, ni movió a compasión el llanto,° ni los araños   tears
fueron de provecho alguno, porque todo lo cubría la soledad del
lugar y el callado silencio de la noche, y las crueles entrañas° de los   hearts
malhechores.°   evil-doers

Finalmente,° alegres se fueron los unos y tristes se queda-   in short
ron los otros. Rodolfo llegó a su casa sin impedimento alguno, y
los padres de Leocadia llegaron a la suya lastimados, afligidos y
desesperados:[10] ciegos, sin los ojos de su hija, que eran la lumbre°   light
de los suyos; solos, porque Leocadia era su dulce y agradable com-

---

5 **Sin desmandarse...** *without misbehaving further they went their way*
6 **Le llevó...** *removed all his inhibitions*
7 **Dan en...** *are in the habit of being generous*
8 **Desenvainadas...** *with their swords drawn*
9 The servant girl scratched her face to vicariously take upon herself the
sufferng that Leocadia was undergoing.
10 **Lastimados, afligidos...** *hurt, heartbroken and desperate*

pañía; confusos, sin saber si sería bien dar noticia de su desgracia
a la justicia,[11] temerosos° no fuesen ellos el principal instrumen-   fearful
to de publicar su deshonra. Veíanse necesitados de favor,° como   help
hidalgos pobres. No sabían de quién quejarse,[12] sino de su corta
ventura.° Rodolfo, en tanto, sagaz° y astuto,° tenía ya en su casa   bad luck, shrewd, crafty
y en su aposento° a Leocadia; a la cual, puesto que[13] sintió° que   part of the house, he
iba desmayada cuando la llevaba, la había cubierto los ojos con   realized
un pañuelo, porque no viese las calles por donde la llevaba, ni la
casa ni el aposento donde estaba; en el cual, sin ser visto de nadie,
a causa que él tenía un cuarto° aparte en la casa de su padre, que   small apartment
aún vivía, y tenía de su estancia° la llave y las de todo el cuarto   room
(inadvertencia° de padres que quieren tener sus hijos recogidos°),   mistake, controlled
antes que de su desmayo volviese Leocadia, había cumplido° su   fulfilled
deseo Rodolfo; que los ímpetus no castos de la mocedad pocas
veces o ninguna reparan en comodidades y requisitos que más los
inciten y levanten.[14] Ciego de la luz del entendimiento,° a escuras°   understanding, =a os-
robó la mejor prenda° de Leocadia; y, como los pecados de la sen-   **curas** *in the dark;* jew-
sualidad por la mayor parte no tiran más allá la barra del término   el
del cumplimiento dellos,[15] quisiera luego° Rodolfo que de allí se   immediately
desapareciera Leocadia, y le vino a la imaginación de ponerla en
la calle, así desmayada como estaba. Y, yéndolo a poner en obra,
sintió que 'volvía en sí,° diciendo: was coming to

   "¿Adónde estoy, desdichada?° ¿Qué escuridad es ésta, qué ti-   wretched me
nieblas° me rodean?° ¿Estoy en el limbo de mi inocencia o en el   darkness, surround me
infierno de mis culpas?°[16] ¡Jesús! ¿quién me toca? ¿Yo en cama, yo   sins
lastimada? ¿Escúchasme, madre y señora mía? ¿Óyesme, querido
padre? ¡Ay sin ventura de mí! que 'bien advierto° que mis padres   I'm well aware
no me escuchan y que mis enemigos me tocan; venturosa sería yo

---

11   **Sería bien...** *if it would be wise to report their misfortune to the
authorities*

12   **De quien...** *who to blame*

13   **Puesto que** [=**aunque por supuesto que**]... *despite the fact that*

14   **Ímpetus no...** *the unrestrained impulses of youth rarely or never take
into account the circumstances and requirements that rouse them and uphold
them most*

15   **No tiran ...** *are like a game* ('tirar la barra') *and do not go beyond the
fulfillment of sensual sins*

16   She thinks she is dead and asks if she is in limbo, the temporary abode
of innocent souls, or in hell, the place of punishment for those who die in sin.

si esta escuridad durase° para siempre, sin que mis ojos volviesen a ver la luz del mundo, y que este lugar donde aora estoy, cualquiera° que él se fuese, sirviese de sepultura° a mi honra, pues es mejor la deshonra que se ignora que la honra que está puesta en opinión[17] de las gentes. Ya me acuerdo° (¡que nunca yo me acordara!) que ha poco[18] que venía en la compañía de mis padres; ya me acuerdo que me saltearon,° ya me imagino y veo que no es bien que me vean las gentes. ¡Oh tú, cualquiera° que seas, que aquí estás comigo (y en esto tenía asido de las manos a Rodolfo),[19] si es que tu alma admite género de ruego alguno,[20] te ruego que, ya que has triunfado de mi fama,° triunfes también de mi vida! ¡Quítamela[21] al momento, que no es bien que la tenga la que no tiene honra! ¡Mira que el rigor° de la crueldad que has usado conmigo en ofenderme se templará° con la piedad° que usarás en matarme; y así, en un mismo punto, vendrás a ser cruel y piadoso!"

    Confuso dejaron las razones° de Leocadia a Rodolfo; y, como mozo poco experimentado, ni sabía qué decir ni qué hacer, cuyo silencio admiraba° más a Leocadia, la cual con las manos procuraba desengañarse[22] si era fantasma o sombra° la que con ella estaba. Pero, como tocaba cuerpo° y se le acordaba de la fuerza° que se le había hecho, viniendo con sus padres, caía en la verdad del cuento de su desgracia. Y con este pensamiento tornó a añudar° las razones que los muchos sollozos° y suspiros° habían interrumpido, diciendo:

    "Atrevido mancebo,° que de poca edad hacen tus hechos° que te juzgue, yo te perdono la ofensa que me has hecho con sólo que me prometas y jures° que, como la has cubierto con esta escuridad, la cubrirás con perpetuo silencio sin decirla a nadie. Poca recompensa te pido de tan grande agravio,° pero para mí será la mayor° que yo sabré pedirte ni tú querrás darme. Advierte° en que yo nunca he visto tu rostro, ni quiero vértele; porque, ya que se me acuerde de mi ofensa, no quiero acordarme de mi ofensor ni

Glosses (right margin):
- lasted
- whatever
- grave
- recall,
- assaulted
- whoever
- reputation
- harshness
- will be tempered
- mercy
- words
- puzzled
- ghost
- a body, assault
- resume
- sobs, sighs
- young man, acts
- swear
- = mayor *recompensa,*
- bear in mind

---

17 **Está...** *is questioned*
18 **Ha poco** *a little while ago*
19 **Tenía...** *she had a tight hold on Rodolfo*
20 **Género....** *some sort of entreaty*
21 **Quítamela** *take my life from me*
22 **Procuraba desengañarse** *tried to learn the truth*

guardar en la memoria la imagen del autor de mi daño.° Entre mí
y el cielo pasarán mis quejas,° sin querer que las oiga el mundo, el
cual no juzga por los sucesos las cosas, sino conforme a él se le
asienta en la estimación.[23] No sé cómo te digo estas verdades, que
se suelen fundar en la experiencia de muchos casos y en el discurso°
de muchos años, no llegando los míos a diez y siete; por do° 'me
doy a entender° que el dolor de una misma manera 'ata y desata° la
lengua del afligido:° unas veces exagerando su mal, para que se le
crean, otras veces no diciéndole,° porque no 'se le remedien.° De
cualquiera manera, que yo calle o hable, creo que he de moverte
a que me creas o que me remedies, pues el no creerme será ignorancia, y el remediarme,[24] imposible de tener algún alivio.° No
quiero desesperarme,° porque te costará poco el dármele;° y es éste:
mira, no aguardes° ni confíes que el discurso° del tiempo temple la
justa saña° que contra ti tengo, ni quieras amontonar° los agravios:
mientras menos me gozares, y habiéndome ya gozado, menos 'se
encenderán° tus malos deseos. 'Haz cuenta° que me ofendiste por
accidente, sin dar lugar a ningún buen discurso;° yo la haré° de que
no nací en el mundo, o que si nací, fue para ser desdichada. Ponme
luego en la calle, o a lo menos junto a la iglesia mayor,[25] porque
desde allí bien sabré volverme a mi casa; pero también has de jurar
de no seguirme, ni saberla,[26] ni preguntarme el nombre de mis
padres, ni el mío, ni de mis parientes,° que, a ser tan ricos como
nobles, no fueran en mí tan desdichados. Respóndeme a esto; y si
temes que te pueda conocer 'en la habla,° hágote saber que, 'fuera
de° mi padre y de mi confesor, no he hablado con hombre alguno
en mi vida, y a pocos he oído hablar con tanta comunicación que
pueda distinguirles por el sonido° de la habla."

La respuesta que dio Rodolfo a las discretas razones de la lastimada Leocadia no fue otra que abrazarla,° dando muestras que
quería volver a confirmar en él su gusto y en ella su deshonra. Lo

---

23 **El cual...** [the world] *doesn't judge things for what actually happened,
but for what they imagine happened*

24 Some editors, thinking that this is an error, have inserted "no" (*el no
remediarme*). She is saying that whether he finds a remedy or not, the damage
is done and there's no way to undo it.

25 She either means the Cathedral, or the Church of Santiago el Mayor.

26 **Saber *mi casa** know where I live*

Margin glosses:

misfortune

laments

course

=donde

I conclude, ties and un-
ties; brokenhearted

silencing it, find a rem-
edy

relief

despair, **le** = *remedio*

expect, passing

anger, pile up

will kindle, pretend

advice, I'll pretend

relatives

by your voice

ouside of

sound

embrace her

cual visto por Leocadia, con más fuerzas de las que su tierna edad prometían,[27] se defendió con los pies, con las manos, con los dientes y con la lengua, diciéndole:

"'Haz cuenta,° traidor y desalmado° hombre, quienquiera que seas, que los despojos° que de mí has llevado son los que podiste tomar de un tronco° o de una coluna sin sentido, cuyo vencimiento° y triunfo ha de redundar en tu infamia° y menosprecio.° Pero el° que aora pretendes no le has de alcanzar° sino con mi muerte. Desmayada me pisaste° y aniquilaste°; mas, aora que tengo bríos,[28] antes podrás matarme que vencerme°: que si aora, despierta, sin resistencia concediese° con tu abominable gusto, podrías imaginar que mi desmayo fue fingido° cuando 'te atreviste° a destruirme.'"

Finalmente, tan gallarda° y porfiadamente° se resistió Leocadia, que las fuerzas y los deseos de Rodolfo se enflaquecieron°; y, como la insolencia que con Leocadia había usado no tuvo otro principio que de un ímpetu lascivo, del cual nunca nace el verdadero amor, que permanece, 'en lugar° del ímpetu, que se pasa, queda, si no el arrepentimiento,° a lo menos una tibia° voluntad de segundalle. Frío, pues, y cansado Rodolfo, sin hablar palabra alguna, dejó a Leocadia en su cama y en su casa; y, cerrando° el aposento, se fue a buscar a sus camaradas para aconsejarse° con ellos de lo que hacer debía.

Sintió° Leocadia que quedaba sola y encerrada; y, levantándose del lecho,° anduvo todo el aposento, tentando[29] las paredes con las manos, por ver si hallaba puerta por do irse o ventana por do arrojarse.° Halló la puerta, pero bien cerrada, y topó° una ventana que pudo abrir, por donde entró el resplandor de la luna, tan claro, que pudo distinguir Leocadia las colores de unos damascos[30] que el aposento adornaban. Vio que era dorada° la cama, y tan ricamente compuesta° que más parecía lecho de príncipe que de algún particular° caballero. Contó las sillas y los escritorios°; notó° la parte donde la puerta estaba, y, aunque vio pendientes° de las paredes algunas tablas,° no pudo alcanzar a ver las pinturas° que

---

27 **Con las...** *with greater strength than could be expected of someone so young*

28 **Tengo bríos** *my spirits are back and I'm myself again*

29 **Tentando** *feeling her way along*

30 damask hangings or carpets

Margin glosses:

realize, heartless
spoils
tree trunk
defeat, shame, scorn
= el *despojo*, obtain
trampled on me, destroyed me; overcome me; yield
false, you dared
bravely, persistently
grew weaker

instead
repentance, lukewarm
locking
consult
realized
bed

jump out, bumped into
gilded
arranged
private, desks, took note of; hanging
portraits, paintings

contenían. La ventana era grande, guarnecida° y guardada de una   embellished
gruesa reja°; la vista° caía a un jardín que también se cerraba con   iron grating, view
paredes altas; dificultades que se opusieron a la intención que de
arrojarse a la calle tenía. Todo lo que vio y notó de la capacidad° y   size
ricos adornos° de aquella estancia le dio a entender que el dueño°   decoration, owner
della debía de ser hombre principal y rico, y no comoquiera,[31] sino
aventajadamente.° En un escritorio, que estaba 'junto a° la ventana,   extremely, next to
vio un crucifijo° pequeño, todo de plata, el cual tomó y se le puso   crucifix
en la manga° de la ropa, no por devoción ni por hurto,° sino llevada   sleeve, theft
de un discreto designio suyo.[32] Hecho esto, cerró la ventana como
antes estaba y volvióse al lecho, esperando qué fin tendría el 'mal
principio° de su suceso.°   bad beginning, plight

    No habría pasado, a su parecer, media hora, cuando sintió°   heard
abrir la puerta del aposento y que a ella se llegó una persona; y, sin
hablarle palabra, con un pañuelo le vendó° los ojos, y tomándola   covered
del brazo la sacó fuera de la estancia, y sintió que volvía a cerrar°   lock
la puerta. Esta persona era Rodolfo, el cual, aunque había ido a
buscar a sus camaradas, no quiso hallarlas, pareciéndole que no le
estaba bien hacer testigos° de lo que con aquella doncella había pa-   witnesses
sado; antes,° se resolvió en decirles que, arrepentido del 'mal hecho°   but rather, evil deed
y movido de sus lágrimas,° la había dejado en la mitad del camino.   tears
Con este acuerdo° volvió tan presto a poner a Leocadia junto a la   resolution
iglesia mayor, como ella se lo había pedido, antes que amaneciese°   daybreak
y el día le estorbase° de echarla,° y le forzase a tenerla en su apo-   hinder, get rid of her
sento hasta la noche venidera,° en el cual espacio de tiempo ni él   following
quería volver a usar de sus fuerzas ni dar ocasión a ser conocido.
Llevóla, pues, hasta la plaza que llaman de Ayuntamiento; y allí, en
voz trocada° y en lengua medio portuguesa y castellana, le dijo que   fictitious
seguramente° podía irse a su casa, porque de nadie sería seguida; y,   safely
antes que ella tuviese lugar° de quitarse el pañuelo, ya él se había   opportunity
puesto en parte donde no pudiese ser visto.

    Quedó sola Leocadia, quitóse la venda,° reconoció el lugar   blindfold
donde la dejaron. Miró a todas partes, no vio a persona; pero,
sospechosa que desde lejos la siguiesen, a cada paso° se detenía,   step
dándolos° hacia su casa, que no muy lejos de allí estaba. Y, por   los = *pasos*

---

31 **No comoquiera** *not just average*
32 **Discreto designio...** *a wise plan of her own*

desmentir° las espías, si acaso° la seguían, se entró en una casa que   trick, just in case
halló abierta, y de allí a poco se fue a la suya, donde halló a sus
padres atónitos° y sin desnudarse,[33] y aun sin tener pensamiento   in shock
de tomar descanso alguno.

5   Cuando la vieron, corrieron a ella con brazos abiertos, y con
lágrimas en los ojos la recibieron. Leocadia, llena de sobresalto° y   panic
alboroto,° hizo a sus padres que se tirasen° con ella aparte, como   alarm, = *retirasen*
lo hicieron; y allí, en breves palabras, les dio cuenta° de todo su   told them
desastrado suceso,[34] con todas la circunstancias dél y de la ninguna
10 noticia que traía del salteador° y robador de su honra. Díjoles lo   thief
que había visto en el teatro donde se representó la tragedia de su
desventura: la ventana, el jardín, la reja, los escritorios, la cama, los
damascos; y a lo último les mostró el crucifijo que había traído,
ante° cuya imagen se renovaron las lágrimas, se hicieron depre-   in front of
15 caciones,° se pidieron venganzas y desearon milagrosos castigos.[35]   suplications
Dijo ansimismo que, aunque ella no deseaba venir en conocimien-
to de su ofensor, que si a sus padres les parecía ser bien conoce-
lle, que por medio de aquella imagen podrían, haciendo° que los   asking
sacristanes° dijesen en los púlpitos de todas las parroquias° de la   sextons, parishes
20 ciudad, que el que hubiese perdido tal imagen la hallaría en poder
della religioso° que ellos señalasen; y que ansí, sabiendo el dueño de   priest
la imagen, se sabría la casa y aun la persona de su enemigo.
    A esto replicó el padre:
    "Bien habías dicho, hija, si la malicia° ordinaria no se opusiera   wickedness
25 a tu discreto discurso, pues está claro que esta imagen hoy, en este
día, se ha de echar menos[36] en el aposento que dices, y el dueño
della ha de tener por cierto que la persona que con él estuvo se la
llevó; y, de llegar a su noticia° que la tiene algún religioso, antes ha   knowledge
de servir de conocer quién se la dio al tal que la tiene, que no de
30 declarar el dueño que la perdió, porque puede hacer que venga por
ella otro a quien el dueño haya dado las señas.° Y, siendo esto ansí,   name and address
antes quedaremos confusos que informados; puesto° que podamos   = **por supuesto**

---

33 **Sin desnudarse** *without even having gotten undressed*
34 **Desastrado suceso** *awful experience* Some editors consider this an
error and insert **desastroso. Desastrado** has a deeper meaning: *dirty, shabby,
wretched.*
35 **Milagrosos castigos** *supernatural chastisements*
36 **Ha de...** *has to be missed*

usar del mismo artificio que sospechamos, dándola al religioso por
tercera persona. Lo que has de hacer, hija, es guardarla y encomen-
darte° a ella; que, pues ella fue testigo de tu desgracia, permitirá   commend yourself
que haya juez° que vuelva[37] por tu justicia. Y advierte, hija, que   judge
más lastima una onza de deshonra pública que una arroba de infamia secreta.[38] Y, pues puedes vivir honrada con Dios en público,
no te pene[39] de estar deshonrada contigo en secreto: la verdadera
deshonra está en el pecado, y la verdadera honra en la virtud; con
el dicho, con el deseo y con la obra[40] se ofende a Dios; y, pues tú,
ni en dicho, ni en pensamiento, ni en hecho le has ofendido, tente°   consider yourself
por honrada, que yo por tal te tendré, sin que jamás te mire sino
como verdadero padre tuyo."

Con estas prudentes razones consoló su padre a Leocadia, y,
abrazándola de nuevo su madre, procuró también consolarla. Ella
gimió° y lloró de nuevo, y 'se redujo° a cubrir la cabeza, como dicen,   sighed, limited herself
y a vivir recogidamente° debajo del amparo° de sus padres, con   secluded, protection
vestido tan honesto como pobre.

Rodolfo, en tanto, vuelto a su casa, echando menos la imagen
del crucifijo, imaginó quién podía haberla llevado; pero 'no se le
dio nada,° y, como rico, no hizo cuenta dello,[41] ni sus padres se la   took no heed
pidieron cuando de allí a tres días, que él se partió a Italia, entregó
por cuenta[42] a una camarera° de su madre todo lo que en el apo-   maid
sento dejaba.°   left

Muchos días había° que tenía Rodolfo determinado de pasar   = hacía
a Italia; y su padre, que había estado en ella,° se lo persuadía, di-   = Italy
ciéndole que no eran caballeros los que solamente lo eran en su
patria,° que era menester serlo también en las ajenas.° Por estas y   homeland, foreign ones
otras razones, se dispuso la voluntad de Rodolfo de cumplir la° de   = la voluntad
su padre, el cual le dio crédito° de muchos dineros para Barcelona,   letters of credit
Génova, Roma y Nápoles;[43] y él, con dos de sus camaradas, se par-

---

37 **Vuelva** *turn things around*

38 **Más una...** *an ounce of public disgrace is more harmful than a bushel
of secret shame*

39 **No te...** *don't let it torment you*

40 **Con el...** *with words, thoughts and deeds*

41 **No hizo...** *he didn't report it*

42 A piece of paper with a list of items.

43 Several Genovese bankers established in Toledo had agents in these
other cities.

tió luego, goloso° de lo que había oído decir a algunos soldados de   anxious to taste
la abundancia de las hosterías° de Italia y Francia, de la libertad   inns
que en los alojamientos° tenían los españoles. Sonábale bien aquel   lodgings
Ecco li buoni polastri, picioni, presuto e salcicie,[44] con otros nombres
de este jaez, de quien los soldados se acuerdan cuando de aquellas
partes vienen a éstas y pasan por la estrecheza° e incomodidades°   discomforts, cramped
de las ventas° y mesones de España. Finalmente, él se fue con tan   quarters; inns
poca memoria de lo que con Leocadia le había sucedido,° como si   happened
nunca hubiera pasado.

Ella, en este entretanto,° pasaba la vida en casa de sus padres   meanwhile
con el recogimiento posible,[45] sin dejar verse de persona alguna,
temerosa que su desgracia se la habían de leer en la frente.° Pero   forehead
a pocos meses vio serle forzoso hacer por fuerza lo que hasta allí
de grado hacía.[46] Vio que le convenía vivir retirada y escondida,
porque se sintió preñada°: suceso por el cual las en 'algún tanto°   pregnant, somewhat
olvidadas lágrimas volvieron a sus ojos, y los suspiros y lamentos
comenzaron de nuevo a 'herir los vientos,° sin ser parte[47] la discre-   rend the air
ción de su buena madre a consolarla. Voló° el tiempo, y llegóse el   flew
punto del parto,° y con tanto secreto, que aun no se osó fiar de la   delivery
partera;[48] usurpando° este oficio la madre, 'dio a la luz° del mundo   taking over, gave birth
un niño de los hermosos que pudieran imaginarse. Con el mismo
recato y secreto que había nacido, le llevaron a una aldea,° donde   village
se crió° cuatro años, 'al cabo° de los cuales, con nombre de sobrino,   grew up, at the end
le trajo su abuela a su casa, donde se criaba, si no muy rica, a lo
menos muy virtuosamente.

Era el niño (a quien pusieron nombre Luis, por llamarse así
su abuelo), de rostro hermoso, de condición mansa, de ingenio
agudo,[49] y, en todas las acciones que en aquella edad tierna podía hacer, daba señales de ser de algún noble padre engendrado;
y 'de tal manera° su gracia, belleza y discreción enamoraron a sus   so intensely

---

44   "Here come the good chickens, pigeons, ham and sausages!"
45   **Con el...** *with the greatest possible seclusion*
46   **Vio serle...** *she saw it was inevitable for her to do by necessity what
until then she did willingly*
47   **Sin ser...** *without being able to do anything to help*
48   **Aun no...** *they didn't even dare trust the midwife*
49   **Rostro hermoso...** *he had a beautiful face, a gentle character, and a
sharp mind*

abuelos, que vinieron a tener por dicha° la desdicha de su hija por   a blessing
haberles dado tal nieto. Cuando iba por la calle, llovían sobre él
millares° de bendiciones: unos bendecían su hermosura, otros la   thousands
madre que lo había parido,° éstos el padre que le engendró, aqué-   given birth
llos a quien tan bien criado° le criaba. Con este aplauso de los que   well mannered
le conocían y no conocían, llegó el niño a la edad de siete años,
en la cual ya sabía leer latín y romance° y escribir formada y muy   Spanish
buena letra; porque la intención de sus abuelos era hacerle virtuoso
y sabio,° ya que no le podían hacer rico; como si la sabiduría° y la   wise, knowledge
virtud no fuesen las riquezas sobre quien no tienen jurisdicción los
ladrones,° ni la que llaman Fortuna.[50]   thieves

Sucedió, pues, que un día que el niño fue con un recaudo° de   =recado *errand*
su abuela a una parienta° suya, acertó° a pasar por una calle donde   cousin, happened to
había carrera de caballeros.[51] Púsose a mirar, y, por mejorarse de
puesto, pasó de una parte a otra,[52] a tiempo que no pudo huir° de   avoid
ser atropellado° de un caballo, a cuyo dueño no fue posible dete-   get run over
nerle en la furia° de su carrera. Pasó por encima dél, y dejóle como   frenzy
muerto, tendido° en el suelo, derramando mucha sangre[53] de la   lying
cabeza. Apenas esto hubo sucedido, cuando un caballero anciano
que estaba mirando la carrera, con no vista ligereza° se arrojó de su   swiftness
caballo y fue donde estaba el niño; y, quitándole° de los brazos de   taking him
uno que ya le tenía, le puso en los suyos, y, sin tener cuenta[54] con
sus canas° ni con su autoridad,° que era mucha, a paso largo se fue   gray hair, social status
a su casa, ordenando a sus criados que le dejasen y fuesen a buscar
un cirujano° que al niño curase.° Muchos caballeros le siguieron,   surgeon, dress the
lastimados de la desgracia de tan hermoso niño, porque luego salió   wound
la voz que el atropellado era Luisico, el sobrino del tal° caballero,   such-and-such
nombrando a su abuelo. Esta voz corrió de boca en boca hasta que
llegó a los oídos de sus abuelos y de su encubierta madre; los cua-
les, certificados bien del caso, como desatinados° y locos, salieron   out of their wits
a buscar a su querido°; y por ser tan conocido y tan principal el   dear child

---

50 **Ni la...** *nor the jurisdiction of Fortune,* which makes men's destiny
rise and fall.

51 A game, also called *correr sortija*, in which at full gallop a rider throws
a lance through a ring hanging from a certain height.

52 **De una...** *from one side of the street to the other*

53 **Derramando mucha...** *bleeding profusely*

54 **Tener cuenta** *take into account*

caballero que le había llevado, muchos de los que encontraron les
dijeron su casa,[55] a la cual llegaron a tiempo que ya estaba el niño
en poder° del cirujano.   in the hands

El caballero y su mujer, dueños de la casa, pidieron° a los   begged
que pensaron ser sus padres que no llorasen ni alzasen la voz a
quejarse,[56] porque no le sería al niño de ningún provecho.° El ciru-   benefit
jano, que era famoso,[57] habiéndole curado con grandísimo tiento° y   care
maestría, dijo que no era tan mortal la herida como él al principio
había temido. En la mitad de la cura volvió Luis a su acuerdo,° que   senses
hasta allí había estado sin él, y alegróse° en ver a sus tíos, los cuales   was happy
le preguntaron llorando que cómo se sentía. Respondió que bueno,
sino que le dolía° mucho el cuerpo y la cabeza. Mandó el médico   hurt
que no hablasen con él, sino que le dejasen reposar. Hízose ansí, y
su abuelo comenzó a agradecer al señor de la casa la gran caridad°   charity
que con su sobrino había usado. A lo cual respondió el caballero
que no tenía qué agradecelle, porque le hacía saber que, cuando
vio al niño caído° y atropellado, le pareció que había visto el rostro   on the ground
de un hijo suyo, a quien él quería tiernamente, y que esto le movió
a tomarle en sus brazos y traerle a su casa, donde estaría todo el
tiempo que la cura durase, con el regalo° que fuese posible y nece-   care
sario. Su mujer, que era una noble señora, dijo lo mismo y hizo aun
más encarecidas° promesas.   earnest

Admirados quedaron de tanta cristiandad los abuelos,[58] pero
la madre quedó más admirada; porque, habiendo con las nuevas°   news
del cirujano sosegádose° algún tanto su alborotado espíritu, miró   calmed down
atentamente el aposento donde su hijo estaba, y claramente, por
muchas señales, conoció que aquella era la estancia donde se había
dado fin a su honra y principio a su desventura; y, aunque no estaba
adornada de los damascos que entonces tenía, conoció la disposición della, vio la ventana de la reja que caía al jardín; y, por estar
cerrada a causa del herido, preguntó si aquella ventana respondía

---

55 **Dijeron su...** *told them whose house it was and where it was*

56 **Ni alzasen...** *nor raise their voices with sighs and groans*

57 This is very likely an allusion to Dr. De la Fuente (1510-1589), a well
known medical doctor and professor at the University of Toledo, where there
existed a prominent school of medicine at that time.

58 **Admirados quedaron...** *the grandparents were filled with amazement
at such a Christian spirit*

a algún jardín, y fuele respondido que sí; pero lo que más conoció fue que aquélla era la misma cama que tenía por tumba de su sepultura;[59] y más, que el propio° escritorio, sobre el cual estaba la imagen que había traído, se estaba en el mismo lugar.

same

Finalmente, sacaron a luz la verdad de todas sus sospechas los escalones,° que ella había contado cuando la sacaron del aposento tapados° los ojos (digo los escalones que había desde allí a la calle, que con advertencia discreta[60] contó). Y, cuando volvió a su casa, dejando a su hijo, los volvió a contar y halló cabal° el número. Y, confiriendo° unas señales con otras, de todo punto certificó por verdadera su imaginación,° de la cual dio por extenso cuenta[61] a su madre, que, como discreta, se informó si el caballero donde su nieto estaba había tenido o tenía algún hijo. Y halló que el que llamamos Rodolfo lo era, y que estaba en Italia; y, tanteando° el tiempo que le dijeron que había faltado° de España, vio que eran los mismos siete años que el nieto tenía.

steps
covered

exact
comparing
suspicion

calculating
was absent

'Dio aviso° de todo esto a su marido, y entre los dos y su hija acordaron° de esperar lo que Dios hacía del herido, el cual dentro de quince días estuvo fuera de peligro° y a los treinta se levantó; en todo el cual tiempo fue visitado de la madre y de la abuela, y regalado de los dueños de la casa como si fuera su mismo hijo. Y algunas veces, hablando con Leocadia doña Estefanía, que así se llamaba la mujer del caballero, le decía que aquel niño parecía tanto a un hijo suyo que estaba en Italia, que 'ninguna vez° le miraba que no le pareciese ver a su hijo delante. De estas razones tomó ocasión de decirle una vez, que se halló sola con ella, las que con acuerdo de sus padres había determinado de decille, que fueron éstas o otras semejantes:

informed
agreed
danger

= *cada* vez

"El día, señora, que mis padres oyeron decir que su sobrino estaba tan malparado,° creyeron y pensaron que se les había cerrado el cielo y caído todo el mundo a cuestas.[62] Imaginaron que ya les faltaba la lumbre de sus ojos y el báculo° de su vejez,° faltándoles este sobrino, a quien ellos quieren con amor de tal manera, que

badly injuried

staff, old age

---

59 **Tumba de...** *grave of her burial*
60 **Advertencia discreta** *wise foresight*
61 **Dio por...** gave a *detailed account*
62 **Se les...** *heaven had shut her doors on them and their world had fallen apart*

con muchas ventajas excede al° que suelen tener otros padres a sus   = al *amor*
hijos. Mas,° como decirse suele, que cuando Dios da la llaga° da   moreover, wound
la medicina, la halló el niño en esta casa, y yo en ella el acuerdo°   recollection
de unas memorias que no las podré olvidar mientras la vida me
durare. Yo, señora, soy noble porque mis padres lo son y lo han
sido todos mis antepasados,° que, con una medianía de los bienes   ancestors
de fortuna,[63] han sustentado su honra felizmente dondequiera que
han vivido."

   Admirada y suspensa estaba doña Estefanía, escuchando las
razones de Leocadia, y no podía creer, aunque lo veía, que tanta
discreción pudiese encerrarse en tan pocos años, puesto que, a su
parecer,° la juzgaba por de veinte, poco más a menos. Y, sin decirle   opinion
ni replicarle° palabra, esperó todas las que quiso decirle, que fueron   reply
aquellas que bastaron para contarle la travesura° de su hijo, la des-   mischief
honra suya, el robo, el cubrirle los ojos, el traerla a aquel aposento,
las señales en que había conocido ser aquel mismo que sospechaba.
Para cuya confirmación sacó del pecho° la imagen del crucifijo que   bosom
había llevado, a quien dijo:

   "Tú, Señor, que fuiste testigo de la fuerza° que se me hizo, sé   violence
juez de la enmienda° que se me debe hacer. De encima de aquel   amend
escritorio te llevé con propósito de acordarte° siempre mi agravio,   remind you
no para pedirte venganza dél, que no la pretendo, sino para rogarte
me dieses algún consuelo con que llevar en paciencia mi desgracia."

   "Este niño, señora, con quien habéis mostrado el extremo de
vuestra caridad, es vuestro verdadero nieto. Permisión fue del cielo
el haberle atropellado, para que, trayéndole a vuestra casa, hallase
yo en ella, como espero que he de hallar, si no el remedio que mejor
convenga,° y cuando no con mi desventura, a lo menos el medio°   most suitable, means
con que pueda sobrellevarla.°"   bear it

   Diciendo esto, abrazada con el crucifijo, cayó desmayada° en   in a faint
los brazos de Estefanía, la cual, en fin, como mujer y noble, en
quien la compasión y misericordia suele ser tan natural como la
crueldad en el hombre, apenas vio el desmayo de Leocadia, cuan-
do juntó su rostro con el suyo, derramando° sobre él tantas lágri-   shedding
mas que no fue menester esparcirle° otra agua encima para que   sprinkle
Leocadia en sí volviese.

---

63 **Medianía de...** *with modest wealth*

Estando las dos desta manera, acertó a entrar el caballero marido de Estefanía, que traía a Luisico de la mano; y, viendo el llanto de Estefanía y el desmayo de Leocadia, preguntó a gran priesa le dijesen la causa de donde procedía. El niño abrazaba a su madre por su prima y a su abuela por su bienhechora,° y asimismo° preguntaba por qué lloraban.

benefactor, also

"Grandes cosas, señor, hay que deciros" respondió Estefanía a su marido, "cuyo remate° se acabará con deciros que hagáis cuenta[64] que esta desmayada es hija vuestra y este niño vuestro nieto. Esta verdad que os digo me ha dicho esta niña, y la ha confirmado y confirma el rostro de este niño, en el cual entrambos° habemos visto el de nuestro hijo."

conclusion
both

"Si más no os declaráis,° señora, yo no os entiendo" replicó el caballero.

explain

En esto volvió en sí Leocadia, y, abrazada del crucifijo, parecía estar convertida en un mar de llanto. Todo lo cual tenía puesto en gran confusión al caballero, de la cual salió contándole su mujer todo aquello que Leocadia le había contado; y él lo creyó, por divina permisión del cielo, como si con muchos y verdaderos testigos se lo hubieran probado. Consoló y abrazó a Leocadia, besó a su nieto, y aquel mismo día despacharon un correo[65] a Nápoles, avisando° a su hijo se viniese luego, porque le tenían concertado casamiento con una mujer hermosa sobremanera y tal cual para él convenía. No consintieron que Leocadia ni su hijo volviesen más a la casa de sus padres, los cuales, contentísimos del buen suceso° de su hija, daban 'sin cesar° infinitas gracias a Dios por ello.

notifying
outcome
without ceasing

Llegó el correo a Nápoles, y Rodolfo, con la golosina° de gozar tan hermosa mujer como su padre le significaba,° de allí a dos días que recibió la carta, ofreciéndosele ocasión de cuatro galeras° que estaban a punto de venir a España, se embarcó en ellas con sus dos camaradas, que aún no le habían dejado, y con próspero suceso en doce días llegó a Barcelona, y de allí, por la posta,° en otros siete se puso en Toledo y entró en casa de su padre, tan galán° y tan bizarro,° que los extremos de la gala y de la bizarría estaban en él todos juntos.

desire
indicated
galley ships
relay horses
handsome
dashing

---

64 **Hagáis cuenta** *come to understand*
65 **Despacharon un...** *they sent a courier*

Alegráronse sus padres con la salud y bienvenida de su hijo.
Suspendióse Leocadia, que de parte escondida le miraba, por no
salir de la traza° y orden que doña Estefanía le había dado. Los ⟶ design
camaradas de Rodolfo quisieran irse a sus casas luego, pero no
lo consintió Estefanía por haberlos menester para su designio.
Estaba cerca la noche cuando Rodolfo llegó, y, en tanto que se
aderezaba° la cena, Estefanía llamó aparte los camaradas de su hijo, ⟶ made ready
creyendo, sin duda alguna, que ellos debían de ser los dos de los
tres que Leocadia había dicho que iban con Rodolfo la noche que
la robaron, y con grandes ruegos les pidió le dijesen si se acordaban
que su hijo había robado a una mujer tal noche, tantos años había;
porque el saber la verdad desto importaba la honra y el sosiego° de ⟶ peace of mind
todos sus parientes. Y con tales y tantos encarecimientos se lo supo
rogar, y de tal manera les asegurar°⁶⁶que de descubrir este robo no ⟶ assure
les podía suceder daño° alguno, que ellos 'tuvieron por bien° de ⟶ harm, saw fit
confesar ser verdad que una noche de verano, yendo ellos dos y
otro amigo con Rodolfo, robaron en la misma que ella señalaba a
una muchacha, y que Rodolfo se había venido con ella, mientras
ellos detenían a la gente de su familia, que con voces la querían
defender, y que 'otro día° les había dicho Rodolfo que la había ⟶ the next day
llevado a su casa; y sólo esto era lo que podían responder a lo que
les preguntaban.

La confesión destos dos fue 'echar la llave° a todas las dudas ⟶ unlock
que en tal caso le podían ofrecer; y así, determinó de llevar al cabo
su buen pensamiento, que fue éste: poco antes que se sentasen a
cenar, se entró en un aposento 'a solas° su madre con Rodolfo, y, ⟶ alone
poniéndole un retrato° en las manos, le dijo: ⟶ portrait

"Yo quiero, Rodolfo hijo, darte una gustosa cena con mostrarte
a tu esposa: éste es su verdadero retrato, pero quiérote advertir que
lo que le falta de belleza le sobra de virtud;⁶⁷ es noble y discreta
y medianamente rica, y, pues tu padre y yo te la hemos escogido,
asegúrate° que es la que te conviene." ⟶ rest assured

Atentamente miró Rodolfo el retrato, y dijo:

"Si los pintores, que ordinariamente suelen ser pródigos° de ⟶ lavish
la hermosura con los rostros que retratan,° lo han sido también ⟶ paint

---

66 There seems to be a mistake here and this should either read **de tal
manera asegurar** or **de tal manera les supo asegurar**.

67 **Lo que...** *what she lacks in beauty is compensated by a surplus in virtue*

con éste, sin duda creo que el original debe de ser 'la misma fealdad.° A la fe,[68] señora y madre mía, justo es y bueno que los hijos
obedezcan a sus padres en cuanto les mandaren; pero también es
conveniente, y mejor, que los padres den a sus hijos el estado de
que más gustaren. Y, pues° el° del matrimonio es nudo° que no le
desata sino la muerte,[69] bien será que sus lazos° sean iguales y de
unos mismos hilos° fabricados. La virtud, la nobleza, la discreción
y los bienes de la fortuna bien pueden alegrar el entendimiento°
de aquel a quien le cupieron en suerte[70] con su esposa; pero que la
fealdad della alegre los ojos del esposo, paréceme imposible. Mozo
soy, pero bien se me entiende que se compadece° con el sacramen-
to del matrimonio el justo y 'debido deleite° que los casados gozan,
y que si él° falta, cojea° el matrimonio y desdice[71] de su segunda
intención.[72] Pues pensar que un rostro feo, que se ha de tener a
todas horas delante de los ojos, en la sala, en la mesa y en la cama,
pueda deleitar, otra vez digo que lo tengo por casi imposible. Por
vida de vuesa merced, madre mía, que me dé compañera que me
entretenga° y no enfade;° porque, sin torcer° a una o a otra parte,
igualmente y por camino derecho° llevemos ambos a dos[73] el yugo°
donde el cielo nos pusiere. Si esta señora es noble, discreta y rica,
como vuesa merced dice, no le faltará esposo que sea de diferente
humor que el mío: unos hay que buscan nobleza, otros discreción,
otros dineros y otros hermosura; y yo soy de estos últimos. Porque
la nobleza, gracias al cielo y a mis pasados° y a mis padres, que me
la dejaron por herencia; discreción, como° una mujer no sea necia,°
tonta o boba,° bástale que ni por aguda° despunte° ni por boba 'no
aproveche°; de las riquezas, también las de mis padres me hacen no
estar temeroso de venir a ser pobre. La hermosura busco, la belleza
quiero, no con otra dote° que con la de la honestidad y 'buenas
costumbres°; que si esto trae mi esposa, yo serviré a Dios con gusto

ugliness itself

since, **el estado**, knot
bands
threads
mind

corresponds
due delight
= **el deleite**, limps

amuse, irritate, straying
straight
yoke

forefathers
as long as, a fool
simple-minded, too live-
ly, excel; be useless

dowry
morals

68 **A la fe** *upon my honor*
69 **No le...** *only death can untie*
70 **Cupieron en...** *fall into one's lot (along with the wife)*
71 **Desdice** *doesn't correspond with*
72 The first purpose of marriage, according to Catholic doctrine, is procreation; the second is mutual support and satisfaction of the sex urge. (Sent. certa.) CIC 1013, Par. 1.
73 **Ambos a...** *equally*

y daré buena vejez a mis padres."

Contentísima quedó su madre de las razones de Rodolfo, por
haber conocido por ellas° que iba saliendo bien con su designio.
Respondióle que ella procuraría° casarle conforme su deseo, que
no tuviese pena° alguna, que era fácil deshacerse° los conciertos°
que de casarle con aquella señora estaban hechos. Agradecióselo[74]
Rodolfo, y, por ser llegada la hora de cenar, se fueron a la mesa. Y,
habiéndose ya sentado a ella el padre y la madre, Rodolfo y sus dos
camaradas, dijo doña Estefanía 'al descuido°:

"¡Pecadora de mí,[75] y qué bien que trato a mi huéspeda!° Andad
vos"[76] dijo a un criado, "decid a la señora doña Leocadia que, sin
entrar en cuentas con su mucha honestidad,[77] nos venga a honrar
esta mesa, que los que a ella están todos son mis hijos y sus servi-
dores.°"

Todo esto era traza suya, y de todo lo que había de hacer estaba avisada y advertida° Leocadia. Poco tardó en salir Leocadia
y dar de sí la improvisa° y más hermosa muestra° que pudo dar
jamás[78] compuesta° y natural hermosura.

Venía vestida, por ser invierno, de una saya entera° de tercio-
pelo° negro, llovida de botones de oro y perlas, cintura° y collar° de
diamantes. Sus mismos cabellos, que eran luengos° y no demasiadamente rubios,° le servían de adorno y tocas,° cuya invención de
lazos° y rizos° y vislumbres° de diamantes que con ellas[79] se entre-
tejían,° turbaban° la luz de los ojos que los miraban. Era Leocadia
de gentil disposición y brío°; traía de la mano a su hijo, y delante
della venían dos doncellas, alumbrándola con dos velas de cera en
dos candeleros de plata.[80]

Levantáronse todos a hacerla reverencia, como si fuera a alguna cosa del cielo que allí milagrosamente se había aparecido.

---

74 **Agradecióselo** *he thanked her for it*
75 **Pecadora de...** *Goodness me!*
76 **Vos** was a form of treatment for a second person interlocutor. It used a plural verb.
77 **Sin entrar...** *setting aside her great modesty*
78 **Pudo dar...** *could ever have given*
79 **Las vislumbres:** some editors take **ellas** to refer to her locks and curls and change it to **ellos**.
80 **Dos...** *two servant girls, lighting the way with two wax candles in two silver candlesticks*

Ninguno de los que allí estaban embebecidos° mirándola parece   dumbfounded
que, de atónitos, 'no acertaron° a decirle palabra. Leocadia, con   couldn't manage
airosa gracia y discreta crianza,[81] se humilló° a todos; y, tomándola   bowed
de la mano Estefanía la sentó junto a sí,° frontero° de Rodolfo. Al   next to herself, in front
niño sentaron junto a su abuelo.

Rodolfo, que desde más cerca miraba la incomparable° belleza   matchless
de Leocadia, decía 'entre sí°: «Si la mitad de esta hermosura tuvie-   to himself
ra la que mi madre me tiene escogida por esposa, tuviérame yo por
el 'más dichoso° hombre del mundo. ¡Válame Dios![82] ¿Qué es esto   happiest
que veo? ¿Es por ventura algún ángel humano el que estoy mirando?» Y en esto, se le iba entrando por los ojos a tomar posesión de
su alma la hermosa imagen de Leocadia, la cual, 'en tanto que° la   while
cena venía, viendo también tan cerca de sí al que ya quería más que
a la luz de los ojos, con que alguna vez a hurto le miraba, comenzó
a revolver en su imaginación[83] lo que con Rodolfo había pasado.
Comenzaron a enflaquecerse° en su alma las esperanzas que de   grow weak
ser su esposo su madre le había dado, temiendo° que a la cortedad°   fearing, brevity
de su ventura° habían de corresponder las promesas de su ma-   good luck
dre. Consideraba cuán cerca estaba de ser dichosa o sin dicha para
siempre. Y fue la consideración tan intensa y los pensamientos tan
revueltos,° que le apretaron° el corazón de manera que comenzó   confused, oppress
a sudar° y a perderse de color[84] en un punto, sobreviniéndole un   perspire
desmayo que le forzó a reclinar° la cabeza en los brazos de doña   lean
Estefanía, que, como ansí la vio, con turbación° la recibió en ellos.   alarm

Sobresaltáronse todos,[85] y, dejando la mesa, acudieron a remediarla. Pero el que dio más muestras de sentirlo° fue Rodolfo, pues   be concerned
por llegar presto a ella tropezó° y cayó dos veces. Ni por desabro-   stumbled
charla° ni echarla agua en el rostro volvía en sí; antes,° el 'levan-   unbutton her, **antes *bien***
tado pecho° y el pulso, que no se le hallaban, iban dando precisas   raised chest
señales de su muerte; y las criadas y criados de casa, como 'menos
considerados,° dieron voces y la publicaron por muerta.[86] Estas   less respectful
'amargas nuevas° llegaron a los oídos de los padres de Leocadia,   bitter news

---

81   **Airosa gracia...** *with graceful elegance and good breeding*
82   **Válgame Dios** *Bless me!*
83   **Revolver en...** *turn over in her mind*
84   **Perderse...** *get pale*
85   **Sobresaltáronse todos** *they all paniced*
86   **Dieron voces...** *shouted saying she was dead*

que para más gustosa ocasión los tenía doña Estefanía escondidos.
Los cuales, con el cura de la parroquia,[87] que ansimismo con ellos
estaba, rompiendo° el orden de Estefanía, salieron a la sala.   defying

Llegó el cura presto, por ver si por algunas señales daba in-
dicios de arrepentirse° de sus pecados, para absolverla dellos;[88]   repent
y donde pensó hallar un desmayado halló dos, porque ya estaba
Rodolfo, puesto el rostro sobre el pecho de Leocadia. Diole su
madre lugar° que a ella llegase, como a cosa que había de ser suya;   opportunity
pero, cuando vio que también estaba sin sentido, estuvo a pique° de   point
perder el suyo,° y le perdiera si no viera que Rodolfo tornaba en sí,   = su sentido
como volvió, corrido° de que le hubiesen visto hacer tan extrema-   embarrassed
dos extremos.°   excesses

Pero su madre, casi como adivina° de lo que su hijo sentía, le   mind-reader
dijo:

"No te corras, hijo, de los extremos que has hecho, sino córrete
de los° que no hicieres cuando sepas lo que no quiero tenerte más   = los extremos
encubierto, puesto que pensaba dejarlo hasta más alegre coyuntu-
ra.° Has de saber, hijo de mi alma, que esta desmayada que en los   occasion
brazos tengo es tu verdadera esposa: llamo verdadera porque yo y
tu padre te la teníamos escogida, que la del retrato es falsa."

Cuando esto oyó Rodolfo, llevado de su amoroso y encendido°   ardent
deseo, y quitándole el nombre de esposo todos los estorbos° que   hinderances
la honestidad y decencia del lugar le podían poner, se abalanzó° al   threw himself
rostro de Leocadia, y, juntando su boca con la della, estaba como
esperando que se le saliese el alma para darle acogida en la suya.
Pero, cuando más las lágrimas de todos por lástima° crecían, y por   pity
dolor° las voces se aumentaban, y los cabellos y barbas° de la madre   grief, beard
y padre de Leocadia arrancados° venían a menos, y los gritos de   pulled out
su hijo penetraban los cielos, volvió en sí Leocadia, y con su vuelta
volvió la alegría y el contento que de los pechos de los circunstan-
tes° se había ausentado.°   those standing around,
                                                                                become absent
Hallóse Leocadia entre los brazos de Rodolfo, y quisiera con
honesta fuerza desasirse° dellos; pero él le dijo: free herself

"No, señora, no ha de ser ansí. No es bien que punéis° por apar-   struggle
taros° de los brazos de aquel que os tiene en el alma."   separate yourself

---

87 **Cura de...** *parish priest*
88 According to Catholic doctrine, a dying person must be absolved
before becoming unconscious.

A esta razón acabó de todo en todo de cobrar[89] Leocadia sus
sentidos, y acabó doña Estefanía de no llevar más adelante su determinación primera, diciendo al cura que luego luego[90] desposase°   marry
a su hijo con Leocadia. Él lo hizo ansí, que por haber sucedido este
caso en tiempo cuando con sola la voluntad de los contrayentes,
sin las diligencias y prevenciones justas y santas que aora se usan,
quedaba hecho el matrimonio,[91] no hubo dificultad que impidiese
el desposorio.° El cual hecho, déjese a otra pluma y a otro ingenio   wedding
más delicado que el mío el contar la alegría universal de todos
los que en él se hallaron: los abrazos que los padres de Leocadia
dieron a Rodolfo, las gracias que dieron al cielo y a sus padres, los
ofrecimientos° de las partes,° la admiración° de las camaradas de   good wishes, parties
Rodolfo, que tan impensadamente° vieron la misma noche de su   involved, surprise;
llegada tan hermoso desposorio, y más cuando supieron, por con-   unexpectedly
tarlo delante de todos doña Estefanía, que Leocadia era la doncella que en su compañía su hijo había robado, de que no menos
suspenso quedó Rodolfo. Y, por certificarse más de aquella verdad,
preguntó a Leocadia le dijese alguna señal por donde viniese en
'conocimiento entero° de lo que no dudaba, por parecerles[92] que   full understanding
sus padres lo tendrían bien averiguado.° Ella respondió: established

"Cuando yo recordé y volví en mí de otro desmayo, me hallé,
señor, en vuestros brazos sin honra; pero yo lo doy por bien empleado, pues, al volver del que aora he tenido, ansimismo me hallé
en los brazos de entonces, pero honrada. Y si esta señal no basta,
baste la de una imagen de un crucifijo que nadie os la pudo hurtar
sino yo, si es que por la mañana le echastes menos y si es el mismo
que tiene mi señora."

"Vos lo° sois de mi alma, y lo seréis los años que Dios ordenare,   = la señora
'bien mío.°"   my darling one

Y, abrazándola de nuevo, de nuevo volvieron las bendiciones y

---

89 **Acabó de...** *fully recuperated*

90 **Luego luego** *without the slightest delay*

91 After the Council of Trent (1545-1564) declared marriage a
sacrament, the names of the contracting parties had to be announced publicly
on three consecutive Holy Days. The decree was known as "exhortations and
admonitions", or banns.

92 **Parecerles** seems to be a mistake and should in all probability read
parecerle *seemed to him.*

parabienes° que les dieron.   best wishes

    Vino la cena, y vinieron músicos que para esto estaban pre-
venidos.° Viose Rodolfo a sí mismo en el espejo° del rostro de su   prepared, mirror
hijo; lloraron sus cuatro abuelos de gusto; no quedó rincón° en   corner
5   toda la casa que no fuese visitado del júbilo,° del contento y de la   rejoicing
alegría. Y, aunque la noche volaba con sus ligeras° y negras alas,° le   light, wings
parecía a Rodolfo que iba y caminaba no con alas, sino con mule-
tas:° tan grande era el deseo de verse a solas con su querida esposa.   crutches

    Llegóse, en fin, la hora deseada, porque no hay fin que no le
10   tenga.[93] Fuéronse a acostar todos, quedó toda la casa sepultada°   buried
en silencio, en el cual no quedará la verdad deste cuento, pues no
lo consentirán° los muchos hijos y la ilustre descendencia que en   allow it
Toledo dejaron, y agora viven, estos dos venturosos desposados,°   newlyweds
que muchos y felices años gozaron de sí mismos, de sus hijos y de
15   sus nietos, permitido todo por el cielo y por LA FUERZA DE LA SAN-
GRE, que vio derramada en el suelo el valeroso, ilustre y cristiano
abuelo de Luisico.

---

93   **No...** *there's no end that that doesn't have an end*

Novela de
la iluſtre fregona

E N Burgos, ciudad ilustre y famosa, no ha muchos años que en ella vivían dos caballeros principales y ricos: el uno se llamaba don Diego de Carriazo y el otro don Juan de Avendaño. El don Diego tuvo un hijo, a quien llamó de su mismo nombre, y el don Juan otro, a quien puso don Tomás de Avendaño. A eſtos dos caballeros mozos,° como quien han de ser las principa- **young** les personas deſte cuento, por excusar° y ahorrar letras, les llamare- **avoid** mos con solos los nombres de Carriazo y de Avendaño.

Trece años, o poco más, tendría Carriazo cuando, llevado de una inclinación picaresca, sin forzarle° a ello algún mal tratamiento **being compelled** que sus padres le hiciesen, sólo por su guſto y antojo,° 'se desgarró,° **fancy** como dicen los muchachos, de casa de sus padres, y se fue por ese **ran away** mundo adelante,[1] tan contento de la vida libre, que, en la mitad de las incomodidades y miserias que trae consigo,[2] no echaba menos la abundancia de la casa de su padre, ni el andar a pie le cansaba, ni el frío le ofendía, ni el calor 'le enfadaba.° Para él todos los tiem- **vexed him** pos° del año le eran dulce y templada primavera; tan bien dormía **seasons** en parvas° como en colchones;° con tanto guſto 'se soterraba° en **sheaves, mattresses,** un pajar° de un mesón, como si se acoſtara entre dos 'sábanas de **buried himself, hay-** holanda.° Finalmente, él salió tan bien con el asunto° de pícaro, que **stack; fine sheets, busi-** pudiera 'leer cátedra° en la facultad al famoso de Alfarache.[3] **ness; be a chaired pro-**

En tres años que tardó° en parecer° y volver a su casa, aprendió **fessor; it took him, =** a jugar a la taba[4] en Madrid, y al rentoy° en las Ventillas de Toledo,[5] **reaparecer; card game**

---

1 **Por ese...** *out into the world without looking back*

2 **Incomodidades y...** *inconveniences and privations associated with that sort of life*

3 Guzman de Alfarache, the protagoniſt of Mateo Alemán's picaresque novel *Guzmán de Alfarache*.

4 A game like dice, played with a 'taba', a small sheep's ankle-bone.

5 Ventillas is in the province of Toledo, a ſtop-over for poſt horses.

y a presa y pinta en pie en las barbacanas° de Sevilla;[6] pero, con   city walls
serle anejo° a este género de vida la miseria y estrecheza, mostra-   attached to
ba Carriazo ser un príncipe en sus cosas: a tiro de escopeta,[7] en
mil señales, descubría ser bien nacido, porque era generoso y bien
partido° con sus camaradas. Visitaba pocas veces las ermitas de   sharing
Baco,[8] y, aunque bebía vino, era tan poco que nunca pudo entrar en
el número de los que llaman desgraciados,° que, con alguna cosa   wretches
que beban demasiada, luego° se les pone el rostro como si se le   immediately
hubiesen jalbegado con bermellón y almagre.[9] En fin, en Carriazo
vio el mundo un pícaro virtuoso, limpio, 'bien criado° y más que   well-mannered
medianamente discreto. Pasó por todos los grados de pícaro hasta
que se graduó de maestro en las almadrabas de Zahara, donde es
el *finibusterrae* de la picaresca.[10]

¡Oh pícaros de cocina, sucios, gordos y lucios;° pobres fingi-   shiny
dos, tullidos falsos, cicateruelos de Zocodover[11] y de la plaza de
Madrid, vistosos oracioneros,° esportilleros[12] de Sevilla, mandilejos   reciters of prayers
de la hampa,[13] con toda la caterva° inumerable que se encierra de-   throng
bajo deste nombre pícaro! bajad el toldo, amainad el brío,[14] no os
llaméis pícaros si no habéis cursado dos cursos en la academia de   airs
la pesca de los atunes.[15] ¡Allí, allí, que está en su centro el trabajo
junto con la poltronería!° Allí está la suciedad limpia, la gordura   loafing
rolliza,° el hambre prompta, la hartura° abundante, sin disfraz° el   plump, glutteness, mask
vicio, el juego° siempre, las pendencias° por momentos, las muertes   gambling, quarrels
'por puntos,° las pullas° a cada paso, los bailes como en bodas, las   every second, pranks
seguidillas como en estampa, los romances con estribos, la poesía

---

6   In 1597 it became illegal to play presa y pinta. In this case it was
played standing so the players could quickly run away if the police came alone.

7   **Tiro de...** at a glance

8   **Ermitas de...** taverns, the abodes of Baccus, the god of wine

9   **Jalbegado con...** *painted their faces with vermillion and red ochre*

10   **Se graduó...** *he graduated master craftsman at the tuna fisheries of
Zahara (near Cadiz), which is the maximum expresson of picaresque life*

11   **Pobres fingidos...** *make-believe beggars, false cripples and pick-pockets
at Zocodover Square* (in Toledo)

12   **Esportilleros:** *porters* name taken from the baskets they
used—*espuertas.*

13   **Mandilejos...** *servant boys working for people of the underworld*

14   **Bajad...** *down with your sail!* "Don't be such big wind-bags"

15   The almadrabas at Zahara

sin acciones.[16] Aquí se canta, allí se reniega,° acullá 'se riñe,° acá   curses, quarrels
se juega, y por todo se hurta.° Allí campea° la libertad y luce° el   steal, is everywhere,
trabajo; allí van o envían muchos padres principales a buscar a sus   shows up
hijos y los hallan; y tanto sienten sacarlos de aquella vida como si
los llevaran a dar la muerte.

Pero toda eſta dulzura que he pintado tiene un 'amargo acíbar°   bitter aftertaste
que la amarga, y es no poder dormir sueño seguro, sin el temor de
que en un inſtante los trasladan de Zahara a Berbería.[17] Por eſto,   mounted scouts
las noches se recogen a unas torres de la marina,[18] y tienen sus ata-
jadores° y centinelas, en confianza de cuyos ojos cierran ellos los
suyos, pueſto que tal vez° ha sucedido que centinelas y atajadores,   occasionally
pícaros, mayorales,° barcos y redes,° con toda la turbamulta° que   foremen, nets, gang
allí se ocupa, han anochecido en España y amanecido en Tetuán.[19]   strong enough
Pero no fue parte eſte temor para que nueſtro Carriazo dejase de
acudir[20] allí tres veranos a darse buen tiempo. El último verano le
dijo tan bien la suerte, que ganó a los naipes° cerca de setecientos   cards
reales,[21] con los cuales quiso veſtirse[22] y volverse a Burgos, y a los
ojos de su madre, que habían derramado° por él muchas lágrimas.   shed

Despidióse de sus amigos, que los tenía muchos y muy buenos;
prometióles que el verano siguiente sería con ellos, si enfermedad
o muerte no lo eſtorbase.° Dejó con ellos la mitad de su alma, y   hinder
todos sus deseos entregó° a aquellas secas arenas,° que a él le pa-   surrendered, sands
recían más frescas y verdes que los Campos Elíseos. Y, por eſtar
ya acoſtumbrado de caminar a pie, tomó el camino en la mano y
sobre dos alpargates,° se llegó desde Zahara haſta Valladolid can-   rope-soled shoes
tando *Tres ánades, madre.*

Eſtúvose allí quince días para reformar la color del roſtro, sa-
cándola de mulata a flamenca,[23] y para traſtejarse° y sacarse del bo-   change his looks

---

16 **Seguidillas como...** *reciting rhyming verses as if from the printed page,
ballads with refrains, poems with no perscribed norms*

17 Moorish pirates often raided the coaſt and took captives off to the
Barbary Coaſt North Africa.

18 **Se recogen...** *they retire to watch towers along the beach*

19 Tetuán, on the north African coaſt near Tangier

20 **Dejase de...** *ſtop going*

21 A real was equivalent to an average working man's daily wage.

22 **Veſtirse** dress up again like a gentleman's son

23 **Sacándola...** changing it from mulatto (dark brown) to Flemish
(ruddy)

rrador° de pícaro y ponerse en limpio° de caballero. Todo esto hizo   rough draft, clean copy
según y como le dieron comodidad quinientos reales con que llegó
a Valladolid; y aun dellos reservó ciento para alquilar° una mula y   rent
un mozo,° con que se presentó a sus padres honrado y contento.   servant
Ellos le recibieron con mucha alegría, y todos sus amigos y parientes vinieron a darles el parabién° de la buena venida del señor don   best wishes
Diego de Carriazo, su hijo. Es de advertir° que, en su peregrina-   bear in mind
ción,° don Diego mudó° el nombre de Carriazo en el de Urdiales, y   travels, changed
con este nombre se hizo llamar de los que el suyo no sabían.

Entre los que vinieron a ver el recién llegado, fueron don Juan
de Avendaño y su hijo don Tomás, con quien Carriazo, por ser
ambos° de una misma edad y vecinos,° trabó° y confirmó una   the two, neighbors, struck up; very close
amistad estrechísima.° Contó Carriazo a sus padres y a todos mil
magníficas y 'luengas mentiras° de cosas que le habían sucedido   whopping lies
en los tres años de su ausencia; pero nunca tocó, ni por pienso,[24]
en las almadrabas, puesto que en ellas tenía de contino puesta 'la
imaginación:° especialmente cuando vio que se llegaba el tiempo   his thoughts
donde había prometido a sus amigos 'la vuelta.° Ni le entretenía la   his return
caza,° en que su padre le ocupaba, ni los muchos, honestos y gus-   hunting
tosos convites° que en aquella ciudad 'se usan° le daban gusto: todo   dinner parties, are customary; = mayores
pasatiempo le cansaba, y a todos los mayores° que se le ofrecían   *pasatiempos*; preferred
anteponía° el que había recibido en las almadrabas.

Avendaño, su amigo, viéndole muchas veces melancólico e
imaginativo,° fiado° en su amistad, se atrevió a preguntarle la cau-   deep in thought, trusting
sa, y se obligó a remediarla,[25] si pudiese y fuese menester,° con su   necessary
sangre misma. No quiso Carriazo tenérsela encubierta,° por no   hidden
hacer agravio° a la grande amistad que profesaban; y así, le contó   offense
punto por punto la vida de la jábega,° y cómo todas sus tristezas y   dragnet fishing
pensamientos nacían del deseo que tenía de volver a ella; pintósela
de modo que Avendaño, cuando le acabó de oír, antes alabó que
vituperó° su gusto.   condemned

En fin, el° de la plática° fue disponer Carriazo la voluntad de   = el *fin*, conversaton
Avendaño de manera que determinó de irse con él a gozar un vera-
no de aquella felicísima vida que le había descrito, de lo cual quedó
sobremodo° contento Carriazo, por parecerle que había ganado un   extremely

---

24 **Nunca...** *never once mentioned*
25 **Se obligó...** *he swore he'd find a remedy for it*

testigo de abono[26] que calificase° su baja determinación. Trazaron,°   commend, devised a
ansimismo, de juntar todo el dinero que pudiesen; y el mejor modo   plan
que hallaron fue que de allí a dos meses había de ir Avendaño a
Salamanca, donde por su gusto tres años había estado estudiando
las lenguas griega y latina, y su padre quería que pasase adelante y
estudiase la facultad° que él quisiese, y que del dinero que le diese   career
habría para lo que deseaban.

En este tiempo, propuso Carriazo a su padre que tenía volun-
tad de irse con Avendaño a estudiar a Salamanca. Vino° su padre   =avino *consented*
con tanto gusto en ello que, hablando al° de Avendaño, ordenaron   = al *padre*
de ponerles juntos casa en Salamanca, con todos los requisitos°   necessary essentials
que pedían ser hijos suyos.

Llegóse el tiempo de la partida; proveyéronles de dineros y
enviaron con ellos un ayo° que los gobernase,° que tenía más de   tutor, manage their af-
hombre de bien que de discreto. Los padres dieron documentos a   fairs
sus hijos de lo que habían de hacer y de cómo se habían de gober-
nar para salir aprovechados°   successful

en la virtud y en las ciencias, que es el fruto que todo estudiante debe pretender sacar de sus trabajos° y vigilias, principalmente   efforts
los 'bien nacidos.° Mostráronse los hijos humildes y obedientes;   those of noble birth
lloraron las madres; recibieron la bendición de todos; pusiéronse
en camino con mulas propias° y con dos criados de casa, amén° del   household mules, be-
ayo, que se había dejado crecer la barba porque diese autoridad a   sides
su cargo.°   post

En llegando a la ciudad de Valladolid, dijeron al ayo que querían estarse en aquel lugar dos días para verle, porque nunca le
habían visto ni estado en él. Reprehendiólos mucho el ayo, severa
y ásperamente,° la estada,° diciéndoles que los que iban a estudiar   harshly, stay over
con tanta priesa como ellos no se habían de detener una hora a
mirar niñerías,° cuanto más dos días, y que él formaría escrúpulo[27]   trivialities
si los dejaba detener un solo punto, y que se partiesen luego, y si
no, que sobre eso, morena.[28]

Hasta aquí se extendía la habilidad° del señor ayo, o mayor-   authority
domo,° como más nos diere gusto llamarle. Los mancebitos, que   administrator

---

26 **Testigo de abono** it the one who ratifies the declaracions of other
witnesses
27 **Formaría escrúpulo** *have a bad conscience*
28 Short for **armar la marimorena** (kick up a row)

tenían ya hecho su agosto y su vendimia,[29] pues habían ya robado cuatrocientos escudos de oro que llevaba su mayor,° dijeron que sólo los dejase aquel día, en el cual querían ir a ver la fuente de Argales, que la comenzaban a conducir a la ciudad por grandes y espaciosos acueductos.[30] En efeto, aunque con dolor de su ánima, les dio licencia, porque él quisiera excusar el gasto° de aquella noche y hacerle° en Valdeastillas, y repartir las diez y ocho leguas[31] que hay desde Valdeastillas a Salamanca en dos días, y no las veinte y dos que hay desde Valladolid; pero, como uno piensa el bayo y otro el que le ensilla,[32] todo le sucedió al revés de lo que él quisiera.

    Los mancebos, con solo un criado y 'a caballo° en dos muy buenas y caseras mulas, salieron a ver la fuente de Argales, famosa por su antigüedad y sus aguas, a despecho[33] del Caño Dorado y de la reverenda Priora, con paz sea dicho de Leganitos y de la estremadísima fuente Castellana, en cuya competencia pueden callar Corpa y la Pizarra de la Mancha. Llegaron a Argales, y cuando creyó el criado que sacaba Avendaño de las bolsas del cojín° alguna cosa con que beber, vio que sacó una carta cerrada, diciéndole que luego al punto volviese a la ciudad y se la diese a su ayo, y que en dándosela les esperase en la puerta del Campo.[34]

    Obedeció el criado, tomó la carta, volvió a la ciudad, y ellos volvieron las riendas[35] y aquella noche durmieron en Mojados,[36] y de allí a dos días en Madrid; y en otros cuatro se vendieron las mulas en pública plaza, y hubo quien les fiase por seis escudos de prometido,° y aun quien les diese el dinero en oro por sus cabales.° Vistiéronse a lo payo,° con capotillos de dos haldas, zahones o zaragüelles y medias de paño pardo.[37] Ropero° hubo que por la

Margin notes:
°=mayordomo
°expense
°= hacer *noche*
°on horseback
°saddlebags
°promissory note
°trappings, peasant style; clothes dealer

---

    29 **Tenían ya...** *who had already made their kill* "**Hacer su agosto**" means to harvest all the grain and sell it at a good price. Cervantes adds **vendimia** (grape harvest), making it twice as lucrative.

    30 This project of piping water from the springs in the Huerta de Argales, some 3 miles from the city, took 38 years to complete—1585 to 1623.

    31 A **legua** is equivalent to 3.5 miles.

    32 **Uno piensa...** *the horse thinks one thing, the rider another*

    33 **A despecho** *to the despair* Here follows a series of famous competing fountains.

    34 At the southern entrance to Valladolid

    35 **Volvieron...** turned the reins of their mules

    36 Mojados is 15 miles to the south of Valladolid.

    37 **Capotillo de...** *sort of cloak thown over the shoulders, wide baggy*

mañana les compró sus vestidos y a la noche los había mudado de manera que no los conociera 'la propia madre que los había pari-do.[38] Puestos, pues, a la ligera[39] y del modo que Avendaño quiso y supo, se pusieron en camino de Toledo '*ad pedem litterae*° y sin espadas;° que también el ropero, aunque no atañía a su menester,[40] se las había comprado.

    on foot *Lat.*
swords

Dejémoslos ir, por aora, pues van contentos y alegres, y volva-mos a contar lo que el ayo hizo cuando abrió la carta que el criado le llevó y halló que decía desta manera:

    V. M.° será servido, señor Pedro Alonso, de tener pacien-cia y dar la vuelta a Burgos, donde dirá a nuestros padres que, habiendo nosotros sus hijos, con madura consideración, consi-derado cuán más propias° son de los caballeros las armas que las letras,[41] habemos determinado de trocar° a Salamanca por Bruselas y a España por Flandes. Los cuatrocientos escudos llevamos; las mulas pensamos vender. Nuestra hidalga° inten-ción y el largo camino es bastante disculpa° de nuestro yerro,° aunque nadie le juzgará 'por tal° si no es cobarde. Nuestra partida es aora; la vuelta será cuando Dios fuere servido,° el cual guarde a vuesa merced como puede y estos sus menores discípulos deseamos.

    =Vuestra Merced

appropriate
exchange

noble
apology, error
as such
wills

    De la fuente de Argales, puesto ya el pie en el estribo° para caminar a Flandes.

    stirrup

          Carriazo y Avendaño.

Quedó Pedro Alonso suspenso en leyendo la epístola y acudió presto a su valija,° y el hallarla vacía le acabó de confirmar la ver-dad de la carta; y luego al punto, en la mula que 'le había quedado,° se partió a Burgos a dar las nuevas a sus amos° con toda presteza,° porque 'con ella° pusiesen remedio y diesen traza de alcanzar° a sus hijos. Pero destas cosas no dice nada el autor de esta novela,

    bag
was left
masters, speed
= con *presteza,* overtake

---

pants with chaps and brown wool stockings

    38 **La propia...** *the mother who gave birth to them*

    39 **Puestos, pues,...** *dressed informally, without a gentleman's paraphernalia*

    40 **No atañía...** *had nothing to do with his business*

    41 **Armas que...** *a military career than a liberal arts career*

porque, así como dejó puesto a caballo a Pedro Alonso, volvió a contar de lo que les sucedió a Avendaño y a Carriazo a la entrada de Illescas,[42] diciendo que al entrar de la puerta de la villa encontraron dos 'mozos de mulas,° al parecer andaluces, en calzones de   muleteers

5   lienzo anchos, jubones acuchillados de anjeo, sus coletos de ante, dagas de ganchos y espadas sin tiros;[43] al parecer, el uno venía de Sevilla y el otro iba a ella. El que iba estaba diciendo al otro: "Si no fueran mis amos tan adelante, todavía me detuviera algo más a preguntarte mil cosas que deseo saber, porque me has maravillado

10   mucho con lo que has contado de que el conde ha ahorcado° a   hanged
Alonso Genís[44] y a Ribera, sin querer otorgarles° la apelación."   grant to them

"¡Oh 'pecador de mí!'" replicó el sevillano. "Armóles el conde   woe is me!
zancadilla y cogiólos[45] debajo de su jurisdición, que eran soldados, y por contrabando[46] se aprovechó° dellos, sin que la Audiencia[47]   seized

15   se los pudiese quitar.° Sábete, amigo, que tiene un Bercebú° en el   free them, Beelzebub
cuerpo este conde de Puñonrostro, que nos mete los dedos de su puño en el alma.[48] Barrida° está Sevilla y diez leguas a la redon-   swept clean
da de jácaros;° no para ladrón en sus contornos. Todos le temen   ruffians
como al fuego, aunque ya 'se suena° que dejará presto el cargo de   rumors have it

20   Asistente,[49] porque no tiene condición° para verse a cada paso en   character
'dimes ni diretes° con los señores de la Audiencia."   quarrels

"¡Vivan ellos[50] mil años," dijo el que iba a Sevilla, "que son pa-

---

42   Illescas is 15 miles to the north of Toledo.

43   **Al parecer...** *dressed like Andalucians, in wide canvas trousers, short vests with slits through which the lining could be seen, suede overvests, curved daggers and swords with no scabbard ribbons*

44   He probably means Gonzalo Genis, hanged for murder in 1596, or Santillana Gonzalo Sanabria, hanged in 1597 without an appeal because he had deserted his company.

45   **Armóles e;...** *the Count trick them and caught them*

46   **Por contrabando** *for not obeying a* bando *(proclamation)*

47   Supreme Court of Seville

48   This is a play on the count's name: **puño-en-rostro** *(fist in the face),* **puño en el alma** *(fist in the soul).* In 1597, Puñonrostro ordered all the city's beggars to present themselves at the Hospital de la Sangre to obtain permits. Only the aged and deformed were granted licenses. The sick were sent to the hospital; the rest were ordered to find work within three days or be flogged and put out of the city.

49   In Seville, **corregidores** *chief magistrates* were called **Asistentes**.

50   Refers to **los señores de la Audiencia**.

dres de los miserables y amparo° de los desdichados!° ¡Cuántos   protector, unfortunate

pobretes eſtán 'mascando barro° no más de por la cólera de un   in the grave

juez absoluto,° de un corregidor, o mal informado o bien apasio-   independent

nado!° Más veen muchos ojos que dos: no se apodera° tan preſto   prejudiced, take hold

el veneno de la injuſticia de muchos corazones como se apodera

de uno solo."

"Predicador° te has vuelto," dijo el de Sevilla, "y, según llevas   preacher

la retahila,° no acabarás tan preſto, y yo no te puedo aguardar;° y   list, wait

eſta noche no vayas a posar° donde sueles,° sino en la posada° del   rest, you usually do, inn

Sevillano, porque verás en ella la más hermosa fregona° que se   kitchenmaid

sabe. Marinilla, la de la venta Tejada,[51] es asco° en su comparación;   repulsive

no te digo más sino que hay fama que el hijo del Corregidor bebe

los vientos por ella.[52] Uno de esos mis amos que allá van jura° que,   swears

al volver que vuelva al Andalucía,[53] se ha de eſtar dos meses en

Toledo y en la misma posada, sólo por hartarse° de mirarla. Ya le   get his fill

dejo yo en señal un pellizco,° y me llevo en contracambio un gran   pinch

torniscón.° Es dura como un mármol, y zahareña como villana de   slap

Sayago,[54] y áspera como una ortiga;[55] pero tiene una cara de pascua°   paschal lamb

y un roſtro de buen año: en una mejilla tiene el sol y en la otra la

luna; la una es hecha de rosas y la otra de claveles,° y en entrambas   carnations

hay también azucenas° y jazmines. No te digo más, sino que la veas,   lilies

y verás que no te he dicho nada, según lo que te pudiera decir, acer-

ca de su hermosura. En las dos 'mulas rucias° que sabes que tengo   gray mules

mías, la dotara de buena gana,[56] si me la quisieran dar por mujer;

pero yo sé que no me la darán, que es joya° para un arcipreſte° o   jewel, bishop's assistant

para un conde. Y otra vez torno a decir que allá lo verás. Y adiós,

que 'me mudo.°'"   I'm moving on

Con eſto se despidieron los dos mozos de mulas, cuya plá-

tica y conversación dejó mudos° a los dos amigos que escuchado   speechless

la habían, especialmente Avendaño, en quien la simple relación

que el mozo de mulas había hecho de la hermosura de la fregona

---

51 The **Venta Tejada** was located on the road from Toledo to Seville,
near Almodóvar del Campo.

52 **Bebe los...** *is madly in love with her*

53 **Al volver**... *on his way back up from Andalucía*

54 The village girls from Sayago (province of Zamora) were known to
be very unfriendly.

55 **Áſpera como...** *as harsh as a ſtinging nettle*

56 **Dotara de...** *gladly give her as a dowery*

despertó en él un intenso deseo de verla. También le despertó en Carriazo; pero no de manera que no desease más llegar a sus almadrabas que detenerse a ver las pirámides de Egipto, o otra de las siete maravillas, o todas juntas.

En repetir las palabras de los mozos, y en remedar° y contrahacer° el modo y los ademanes° con que las decían, entretuvieron el camino hasta Toledo; y luego, siendo la guía° Carriazo, que ya otra vez había estado en aquella ciudad, bajando por la Sangre de Cristo,[57] dieron con la posada del Sevillano; pero no se atrevieron a pedirla° allí, porque su traje no 'lo pedía.°

Era ya anochecido,° y, aunque Carriazo importunaba° a Avendaño que fuesen a otra parte a buscar posada, no le pudo quitar de la puerta de la del Sevillano, esperando 'si acaso° parecía la tan celebrada fregona. Entrábase la noche y la fregona no salía; desesperábase Carriazo, y Avendaño se estaba quedo;° el cual, por salir con su intención, con excusa de preguntar por unos caballeros de Burgos que iban a la ciudad de Sevilla, se entró hasta el patio de la posada; y, apenas° hubo entrado, cuando de una sala que en el patio estaba vio salir una moza, al parecer de quince años, poco más o menos, vestida como labradora,° con una vela° encendida en un candelero.

No puso Avendaño los ojos en el vestido y traje de la moza, sino en su rostro, que le parecía ver en él los que suelen pintar de los ángeles. Quedó suspenso y atónito° de su hermosura, y no acertó° a preguntarle nada: tal era su suspensión y embelesamiento.° La moza, viendo aquel hombre delante de sí, le dijo: "¿Qué busca, hermano? ¿Es por ventura° criado de alguno de los huéspedes° de casa?"

"No soy criado de ninguno, sino vuestro," respondió Avendaño, todo lleno de turbación y sobresalto.°

La moza, que de aquel modo se vio responder, dijo: "Vaya, hermano, norabuena, que las que servimos no hemos menester criados."

Y, llamando a su señor,° le dijo: "Mire, señor, lo que busca este mancebo."

Salió su amo y preguntóle qué buscaba. Él respondió que a

---

mimic
copy, gestures
guide

= pedir *posada*, allow it
dark, insisted

if by chance

didn't budge

barely

peasant style, candle

amazed
manage, amazement

by chance, guests

fright

master

---

57 Sangre de Cristo, the steps leading from Zocodover square to the **cuesta del Carmen** *Carmen's hill.*

unos caballeros de Burgos que iban a Sevilla, uno de los cuales
era su señor, el cual le había enviado delante por Alcalá de Henares, donde había de hacer un negocio que les importaba; y que
junto con esto le mandó que se viniese a Toledo y le esperase en
la posada del Sevillano, donde vendría a apearse;° y que pensaba — dismount
que llegaría aquella noche u otro día a más tardar.⁵⁸ Tan buen color
dio Avendaño a su mentira, que a la cuenta° del huésped° pasó por — judgment, innkeeper
verdad, pues le dijo: "Quédese, amigo, en la posada, que aquí podrá
esperar a su señor hasta que venga."

"Muchas mercedes, señor huésped,"⁵⁹ respondió Avendaño; "y
mande vuesa merced que se me dé un aposento° para mí y un — bedroom
compañero que viene conmigo, que está allí fuera,° que dineros — outside
traemos para pagarlo tan bien como otro."

"En buenora,°" respondió el huésped. — certainly

Y, volviéndose a la moza, dijo: "Costancica, di a Argüello que
lleve a estos galanes° al aposento del rincón y que les eche sábanas — gentlemen
limpias."

"Sí haré, señor," respondió Costanza, que así se llamaba la doncella.

Y, haciendo una reverencia a su amo, 'se les quitó delante,° — disappeared
cuya ausencia fue para Avendaño lo que suele ser al caminante ponerse el sol y sobrevenir la noche lóbrega° y escura. Con todo esto, — gloomy
salió a 'dar cuenta° a Carriazo de lo que había visto y de lo que — account
dejaba negociado; el cual por mil señales conoció cómo su amigo
venía herido° de la amorosa pestilencia; pero no le quiso decir nada — wounded
por entonces, hasta ver si lo merecía° la causa de quien nacían las — deserved
extraordinarias alabanzas° y grandes hipérboles con que la belleza — praise
de Costanza sobre los mismos cielos levantaba.

Entraron, en fin, en la posada, y la Argüello, que era una mujer
de hasta cuarenta y cinco años, superintendente de las camas y
aderezo° de los aposentos, los llevó a uno que ni era de caballeros — preparation
ni de criados, sino de gente que podía hacer medio entre los dos
extremos. Pidieron de cenar; respondióles Argüello que en aquella
posada no daban de comer a nadie, puesto que guisaban° y ade- — cooked
rezaban lo que los huéspedes traían de fuera comprado; pero que

---

58 **Otro día...** *the next day at the latest*
59 The owners of the inns were also called **huéspedes**.

bodegones y casas de estado⁶⁰ había cerca, donde sin escrúpulo de conciencia⁶¹ podían ir a cenar lo que quisiesen.

Tomaron los dos el consejo° de Argüello, y dieron con sus cuerpos en un bodego,° donde Carriazo cenó° lo que le dieron y Avendaño lo que con él llevaba: que fueron pensamientos e imaginaciones. Lo poco o nada que Avendaño comía admiraba mucho a Carriazo. Por enterarse° del todo de los pensamientos de su amigo, al volverse a la posada, le dijo: "Conviene que mañana madruguemos,° porque antes que entre el calor estemos ya en Orgaz."⁶²

"No estoy en eso," respondió Avendaño, "porque pienso antes que desta ciudad me parta ver lo que dicen que hay famoso en ella, como es el Sagrario,⁶³ el artificio de Juanelo,⁶⁴ las Vistillas de San Agustín,⁶⁵ la Huerta del Rey⁶⁶ y la Vega."⁶⁷

"Norabuena," respondió Carriazo: "eso en dos días se podrá ver."

"En verdad que lo he de tomar despacio, que no vamos a Roma a alcanzar alguna vacante."⁶⁸

"¡Ta, ta!" replicó Carriazo. "A mí me maten, amigo, si no estáis vos con más deseo de quedaros en Toledo que de seguir nuestra comenzada romería.°"

"Así es la verdad," respondió Avendaño; "y tan imposible será apartarme de ver el rostro desta doncella, como no es posible ir al cielo sin buenas obras."

"¡Gallardo encarecimiento,"⁶⁹ dijo Carriazo, "y determinación digna de un tan generoso pecho como el vuestro! ¡Bien cuadra° un don Tomás de Avendaño, hijo de don Juan de Avendaño (caballero, lo que es bueno; rico, lo que basta; mozo, lo que alegra; discreto,

advice

=bodegón, ate

know

get up early

pilgrimage

suits

---

60   **Bodegones y...** eating houses and boarding houses

61   **Escrúpulo de...** *hesitation*

62   Orgaz is some 20 miles south of Toledo on the road to Ciudad Real.

63   The shrine to the black madonna, Our Lady of the Sagrario.

64   An artifact invented by the Italian engineer Juanelo Turriano for drawing water from the Tagus up to the city.

65   Las Vistillas de San Agustín is a walkway near the convent of San Agustín overlooking the Tagus river and the Vega.

66   La Huerta del Rey, a botanical garden built by Ibn Wafid for sultan al-Mamun in the 11th century.

67   The flat fertile plain bordering the Tagus to the north of Toledo.

68   **Alcanzar alguna...** *to compete for a vacant ecclesiastical post*

69   **Gallardo encarecimiento** *splendid exaggeration*

lo que admira),[70] con enamorado y 'perdido por° una fregona que
sirve en el mesón del Sevillano!"

    "Lo mismo me parece a mí que es," respondió Avendaño, "con-
siderar un don Diego de Carriazo, hijo del mismo, caballero del
hábito de Alcántara[71] el padre, y el hijo a pique de heredarle con
su mayorazgo,° no menos gentil° en el cuerpo que en el ánimo,° y
con todos estos generosos atributos, verle enamorado, ¿de quién, si
pensáis? ¿De la reina Ginebra?[72] No, por cierto, sino de la alma-
draba de Zahara, que es más fea, a lo que creo, que un miedo de
santo Antón."[73]

    "¡'Pata es la traviesa,° amigo!" respondió Carriazo; "por los filos
que te herí me has muerto;[74] quédese aquí nuestra pendencia, y
vámonos a dormir, y amanecerá Dios y medraremos."[75]

    "Mira, Carriazo, hasta aora no has visto a Costanza; en vién-
dola, te doy licencia para que me digas todas las injurias° o repre-
hensiones que quisieres."

    "Ya sé yo en qué ha de parar esto," dijo Carriazo.

    "¿En qué?" replicó Avendaño.

    "En que yo me iré con mi almadraba, y tú te quedarás con tu
fregona," dijo Carriazo.

    "No seré yo tan venturoso,°" dijo Avendaño.

    "Ni yo tan necio,°" respondió Carriazo, "que, por seguir tu mal
gusto, deje de conseguir el bueno° mío."

    En estas pláticas llegaron a la posada, y aun se les pasó en
otras semejantes° la mitad de la noche. Y, habiendo dormido, a
su parecer, poco más de una hora, los despertó el son° de muchas
chirimías° que en la calle sonaban. Sentáronse en la cama y estuvieron atentos, y dijo Carriazo: "Apostaré° que es ya de día y que
debe de hacerse alguna fiesta en un monasterio de Nuestra Señora

Marginal glosses (right column):

crazy for

estates, charming, spirit

we're even

insults

fortunate
foolish
buen *gusto*

similar
sound
small flutes
I'll bet

---

  70 This can be read as: **buen caballero, bastante rico, mozo alegre y
admirablemente discreto**.

  71 One of the three great knighthood orders in Spain.

  72 Guinevere, the legendary queen consort of King Arthur of the
Round Table.

  73 He refers to grotesque scenes in the "Temptations of Saint Anthony,"
painted by Hieronymus Bosch.

  74 **Por los…** *you paid me back with my own money* An expressions
taken from fencing.

  75 **Amanecerá Dios…** *in the morning we'll see things clearer*

del Carmen que está aquí cerca, y por eso tocan estas chirimías."

"No es eso," respondió Avendaño, "porque no ha tanto que dormimos que pueda ser ya de día."

Estando en esto, sintieron° llamar a la puerta de su aposen-   perceived
to, y, preguntando quién llamaba, respondieron de fuera diciendo:
"Mancebos, si queréis oír una brava° música, levantaos y asomaos a   spunky
una reja que sale a la calle,[76] que está en aquella sala frontera, que
no hay nadie en ella."

Levantáronse los dos, y cuando abrieron no hallaron persona
ni supieron quién les había dado el aviso; mas, porque oyeron el
son de un arpa, creyeron ser verdad la música; y así en camisa,°   nightshirt
como se hallaron, se fueron a la sala, donde ya estaban otros tres o
cuatro huéspedes puestos a las rejas; hallaron lugar, y de allí a poco,
al son del arpa y de una vihuela,° con maravillosa voz, oyeron can-   guitar-like instrument
tar este soneto, que no se le pasó de la memoria a Avendaño: Raro
humilde sujeto, que levantas

> A tan 'excelsa cumbre° la belleza,   lofty heights
> Que en ella se excedió naturaleza°   nature
> A sí misma, y al cielo la adelantas;°   surpasses
> Si hablas, o si ríes, o si cantas,
> Si muestras mansedumbre°   humility
> o aspereza
> (Efeto sólo de tu gentileza)
> Las potencias del alma nos encantas.[77]

> Para que pueda ser más conocida
> La sin par° hermosura que contienes,   matchless
> Y la alta honestidad de que blasonas,°   boast
> Deja el servir, pues deber ser servida
> De cuantos ven sus manos, y sus sienes°   brow
> Resplandecer por cetros,° y coronas.   scepters

No fue menester que nadie les dijese a los dos que aquella
música 'se daba por° Costanza, pues bien claro lo había descu-   dedicated to

---

76 **Asomaos a...** go over to the window with the bars that looks out on
to the street

77 **Las potencias...** *you bewitch all our faculties*

bierto el soneto, que sonó de tal manera en los oídos de Avendaño, que diera por bien empleado, por no haberle oído, haber nacido sordo° y eſtarlo todos los días de la vida que le quedaba, a causa que desde aquel punto la° comenzó a tener tan mala como quien se halló traspasado el corazón de la 'rigurosa lanza° de los celos.° Y era lo peor que no sabía de quién debía o podía tenerlos. Pero preſto le sacó deſte cuidado° uno de los que a la reja eſtaban, diciendo: "¡Que tan simple sea eſte hijo del corregidor, que se ande dando músicas[78] a una fregona...! Verdad es que ella es de las más hermosas muchachas que yo he viſto, y he viſto muchas; mas no por eſto había de solicitarla con tanta publicidad."

A lo cual añadió° otro de los de la reja: "Pues en verdad que he oído yo decir por cosa muy cierta que así 'hace ella cuenta° dél como si no fuese nadie: apoſtaré que se eſtá ella agora durmiendo 'a sueño suelto° detrás de la cama de su ama,° donde dicen que duerme, sin acordársele[79] de músicas ni canciones."

"Así es la verdad," replicó el otro, "porque es la más honeſta doncella que se sabe; y es maravilla que, con eſtar en eſta casa de tanto tráfago° y donde hay cada día gente nueva, y andar por todos los aposentos, no se sabe della el menor desmán° del mundo."

Con eſto que oyó, Avendaño tornó a revivir y a 'cobrar aliento° para poder escuchar otras muchas cosas, que al son de diversos inſtrumentos los músicos° cantaron, todas encaminadas° a Coſtanza, la cual, como dijo el huésped, se eſtaba durmiendo sin ningún cuidado.

Por venir el día, se fueron los músicos, despidiéndose con las chirimías. Avendaño y Carriazo se volvieron a su aposento, donde durmió el que pudo haſta la mañana, la cual venida, se levantaron los dos, entrambos con deseo de ver a Coſtanza; pero el deseo del uno era deseo curioso, y el del otro deseo enamorado. Pero a entrambos se los cumplió° Coſtanza, saliendo de la sala de su amo tan hermosa, que a los dos les pareció que todas cuantas alabanzas le había dado el mozo de mulas eran cortas y de ningún encarecimiento.

Su veſtido era una saya y corpiños de paño verde, con unos

---

78 **Dando músicas** *singing nonsense* A pun on **músicas** *songs* and *nonsense*.

79 **Acordársele** *give a thought*

Margin glosses:
deaf
= la vida
cruel spear, jealousy
worry
added
she takes notice
fast asleep, mistress
hustle and bustle
misbehavior
breathe again
musicians, intended for
fulfilled

ribetes del mismo paño.[80] Los corpiños eran bajos, pero la camisa
alta, plegado el cuello,[81] con un cabezón labrado[82] de seda negra,
puesta una gargantilla de estrellas de azabache[83] sobre un pedazo
de una coluna de alabastro, que no era menos blanca su garganta;
ceñida° con un cordón de San Francisco,[84] y de una cinta° pendien-
te, al lado derecho, un gran manojo° de llaves. No traía chinelas,°
sino zapatos de dos suelas,° colorado,° con unas calzas° que no
se le parecían sino cuanto por un perfil mostraban también ser
coloradas. Traía trenzados° los cabellos con unas cintas blancas de
hiladillo;° pero tan largo el tranzado, que por las espaldas le pasaba
de la cintura;° el color salía de castaño y tocaba en rubio;[85] pero, al
parecer, tan limpio, tan igual y tan peinado, que ninguno, aunque
fuera de hebras° de oro, se le pudiera comparar. Pendíanle de las
orejas dos calabacillas de vidrio[86] que parecían perlas; los mismos
cabellos le servían de garbín° y de tocas.°

Cuando salió de la sala se persignó y santiguó,[87] y con mucha
devoción y sosiego° hizo una profunda reverencia a una imagen
de 'Nuestra Señora° que en una de las paredes del patio estaba
colgada;° y, alzando° los ojos, vio a los dos, que mirándola estaban,
y, apenas los hubo visto, cuando 'se retiró° y volvió a entrar en la
sala, desde la cual 'dio voces° a Argüello que se levantase.

Resta° aora por decir qué es lo que le pareció a Carriazo de la
hermosura de Costanza, que de lo que le pareció a Avendaño ya
está dicho, cuando la vio la vez primera. No digo más, sino que a
Carriazo le pareció tan bien como a su compañero, pero enamo-
róle mucho menos; y tan menos, que quisiera no anochecer° en la
posada, sino partirse luego para sus almadrabas.

fastened round her waist

ribbon; bunch, clogs

soles, red, stockings

braided

silk

waist

threads

hairnet, coif

calm

the Virgin Mary

hanging, lifting

withdrew

shouted

it remains

spend the night

---

80   **Saya...** *full-length skirt and a laced bodice that served as a sort of
apron made of green cloth with trimmings of the same material*

81   **Plegado el...** *pleated at the neck*

82   **Cabezón labrado** *embroidered collar band*

83   **Gargantilla de...** *a necklace made of star-shaped jet-black obsedian
trinkets*

84   In 1585, Pope Sixtus V established the Archconfraternity of the
Cord of St. Francis, enriching it with numerous indulgences. Young girls wore
the cord as a sign of purity.

85   **Salía de...** *between chestnut and blond*

86   **Calabacillas de...** *gourd-shaped glass earrings*

87   **Se persignó...** *she made the sign of the cross*

En eſto, a las voces de Coſtanza salió a los corredores la Ar-
güello, con otras dos mocetonas,° también criadas de casa, de quien   [big, well-built girls]
se dice que eran gallegas;° y el haber tantas° lo requería la mucha   [from Galicia, = **tantas**
gente que acude a la posada del Sevillano, que es una de las mejo-   *criadas*]
res y más frecuentadas que hay en Toledo. Acudieron también los
mozos de los huéspedes a pedir cebada;° salió el huésped de casa   [barley]
a dársela, maldiciendo° a sus mozas, que por° ellas se le había ido   [cursing, because of]
un mozo que la solía dar con muy buena cuenta y razón, sin que le
hubiese hecho menos,[88] a su parecer, un solo grano. Avendaño, que
oyó eſto, dijo: "No 'se fatigue,° señor huésped, déme el libro de la   [worry]
cuenta,° que los días que hubiere de eſtar aquí yo la° tendré tan   [ledger, = **la** *cuenta*]
buena en dar la cebada y paja que pidieren, que no eche menos al
mozo que dice que se le ha ido."

"En verdad que os lo agradezca,° mancebo," respondió el hués-   [appreciate]
ped, "porque yo no puedo atender a eſto, que tengo otras muchas
cosas a que acudir° fuera de casa. Bajad; daros he el libro,[89] y mirad   [attend to]
que eſtos mozos de mulas son 'el mismo diablo° y hacen trampan-   [the devil himself]
tojos un celemín de cebada[90] con menos conciencia que si fuese
de paja."

Bajó al patio Avendaño y entregóse en el libro, y comenzó a
despachar celemines como agua, y a asentarlos° por tan buena or-   [record them]
den que el huésped, que lo eſtaba mirando, quedó contento; y tan-
to, que dijo: "Pluguiese a Dios° que vueſtro amo no viniese y que a   [would to God]
vos os diese gana de quedaros en casa, que 'a fe° que otro gallo os   [in truth]
cantase,[91] porque el mozo que se me fue vino a mi casa, habrá ocho
meses, roto y flaco,[92] y aora lleva dos pares de veſtidos muy buenos
y va gordo como una nutria.° Porque quiero que sepáis, hijo, que   [beaver]
en eſta casa hay muchos provechos,° amén de los salarios."   [benefits]

"Si yo me quedase," replicó Avendaño, "no repararía mucho en
la ganancia;° que con cualquiera cosa me contentaría 'a trueco de°   [earnings, in exchange for]
eſtar en eſta ciudad, que me dicen que es la mejor de España."

"A lo menos," respondió el huésped, "es de las mejores y más

---

88 **Hecho menos** *he couldn't have done better himself*
89 = **os he** *de dar* **el libro**
90 **Trampantojos** (**trampa ante los ojos**)... *they can trick you out of a
pound of barley before your very eyes*
91 **Otro gallo**... *that would be another ſtory*
92 **Roto y flaco** *patched up and skinny*

abundantes que hay en ella; mas° otra cosa nos falta° aora, que [*but, is needed*]
es buscar quien vaya por agua al río; que también se me fue otro
mozo que, con un asno que tengo famoso, me tenía rebosando° las [*overflowing*]
tinajas° y hecha un lago° de agua la casa. Y una de las causas por [*earthen vats, lake*]
que los mozos de mulas 'se huelgan° de traer sus amos a mi posada [*delight*]
es por la abundancia de agua que hallan siempre en ella; porque no
llevan su ganado° al río, sino dentro de casa beben las cabalgaduras° [*livestock, horses and*]
en grandes barreños.°" [*mules; tubs*]

　　Todo esto estaba oyendo Carriazo; el cual, viendo que ya Aven-
daño estaba acomodado° y con oficio° en casa, no quiso él quedarse [*installed, trade*]
a buenas noches; y más, que consideró el gran gusto que haría a
Avendaño si le seguía el humor; y así, dijo al huésped: "Venga el
asno, señor huésped, que tan bien sabré yo cinchalle° y cargalle,° [*rig him up, load him*]
como sabe mi compañero asentar en el libro su mercancía.°" [*down; merchandise*]

　　"Sí," dijo Avendaño, "mi compañero Lope Asturiano servirá de
traer agua como un príncipe, y yo 'le fío.° [*vouch for him*]

　　La Argüello, que estaba atenta desde el corredor a todas estas
pláticas, oyendo decir a Avendaño que él fiaba a su compañero,
dijo: "Dígame, gentilhombre, ¿y quién le ha de fiar a él? Que en
verdad que me parece que más necesidad tiene de ser fiado que de
ser fiador."

　　"Calla, Argüello," dijo el huésped, "no te metas donde no te llaman; yo los fío a entrambos, y, por vida de vosotras, que no tengáis
dares ni tomares[93] con los mozos de casa, que por vosotras se me
van todos."

　　"Pues qué," dijo otra moza, ¿ya se quedan en casa estos mancebos? 'Para mi santiguada,° que si yo fuera camino con ellos, que [*by my faith*]
nunca les fiara la bota.°" [*wineskin*]

　　"Déjese de chocarrerías,° señora Gallega," respondió el hués- [*silly jokes*]
ped, "y haga su hacienda,° y no se entremeta[94] con los mozos, que [*housework*]
la moleré a palos."[95]

　　"¡Por cierto, sí!" replicó la Gallega. "¡Mirad qué joyas para codi-
ciallas!° Pues en verdad que no me ha hallado el señor mi amo tan [*covet them*]
juguetona° con los mozos de la casa, ni de fuera, para tenerme en la [*playful*]

93　Malapropism for **dimes y diretes** *squabbles.*
94　Malapropism for **entrometerse** *meddle.*
95　**Moleré a…** *I'll give you a good thrashing*

mala piñón⁹⁶ que me tiene: ellos son bellacos y se van cuando se les
antoja,° sin que nosotras les demos ocasión alguna. ¡Bonica gente   fancy
es ella, por cierto, para tener necesidad de apetites° que les inciten   incentives
a dar un madrugón a sus amos⁹⁷ cuando menos se percatan!°"   realize it

"Mucho habláis, Gallega hermana," respondió su amo; "punto
en boca, y atended a lo que tenéis a vueſtro cargo."

Ya en eſto tenía Carriazo enjaezado° el asno; y, subiendo en él   harnessed
de un brinco,° se encaminó al río, dejando a Avendaño muy alegre   bound
de haber viſto su gallarda° resolución.   brave

He aquí tenemos ya—en buena hora se cuente—a Avendaño
hecho 'mozo del mesón,° con nombre de Tomás Pedro, que así   stableboy
dijo que se llamaba, y a Carriazo, con el de Lope Aſturiano, hecho
aguador:° transformaciones dignas de anteponerse a las del nari-   watercarrier
gudo poeta.⁹⁸

'A malas penas° acabó de entender la Argüello que los dos se   just barely
quedaban en casa, cuando hizo designio sobre el Aſturiano, y le
marcó por suyo, determinándose a regalarle de suerte⁹⁹ que, aunque él fuese de condición esquiva y retirada,¹⁰⁰ le volviese más blan-
do que un guante.° El mismo discurso hizo la Gallega melindrosa°   kid glove, prudish
sobre Avendaño; y, como las dos, por trato° y conversación, y por   conduct
dormir juntas, fuesen grandes amigas, al punto declaró la una a la
otra su determinación amorosa, y desde aquella noche determinaron de dar principio a la conquiſta de sus dos desapasionados
amantes. Pero lo primero que advirtieron fue en que les habían de
pedir que no las habían de pedir celos¹⁰¹ por cosas que las viesen
hacer de sus personas, porque mal pueden regalar las mozas a los
de dentro si no hacen tributarios a los de fuera de casa. «Callad,
hermanos—decían ellas (como si los tuvieran presentes y fueran
ya sus verdaderos mancebos o amancebados°—; callad y tapaos°   lovers, cover
los ojos, y dejad tocar el pandero° a quien sabe y que guíe la danza   tamborine
quien la entiende, y no habrá par de canónigos° en eſta ciudad más   bishops
regalado que vosotros lo seréis deſtas tributarias vueſtras».

---

96 Malapropism for **opinón** *reputation.*
97 **Dar un...** *make their masters get up before dawn*
98 Allusion to Publius Ovidius Naso (Ovid), author of *Metamorphoses,*
whose nickname was *Nasus* 'big nose'.
99 **Regalarle de...** *lavish attention on him in such a way*
100 **Condición esquiva...** *of a shy nature and ſtandoffish*
101 **Pedir celos** *make them jealous*

Estas y otras razones desta sustancia y jaez dijeron la Gallega y
la Argüello; y, 'en tanto,° caminaba nuestro buen Lope Asturiano   meanwhile
la vuelta° del río, por la cuesta del Carmen, puestos los pensa-   towards
mientos en sus almadrabas y en la súbita° mutación de su estado.   sudden

5   O ya fuese por esto, o porque la suerte así lo ordenase, en un paso
estrecho,[102] al bajar de la cuesta, encontró con un asno de un aguador que subía cargado; y, como él descendía y su asno era gallardo,
bien dispuesto y poco trabajado, tal encuentro dio al cansado y
flaco que subía, que dio con él en el suelo; y, por haberse quebra-
10 do los cántaros,[103] se derramó también el agua, por cuya desgracia
el aguador antiguo,° despechado y lleno de cólera, arremetió° al   senior, rush at
aguador moderno,° que 'aún se estaba caballero;° y, antes que se   junior, was still mounted
desenvolviese° y apease, le había pegado y asentado una docena de   disentangled himself
palos[104] tales, que no le supieron bien al Asturiano.

15 Apeóse, en fin; pero con tan 'malas entrañas,° que arremetió   ill-disposed
a su enemigo, y, asiéndole° con ambas manos por la garganta, dio   seizing him
con él en el suelo; y tal golpe dio con la cabeza sobre una piedra,
que se la abrió por dos partes, saliendo tanta sangre que pensó que
le había muerto.

20 Otros muchos aguadores que allí venían, como vieron a su
compañero tan malparado,° arremetieron a Lope, y tuviéronle asi-   badly hurt
do° fuertemente, gritando: "¡Justicia, justicia; que este aguador ha   seized
muerto a un hombre!"

Y, a vuelta° destas razones y gritos, le molían a mojicones° y   besides, fists
25 a palos. Otros acudieron al caído, y vieron que tenía hendida° la   split wide open
cabeza y que casi estaba expirando.° Subieron las voces de boca en   dying
boca por la cuesta arriba, y en la plaza del Carmen dieron en los
oídos° de un alguacil;° el cual, con dos corchetes,° con más ligereza°   ears, chief officer, assis-
que si volara, se puso en el lugar de la pendencia, a tiempo que   tants, swiftness
30 ya el herido estaba atravesado° sobre su asno, y el de Lope asido,°   crossways, siezed
y Lope rodeado° de más de veinte aguadores, que no le dejaban   surrounded
rodear,° antes° le brumaban las costillas[105] de manera que más se   move, instead
pudiera temer de su vida que de la del herido, según menudeaban°   fell thick and fast

---

102 **Paso estrecho** *narrow passageway*
103 **Por haberse...** *because the water jugs had broken*
104 **Le había...** *he had hit him and dealt out a dozen of blows with his
stick*
105 **Brumaban...** *they battered his ribs*

sobre él los puños y las varas° aquellos vengadores de la ajena in-juria.[106] *(staffs)*

Llegó el alguacil, apartó la gente, entregó a sus corchetes al Aſturiano, y antecogiendo° a su asno y al herido sobre el suyo, dio con ellos en la cárcel, acompañado de tanta gente y de tantos muchachos que le seguían, que apenas podía hender° por las calles. *(leading)* *(make his way)*

Al rumor° de la gente, salió Tomás Pedro y su amo a la puerta de casa, a ver de qué procedía tanta grita,° y descubrieron a Lope entre los dos corchetes, lleno de sangre el roſtro y la boca; miró luego por su asno el huésped, y vióle en poder de otro corchete que ya se les había juntado. Preguntó la causa de aquellas prisiones;° fuele respondida la verdad del suceso;° pesóle° por su asno, temiendo° que le había,[107] o a lo menos hacer más coſtas por cobrarle que él valía.[108] *(clamor)* *(uproar)* *(detentions)* *(incident, grieved him)* *(fearing)*

Tomás Pedro siguió a su compañero, sin que le dejasen llegar a hablarle una palabra: tanta era la gente que lo impedía, y el recato° de los corchetes y del alguacil que le llevaba. Finalmente, no le dejó haſta verle poner en la cárcel, y en un calabozo,° con dos pares de grillos,° y al herido en la enfermería, donde se halló a verle curar,[109] y vio que la herida era peligrosa, y mucho, y lo mismo dijo el cirujano.° *(caution)* *(cell)* *(shackles)* *(surgeon)*

El alguacil se llevó a su casa los dos asnos, y más cinco reales de a ocho[110] que los corchetes habían quitado a Lope.

Volvióse a la posada lleno de confusión y de triſteza; halló al que ya tenía por amo con no menos pesadumbre° que él traía, a quien dijo de la manera que quedaba su compañero, y del peligro de muerte en que eſtaba el herido, y del suceso° de su asno. Díjole más: que a su desgracia se le había añadido otra de no menor fastidio;° y era que un grande amigo de su señor le había encontrado en el camino, y le había dicho que su señor, por ir muy de priesa y ahorrar dos leguas de camino, desde Madrid había pasado por la *(grief)* *(outcome)* *(vexation)*

---

106 **Vengadores de…** *avengers of another man's offense*

107 There seems to be text missing here that should read: **le había de perder.**

108 **Hacer…** *pay more court coſts to get him back than what he was worth*

109 **Curar** *have his wound dressed*

110 A **real de a ocho** was a silver coin equivalent to 8 reales, or 3/4 of a ducado.

barca de Azeca,[III] y que aquella noche dormía en Orgaz; y que le
había dado doce escudos que le diese, con orden de que se fuese a
Sevilla, donde le esperaba.

"Pero no puede ser así," añadió Tomás, "pues no será razón° · reasonable
que yo deje a mi amigo y camarada en la cárcel y en tanto peligro.
Mi amo 'me podrá perdonar° por aora; cuanto más, que él es tan · can spare me
bueno y honrado, que dará por bien cualquier falta° que le hiciere, · absence
a trueco que no la haga a mi camarada. Vuesa merced, señor amo,
me la haga[112] de tomar este dinero y acudir a este negocio; y, en tanto que esto 'se gasta,° yo escribiré a mi señor lo que pasa, y sé que · is spent
me enviará dineros que basten a sacarnos° de cualquier peligro." · get us out of

Abrió los ojos de un palmo el huésped, alegre de ver que, en
parte, iba saneando° la pérdida° de su asno. Tomó el dinero y con- · repairing, loss
soló a Tomás, diciéndole que él tenía personas en Toledo de tal
calidad, que valían mucho con la justicia: especialmente una señora monja,° parienta del Corregidor, que le mandaba con el pie;[113] y · nun
que una lavandera° del monasterio de la tal monja tenía una hija · laundress
que era grandísima amiga de una hermana de un fraile muy familiar y conocido del confesor de la dicha monja, la cual lavandera
lavaba la ropa en casa. «Y, como° ésta pida a su hija, que sí pedirá, · if
hable a la hermana del fraile que hable a su hermano que hable
al confesor, y el confesor a la monja y la monja guste de dar un
billete° (que será cosa fácil) para el corregidor, donde le pida en- · note
carecidamente° mire por el negocio de Tomás, sin duda alguna se · earnestly
podrá esperar buen suceso. Y esto ha de ser con tal que el aguador
no muera, y con que no falte ungüento para untar[114] a todos los
ministros de la justicia, porque si no están untados, gruñen más
que carretas de bueyes».[115]

En gracia le cayó a Tomás los ofrecimientos del favor que su
amo le había hecho, y los infinitos y revueltos arcaduces° por don- · labyrinths
de le había derivado; y, aunque conoció que antes lo había dicho
de socarrón° que de inocente, con todo eso, le agradeció su buen · sarcastic

---

111 At Aceca, some 12 miles to the east of Toledo, there was a ferryboat
that crossed the Tagus.

112 *hágame la merced*

113 **Mandar con el pie** *have someone under your thumb.*

114 **Ungüento para...** *ointment to grease the palms (bribe money)*

115 **Gruñen más...** *squeak more than oxen-drawn carts*

ánimo y le entregó el dinero, con promesa que no faltaría mucho más, según él tenía la confianza en su señor, como ya le había dicho.

La Argüello, que vio atraillado° a su nuevo cuyo,° acudió luego a la cárcel a llevarle de comer; mas no se le dejaron ver, de que ella volvió muy sentida° y malcontenta; pero no por esto desistió de su buen propósito.

En resolución, dentro de quince días estuvo fuera de peligro el herido, y a los veinte declaró el cirujano que estaba del todo sano;° y ya en este tiempo había dado traza Tomás cómo le viniesen cincuenta escudos de Sevilla, y, sacándolos él de 'su seno,° se los entregó al huésped con cartas y cédula fingida° de su amo; y, como al huésped le iba poco en averiguar° la verdad de aquella correspondencia, cogía el dinero, que por ser en escudos de oro le alegraba mucho.

Por seis ducados se apartó de la querella[116] el herido; en diez, y en el asno y las costas, sentenciaron al Asturiano. Salió de la cárcel, pero no quiso volver a estar con su compañero, dándole por disculpa que en los días que había estado preso le había visitado la Argüello y requerídole de amores:[117] cosa para él de tanta molestia y enfado, que antes se dejara ahorcar que corresponder con el deseo de tan mala hembra;° que lo que pensaba hacer era, ya que él estaba determinado de seguir y pasar adelante con su propósito, comprar un asno y usar el oficio de aguador en tanto que estuviesen en Toledo; que, con aquella cubierta,° no sería juzgado ni preso por vagamundo,[118] y que, con sola una carga de agua, se podía andar todo el día por la ciudad a sus anchuras,[119] mirando bobas.°

"Antes mirarás hermosas que bobas en esta ciudad, que tiene fama de tener las más discretas mujeres de España, y que andan a una° su discreción con su hermosura; y si no, míralo por Costancica, de cuyas sobras° de belleza puede enriquecer no sólo a las hermosas desta ciudad, sino a las de todo el mundo."

"Paso,° señor Tomás," replicó Lope: "vámonos poquito a po-

---

116 **Se apartó...** *dropped the charges*
117 **Requerídole...** *solicited him*
118 Vagabonds and beggars over twenty were sent to the gallies for four years; caught the second time, they were given 100 lashes and sent to the gallies for eight years.
119 **A sus anchas** *without a worry*

Margin glosses:
locked up, lover
upset
cured
his inner pocket
false seal
find out
female
pretext
silly girls
hand in hand
surplus
slowly

quito en esto de las alabanzas de la señora fregona, si no quiere que, como le tengo por loco, le tenga por hereje.°"   disrespectful

"¿Fregona has llamado a Costanza, hermano Lope?" respondió Tomás. "Dios te lo perdone y te traiga a verdadero conocimiento de tu yerro."

"Pues ¿no es fregona?" replicó el Asturiano.

"Hasta aora le tengo por ver fregar el primer plato."

"No importa," dijo Lope, "no haberle visto fregar el primer plato, si le has visto fregar el segundo y aun el centésimo.°"   hundredth

"Yo te digo, hermano," replicó Tomás, "que ella no friega ni entiende en otra cosa que en su labor,° y en ser guarda de la 'plata labrada° que hay en casa, que es mucha."   needlework / silverware

"Pues ¿cómo la llaman por toda la ciudad," dijo Lope, "*la fregona ilustre*, si es que no friega? Mas sin duda debe de ser que, como friega plata, y no loza,° la dan nombre de ilustre.[120] Pero, dejando esto aparte, dime, Tomás: ¿en qué estado están tus esperanzas?"   crockery

"En el de perdición," respondió Tomás, "porque, en todos estos días que has estado preso, nunca la he podido hablar una palabra, y, a muchas° que los huéspedes le dicen, con ninguna otra cosa responde que con bajar los ojos y no desplegar° los labios; tal es su honestidad y su recato,° que no menos enamora con su recogimiento° que con su hermosura. Lo que me trae alcanzado de paciencia es saber que el hijo del corregidor, que es mozo brioso° y algo atrevido, muere por ella y la solicita con músicas; que pocas noches se pasan sin dársela, y 'tan al descubierto,° que en lo que cantan la nombran, la alaban y 'la solenizan.° Pero ella no las oye, ni desde que anochece hasta la mañana no sale del aposento de su ama, escudo° que no deja que me pase el corazón la dura saeta° de los celos."   = muchas *palabras* / open / decorum / modesty / dashing / so openly / celebrate her / shield, dart

"Pues ¿qué piensas hacer con 'el imposible° que se te ofrece en la conquista desta Porcia, desta Minerva y desta nueva Penélope,[121] que en figura de doncella y de fregona te enamora, te acobarda y   the impossibility

---

120   **Ilustre** can mean *lustrous* or *shiny*; it can also be a title of distinction or can mean **letrado** *a learnèd person*.

121   Three prototypes of chaste women: Portis, the devoted wife of Brutus, who committed suicide when she learned of her husband's death; Minerva, the Roman goddess, who resisted all of Mars's solicitations; Penelope, who remained faithful to Ulysses until his return 20 years later.

te desvanece?"[122]

"'Haz la burla° que de mí quisieres, amigo Lope, que yo sé que　　make fun
estoy enamorado del más hermoso rostro que pudo formar naturaleza, y de la más incomparable honestidad que aora se puede usar
en el mundo. Costanza se llama, y no Porcia, Minerva o Penélope;
en un mesón sirve, que no lo puedo negar,° pero, ¿qué puedo yo　　deny
hacer, si me parece que el destino con oculta fuerza me inclina,
y la elección con claro discurso me mueve a que la adore? Mira,
amigo: no sé cómo te diga" prosiguió Tomás "de la manera con que
amor el bajo sujeto° desta fregona, que tú llamas, me le encumbra　　social status
y levanta tan alto,[123] que viéndole no le vea, y conociéndole le des-
conozca. No es posible que, aunque lo procuro, pueda un breve
término contemplar, si así se puede decir, en la bajeza de su estado,
porque luego acuden a borrarme° este pensamiento su belleza, su　　erase
donaire,° su sosiego, su honestidad y recogimiento, y me dan a　　charm
entender que, debajo de aquella rústica corteza,[124] debe de estar encerrada y escondida alguna mina de gran valor y de merecimiento
grande. Finalmente, sea lo que se fuere,[125] yo la quiero bien; y no
con aquel amor vulgar con que a otras he querido, sino con amor
tan limpio, que no se extiende a más que a servir y a procurar que
ella me quiera, pagándome con honesta voluntad lo que a la mía,°　　= mi *voluntad*
también honesta, se debe."

A este punto, dio una gran voz el Asturiano y, como excla-
mando, dijo: "¡Oh amor platónico! ¡Oh fregona ilustre! ¡Oh felicí-
simos tiempos los nuestros, donde vemos que la belleza enamora
sin malicia, la honestidad enciende° sin que abrase,° el donaire da　　kindles a flame, scorch
gusto sin que incite, la bajeza del estado humilde obliga y fuerza
a que le suban sobre la rueda de la que llaman Fortuna![126] ¡Oh
pobres atunes° míos, que os pasáis este año sin ser visitados deste　　tuna fish
tan enamorado y aficionado° vuestro! Pero el que viene yo haré la　　enthusiastic
enmienda, de manera que no se quejen de mí los mayorales de las
mis deseadas almadrabas."

122　**Te acobarda...** *intimidates you and makes you lose your identity*
123　**Encumbra...** *extolls and exhalts her to such heights*
124　**Rústica corteza** *peasant-like outward appearance*
125　**Sea lo...** *be it what it may*
126　The goddess of Fortune distributed at will fortune and misfortune.
By raising Costanza above Fortune's wheel, her social status cannot be put in
a category and is therefore irrelevant.

A esto dijo Tomás: "Ya veo, Asturiano, cuán al descubierto te burlas de mí. Lo que podías hacer es irte norabuena a tu pesquería, que yo me quedaré en mi caza, y aquí me hallarás a la vuelta. Si quisieres llevarte contigo 'el dinero que te toca,° luego te lo daré; y ₅ ve en paz, y cada uno siga la senda° por donde su destino le guiare.°'" — your share of the money / path, leads

"Por más discreto te tenía," replicó Lope; "y ¿tú no vees que lo que digo es burlando? Pero, ya que sé que tú hablas 'de veras,° de — truthfully
veras te serviré en todo aquello que fuere de tu gusto. Una cosa sola te pido, en recompensa de las muchas que pienso hacer en ₁₀ tu servicio: y es que no me pongas en ocasión° de que la Argüello — situation
me requiebre ni solicite; porque antes romperé con tu amistad que ponerme a peligro de tener la suya.° Vive Dios, amigo, que habla — = la *amistad de Argüello*
más que un relator[127] y que le huele el aliento a rasuras[128] desde una legua: todos los dientes de arriba son postizos,° y 'tengo para mí° — fake, I'm sure
₁₅ que los cabellos son cabellera;° y, para adobar y suplir estas faltas,[129] — wig
después que me descubrió su mal pensamiento, ha dado en afei-tarse con albayalde,[130] y así 'se jalbega° el rostro, que no parece sino — whitewashes
mascarón de yeso puro."[131]

"Todo eso es verdad," replicó Tomás, "y no es tan mala la Ga-
₂₀ llega que a mí me martiriza.° Lo que se podrá hacer es que esta — tortures
noche sola estés en la posada, y mañana comprarás el asno que di-ces y buscarás dónde estar; y así huirás los encuentros de Argüello, sujeto a los[132] de la Gallega y a los irreparables de los rayos de la vista de mi Costanza."

₂₅ En esto se convinieron los dos amigos y se fueron a la posada, adonde de la Argüello fue con muestras de mucho amor recebido el Asturiano. Aquella noche hubo un baile a la puerta de la posada, de muchos mozos de mulas que en ella y en las convecinas[133] había. El que tocó la guitarra fue el Asturiano; las bailadoras, amén de
₃₀ las dos gallegas y de la Argüello, fueron otras tres mozas de otra posada. Juntáronse muchos embozados,[134] con más deseo de ver a

---

127   A **relator** is a court reporter, one who itemizes all the details of a case.

128   **Huele el...** *her breath smells like dregs of bad wine*

129   **Para adobar...** *to disguise and cover up these defects*

130   **Afeitarse con...** *paint her face with whiting chalk*

131   **Mascarón de...** *a solid plaster mask*

132   **Los encuentros:** an evident mistake; the phrase should read: **y yo quedaré sujeto a los...**

133   **Ella...** *in the Posada del Sevillano and the neighboring inns*

134   **Embozados** are men who with their capes covered their faces, in

Costanza que el baile, pero ella no pareció ni salió a verle, con que dejó burlados muchos deseos.

De tal manera tocaba la guitarra Lope, que decían que la hacía hablar. Pidiéronle las mozas, y con más ahinco° la Argüello, que cantase algún romance;° él dijo que, como ellas le bailasen al modo como se canta y baila en las comedias,° que le cantaría, y que, para que no lo errasen, que hiciesen todo aquello que él dijese cantando y no otra cosa.

Había entre los mozos de mulas bailarines, y entre las mozas ni más ni menos. Mondó el pecho Lope, escupiendo dos veces,[135] en el cual tiempo pensó lo que diría; y, como era de presto, fácil y lindo ingenio, con una felicísima corriente,[136] 'de improviso° comenzó a cantar desta manera:

insistence

ballad

theater

ad-libbing

> Salga la hermosa Argüello,
>> Moza una vez, y no más,[137]
>> Y haciendo una reverencia,
>> Dé dos pasos hacia trás.
> De la mano la arrebate°
>> El que llaman Barrabás,
>> Andaluz mozo de mulas,
>> Canónigo del compás.[138]
> De las dos mozas gallegas,
>> Que en esta posada están,
>> Salga la más carigorda°
>> 'En cuerpo° y sin devantal;°
> Engarráfela° Torote,
>> Y todos cuatro 'a la par,°
>> Con mudanzas, y meneos,°
>> Den principio a un contrapás.

seize

fat-faced

without a jacket, apron

hold her tight

all together

swinging their hips

Todo lo que iba cantando el Asturiano hicieron 'al pie de la

order not to be recognized

135 **Mondó el...** *Lope cleared his throat and spit twice*
136 **Felicísima corriente** *words came easy to him*
137 **Moza una...** *young once upon a time, but no longer*
138 **Canónigo...** *high-priest of the* Compás Here Cervantes plays with the word **compás**: the steps of the dance and the space in front of the brothel in Seville.

letra° ellos y ellas; mas, cuando llegó a decir que diesen principio   literally
a un contrapás, respondió Barrabás, que así le llamaban por mal
nombre al bailarín mozo de mulas: "Hermano músico, mire lo que
canta y no moteje° a naide[139] de mal veſtido, porque aquí no hay   accuse
5   naide con trapos,[140] y cada uno se viſte como Dios le ayuda."

El huésped, que oyó la ignorancia del mozo, le dijo: "Hermano
mozo, *contrapás* es un baile extranjero, y no motejo de mal veſtidos."

"Si eso es," replicó el mozo, "no hay para qué nos metan en
dibujos:[141] toquen sus zarabandas, chaconas y folías al uso, y escu-
10   dillen como quisieren, que aquí hay presonas que les sabrán llenar
las medidas haſta el gollete."[142]

El Aſturiano, sin replicar palabra, prosiguió su canto diciendo:

Entren, pues, todas las ninfas
15   Y los ninfos que han de entrar,
          Que el baile de la chacona
          Es más ancho que la mar.

Requieran° las caſtañetas,   call for
          Y bájense° a refregar°   bend over, rub
20   Las manos por esa arena,
          O tierra del muladar.°   dung-heap
Todos lo han hecho muy bien,
          No tengo que les reĉtar;°   reproach
          Santígüense, y den al diablo
25   Dos higas[143] de su higueral.°   fig orchard
Escupan al hideputa,°   =hijo de puta
          Porque nos deje holgar,°   enjoy ourselves
          Pueſto, que de la chacona
          Nunca se suele apartar.
30   Cambio el son, divina Argüello,
          Más bella que un hospital,[144]

---

139   Malapropism for **nadie.**
140   Word play between **contrapás** and **con trapos** 'rags'.
141   **Meterse en dibujos** *get into an argument*
142   **Toquen sus…** *play the sarabands, "chaconas" and "folías" (*a series of
roudy dances*) as we dance them now because there are people here who can "dish
them out to the brim."*
143   An **higa** is a geſture of contempt
144   The hoſpitals took in people without charging them anything. Ar-

Pues eres mi nueva musa,
　　Tu favor me quieras dar.

El baile de la chacona
　　Encierra la vida bona.

Hállase allí el ejercicio,
　　Que la salud acomoda,
　　Sacudiendo° de los miembros　　　　　　　shaking off
　　A la pereza poltrona.[145]
Bulle° la risa en el pecho,　　　　　　　　bubble over
　　De quien baila, y de quien toca,
　　Del que mira, y del que escucha,
　　Baile, y música sonora.
Vierten azogue° los pies,　　　　　　　　quicksilver
　　Derrítese la persona,
　　Y con gusto de sus dueños
　　Las mulillas se descorchan.[146]
El brío, y la ligereza
　　En los viejos se remoza,°　　　　　　　rejuvenates
　　Y en los mancebos se ensalza,
　　Y sobremodo se entona.°　　　　　　　is heard

Que el baile de la chacona
　　Encierra la vida bona.

Qué de veces ha intentado
　　Aquesta noble señora,
　　Con la alegre zarabanda,
　　"El péseme" y "Perra mora,"[147]
Entrarse por los resquicios°　　　　　　　cracks in the wall
　　De las 'casas religiosas,°　　　　　　　convents
　　A inquietar° la honestidad,　　　　　　disturb

---

güello did the same.
　145　**Pereza poltrona** *sluggish laziness*
　146　**Las mulillas...** *the cork soles of their slippers wear off*
　147　Names of **cóplas** danced to the rythm of the saraband.

Que en las santas celdas mora.°¹⁴⁸   dwells
Cuántas fue vituperada
    De los mismos que la adornan,¹⁴⁹
    Porque imagina el lascivo,
    Y al que es necio se le antoja,

Que el baile de la chacona
Encierra la vida bona.

Esta indiana amulatada,¹⁵⁰
    De quien la fama pregona°   proclaims
    Que ha hecho más sacrilegios,
    E insultos, que hizo Aroba.¹⁵¹
Ésta,° a quien es tributaria,   = la *chacona*
    La turba° de las fregonas,   rabble
    La caterva de los pajes,
    Y de lacayos las tropas,
Dice, jura y no revienta,
    Que, a pesar de la persona
    Del soberbio° zambapalo,¹⁵²   proud
    Ella es la flor de la olla,¹⁵³

Y que sola la chacona
Encierra la vida bona.

En tanto que Lope cantaba, 'se hacían rajas° bailando la tur-   split their seams

---

148   To avoid censorship, lirics were sometimes changed. When the sub-
ject was of a spiritual nature, they were called "a lo divino." In that disguise,
they made their way into all areas of society.

149   These dances were considered immoral by theologians and finally
prohibited in 1630.

150   Allusion to its Latin American origin.

151   Possible allusion to a legendary character related to the reconquest
of Toledo—Abul-Walid, or Arrob, the Moorish king of Arroba de los Montes—, a name they would all have been familiar with.

152   **Zambapalo** a dance from Peru, similar to the samba

153   **Flor de la olla:** The original expression is **cabeza de olla**, but Cervantes plays with **zambapalo / amapola** (red poppy), and says flor de olla
flower of the pot.

bamulta de los mulantes y fregatrices[154] del baile, que llegaban a doce; y, en tanto que Lope se acomodaba a pasar adelante cantando otras cosas de más tomo,° sustancia y consideración de las cantadas, uno de los muchos embozados que el baile miraban dijo, sin quitarse el embozo: "¡Calla, borracho!° ¡Calla, cuero!° ¡Calla, odrina,° poeta de viejo, músico falso!"

    weight

    drunkard, wino

    wineskin

Tras esto, acudieron otros, diciéndole tantas injurias y muecas,° que Lope tuvo por bien de callar; pero los mozos de mulas lo tuvieron tan mal, que si no fuera por el huésped, que con buenas razones los sosegó,° allí fuera la de Mazagato;[155] y aun con todo eso, no dejaran de menear° las manos si a aquel instante no llegara la justicia y los hiciera recoger° a todos.

    sneers

    calmed down

    shake

    retire

Apenas se habían retirado, cuando llegó a los oídos de todos los que en el barrio° despiertos estaban una voz de un hombre que, sentado sobre una piedra, frontero de la posada del Sevillano, cantaba con tan maravillosa y suave armonía, que los dejó suspensos y les obligó a que le escuchasen hasta el fin. Pero el que más atento estuvo fue Tomás Pedro, como aquel a quien más le tocaba,° no sólo el oír la música, sino entender la letra, que para él no fue oír canciones, sino cartas de excomunión que le acongojaban° el alma; porque lo que el músico cantó fue este romance:

    neighborhood

    concerned

    grieved

¿Dónde estás que no pareces,
    Esfera° de la hermosura,
    Belleza a la vida humana,
    De divina compostura?
Cielo empíreo,° donde amor
    Tiene su estancia° segura,
    Primer moble, que arrebata°
    Tras sí todas las venturas;
Lugar cristalino donde
    Transparentes aguas puras
    Enfrían de amor las llamas,
    Las acrecientan,° y apuran.°
Nuevo hermoso firmamento,

    heavenly sphere

    highest heaven

    abode

    seizes

    make grow, refine

---

154 **Mulantes y fregatrices** are portmanteau words, or blends, made by joining **mulero + danzantes** and **fregonas + actrices**.

155 **La de Mazagatos** *everyone at each other's throat*

Donde dos eſtrellas juntas,
Sin tomar la luz preſtada,°   borrowed
Al cielo, y al suelo° alumbran;   earth
Alegría que se opone
5   A las triſtezas confusas
Del padre que da a sus hijos
En su vientre sepultura.[156]
Humildad que se resiſte
De la alteza con que encumbran
10   El gran Jove,° a quien influye   Jupiter
Su benignidad, que es mucha.
Red invisible, y sutil,
Que pone en prisiones duras
Al adúltero guerrero°   Mars
15   Que de las batallas triunfa.
Cuarto cielo° y sol segundo,°   Apollo, Venus
Que el primero deja a escuras,
Cuando acaso deja verse,
Que el verle es caso, y ventura.
20   Grave embajador° que hablas   Mercury
Con tan extraña cordura,°   wisdom
Que persuades callando,
Aún más de lo que procuras.
Del segundo cielo[157] tienes
25   No más que la hermosura,
Y del primero,° no más   Earth
Que el resplandor de la luna;
Eſta esfera sois, Coſtanza,
Pueſta por corta fortuna,
30   En lugar, que por indigno
Vueſtras venturas deslumbra.°   dazzles
Fabricad° vos vueſtra suerte,°   remake, fate
Consintiendo se reduzga
La entereza a trato al uso[158]
35   La esquividad° a blandura.   aloofness

---

156   Saturn, who devoured his children.
157   Diana, goddess of the moon
158   **Consintiendo se...** *by allowing severity to be exchanged for kindness*

Con esto veréis, señora,
    Que envidian vuestra fortuna,
    Las soberbias por linaje,
    Las grandes por hermosura.
Si queréis ahorrar camino,
    La más rica, y la más pura
    Voluntad en mí os ofrezco,
    Que vio amor en alma alguna.

El acabar estos últimos versos y el llegar volando dos medios ladrillos° fue todo uno; que, si como dieron[159] junto a los pies del músico le dieran en mitad de la cabeza, con facilidad le sacaran de los cascos° la música y la poesía. Asombróse el pobre, y dio a correr por aquella cuesta arriba con tanta priesa, que no le alcanzara un galgo.° ¡Infeliz estado de los músicos, murciégalos y lechuzos,[160] siempre sujetos a semejantes lluvias y desmanes!°   bricks / his brain / greyhound / abuses

A todos los que escuchado habían la voz del apedreado,° les pareció bien; pero a quien mejor, fue a Tomás Pedro, que admiró la voz y el romance; mas quisiera él que de otra que Costanza naciera la ocasión de tantas músicas, puesto que a sus oídos jamás llegó ninguna. Contrario deste parecer fue Barrabás, el mozo de mulas, que también estuvo atento a la música; porque, así como vio huir al músico, dijo: "¡Allá irás, mentecato,° trovador de Judas, que pulgas te coman los ojos![161] Y ¿quién diablos te enseñó a cantar a una fregona cosas de esferas y de cielos, llamándola lunes y martes, y de ruedas de Fortuna? Dijérasla (if you had said to her), noramala para ti y para quien le hubiere parecido bien tu trova,° que es tiesa° como un espárrago, entonada° como un plumaje, blanca como una leche, honesta como un fraile novicio, melindrosa y zahareña como una mula de alquiler, y más dura que un pedazo de argamasa;° que, como esto le dijeras, ella lo entendiera y se holgara; pero llamarla embajador, y red, y moble, y alteza y bajeza, más es para decirlo a   stoned man / fool / **romance**, stiff / haughty / mortar

---

159 **Como dieron** *instead of falling*

160 **Murciégalos** is a misappropriation for **murciélagos** *bats*, a semantic shift influenced by **galgos**; **lechuzos** (easily mistaken for **lechuzas** *owls* are tax collectors.

161 **Pulgas te...** *may fleas eat your eyes out* (= drop dead!)

un niño de la dotrina[162] que a una fregona. Verdaderamente que
hay poetas en el mundo que escriben trovas que no hay diablo que
las entienda. Yo, a lo menos, aunque soy Barrabás, éstas que ha
cantado este músico de ninguna manera las entrevo:[163] ¡miren qué
hará Costancica! Pero ella lo hace mejor; que se está en su cama
haciendo burla del mismo Preste Juan de las Indias. Este músico,
a lo menos, no es de los del hijo del Corregidor, que aquéllos son
muchos, y una vez que otra dejan entender; pero éste, ¡voto a tal°   damn him!
se que me deja mohino!"[164]

Todos los que escucharon a Barrabás recibieron gran gusto, y
tuvieron su censura y parecer por muy acertado.°   correct

Con esto, se acostaron todos; y, apenas estaba sosegada° la   quiet
gente, cuando sintió Lope que llamaban a la puerta de su aposento muy paso.° Y, preguntando quién llamaba, fuele respondido   softly
con voz baja: "La Argüello y la Gallega somos: ábrannos que mos°   =nos
morimos de frío."

"Pues en verdad," respondió Lope, "que estamos en la mitad de
los caniculares."[165]

"Déjate de gracias,[166] Lope," replicó la Gallega: "levántate y abre,
que venimos hechas unas archiduquesas."

"¿Archiduquesas y a tal hora?" respondió Lope. "No creo en
ellas; antes entiendo que sois brujas,° o unas grandísimas bellacas: witches
idos° de ahí luego; si no, por vida de…, hago juramento que si me   get out
levanto, que con los hierros de mi pretina° os tengo de poner las   belt
posaderas° como unas amapolas.°"   behind, red poppies

Ellas, que se vieron responder tan acerbamente,° y tan fuera   harshly
de aquello que primero se imaginaron, temieron la furia del Asturiano; y, defraudadas sus esperanzas y borrados sus designios, se
volvieron tristes y malaventuradas° a sus lechos;° aunque, antes de   dejected, beds
apartarse de la puerta, dijo la Argüello, poniendo los hocicos° por   snout
el 'agujero de la llave:° "No es la miel para la boca del asno."   keyhole

Y con esto, como si hubiera dicho una gran sentencia y tomado
una justa venganza,° se volvió, como se ha dicho, a su triste cama.   revenge

---

162 **Niño be…** *a young boy preparing for the priesthood*
163 Malaproismo for **entiendo.**
164 Malapropismo for **amohinado** *worried.*
165 **Caniculares** *dog days,* the hottest days of the year.
166 **Déjate de…** *stop being funny*

Lope, que sintió que se habían vuelto, dijo a Tomás Pedro, que estaba despierto: "Mirad, Tomás: ponedme vos a pelear con dos gigantes, y en ocasión que me sea forzoso desquijarar° por vuestro servicio media docena o una de leones, que yo lo haré con más facilidad que beber una taza de vino; pero que me pongáis en necesidad que 'me tome a brazo partido° con la Argüello, no lo consentiré si me asaetean.° ¡Mirad qué doncellas de Dinamarca[167] nos había ofrecido la suerte esta noche! Aora bien, amanecerá Dios y medraremos."

to dislocate jaws

fight

harass

"Ya te he dicho, amigo," respondió Tomás, "que puedes hacer tu gusto, o ya en irte a tu romería, o ya en comprar el asno y hacerte aguador, como tienes determinado."

"En lo de ser aguador 'me afirmo,'" respondió Lope. "Y durmamos lo poco que queda hasta venir el día, que tengo esta cabeza mayor que una cuba,[168] y no estoy para ponerme aora a departir° contigo."

settle for

argue

Durmiéronse; vino el día, levantáronse, y acudió Tomás a dar cebada y Lope se fue al mercado de las bestias, que es allí junto, a comprar un asno que fuese tal como bueno.

Sucedió, pues, que Tomás, llevado de sus pensamientos y de la comodidad que le daba la soledad de las siestas,° había compuesto en algunas° unos versos amorosos y escrítolos en el mismo libro do tenía la cuenta de la cebada, con intención de sacarlos aparte en limpio y romper o borrar aquellas hojas. Pero, antes que esto hiciese, estando él fuera de casa y habiéndose dejado el libro sobre el 'cajón de la cebada,° le tomó su amo, y, abriéndole para ver cómo estaba la cuenta, dio con los versos, que leídos le turbaron y sobresaltaron. Fuese con ellos a su mujer, y, antes que se los leyese, llamó a Costanza; y, con grandes encarecimientos, mezclados con amenazas,° le dijo le dijese si Tomás Pedro, el mozo de la cebada, la había dicho algún requiebro,° o alguna palabra descompuesta o que diese indicio de tenerla afición.° Costanza juró que la primera palabra, en aquella o en otra materia alguna, estaba aún por hablarla, y que jamás, ni aun con los ojos, le había dado muestras de pensamiento malo alguno.

afternoon

= algunas *siestas*

barley bin

threats

flirtatious remark

a liking

---

167   Allusion to Oriana, the beautiful queen of Denmark, *Amadis de Gaula*'s lady-love.

168   **Tengo esta...** *my head feels like I've been drinking*

Creyéronla sus amos, por estar acostumbrados a oírla siempre decir verdad en todo cuanto le preguntaban. Dijéronla que se fuese de allí, y el huésped dijo a su mujer: "No sé qué me diga desto. Habréis de saber, señora, que Tomás tiene escritas en este libro de la cebada unas coplas que me ponen mala espina[169] que está enamorado de Costancica."

"Veamos las coplas," respondió la mujer, "que yo os diré lo que en eso debe de haber."

"Así será, sin duda alguna," replicó su marido; "que, como sois poeta, luego daréis en su sentido."

"No soy poeta," respondió la mujer, "pero ya sabéis vos que tengo buen entendimiento y que sé rezar° en latín las cuatro oraciones."[170]   recite

"Mejor haríades de rezallas en romance: que ya os dijo vuestro tío el clérigo° que decíades mil gazafatones° cuando rezábades en   priest, mistakes
latín y que no rezábades nada."

"Esa flecha,° de la ahijada[171] de su sobrina ha salido, que está   dart
envidiosa de verme tomar las *Horas*[172] de latín en la mano y irme por ellas como 'por viña vendimiada.°"   as easy as pie

"Sea como vos quisiéredes," respondió el huésped. "Estad atenta, que las coplas son éstas:

¿Quién de amor venturas halla?
    El que calla.
¿Quién triunfa de su aspereza?
    La firmeza.
¿Quién da alcance a su alegría?
    La porfía.°   persistence
Dese modo bien podría
    Esperar dichosa palma,°   triumph
Si en esta empresa° mi alma   business
    Calla, está firme, y porfía.
¿Con quién se sustenta amor?

---

169 **Ponen...** *make me suspect*

170 The Apostles' Creed, The Lord's Prayer, The Hail Mary, the Salve Regina or Hail Holy Queen.

171 A malapropism for **aljava**, which has a double meaning: a case where darts and arrows are kept, and a statement based on pure imagination

172 **Horas** *Book of Hours, book of prayers*

Con favor.

Y ¿con qué mengua° su furia?   decrease

 Con la injuria.

Antes ¿con desdenes crece?

 Desfallece.°   it dies

Claro en eſto se parece,

 Que mi amor será inmortal,

Pues la causa de mi mal

 Ni injuria, ni favorece.

Quien desespera ¿qué espera?

 Muerte entera.

Pues ¿qué muerte el mal remedia?

 La que es media.

Luego ¿bien será morir?

 Mejor sufrir.

Porque se suele decir,

 Y eſta verdad se reciba,

Que tras la tormenta esquiva°   wild

 Suele la calma venir.

¿Descubriré mi pasión?

 'En ocasión.°   in time

¿Y si jamás se me da?

 Sí hará.

Llegará la muerte en tanto.

 Llegue a tanto

Tu limpia fe, y esperanza,

Que en sabiéndolo Coſtanza

 Convierta en risa tu llanto.°   weeping

"¿Hay más?" dijo la huéspeda.

"No," respondió el marido; "pero, ¿qué os parece deſtos versos?"

"Lo primero," dijo ella, "es meneſter averiguar si son de Tomás."

"En eso no hay que poner duda," replicó el marido, "porque la letra de la cuenta de la cebada y la de las coplas toda es una, sin que se pueda negar."

"Mirad, marido," dijo la huéspeda: "a lo que yo veo, pueſto que las coplas nombran a Coſtancica, por donde se puede pensar que se hicieron para ella, no por eso lo habemos de afirmar nosotros por verdad, como si se los° viéramos escribir; cuanto más, que otras

= los versos

Coſtanzas que la nueſtra hay en el mundo; pero, ya que sea por éſta, ahí no le dice nada que la deshonre ni la pide cosa que le importe. Eſtemos a la mira y avisemos a la muchacha, que si él
5　eſtá enamorado della, a buen seguro que él haga más coplas y que procure dárselas."

"¿No sería mejor," dijo el marido, "quitarnos desos cuidados y echarle de casa?"[173]

"Eso," respondió la huéspeda, "en vueſtra mano eſtá; pero en
10　verdad que, según vos decís, el mozo sirve de manera que sería conciencia[174] el despedille° por tan liviana° ocasión."

fire him, slight

"Aora bien," dijo el marido, "eſtaremos alerta, como vos decís, y el tiempo nos dirá lo que habemos de hacer."

Quedaron en eſto, y tornó a poner° el huésped el libro donde

put back

15　le había hallado. Volvió Tomás ansioso a buscar su libro, hallóle, y porque no le diese otro sobresalto, trasladó° las coplas y rasgó°

copied down, tore up

aquellas hojas, y propuso de aventurarse° a descubrir su deseo a

risk

Coſtanza en la primera ocasión que se le ofreciese. Pero, como ella andaba siempre sobre los eſtribos de su honeſtidad y recato,[175] a
20　ninguno daba lugar° de miralla, cuanto más de ponerse a pláticas

opportunity

con ella; y, como había tanta gente y tantos ojos 'de ordinario° en

always

la posada, aumentaba más la dificultad de hablarla, de que se desesperaba el pobre enamorado.

Mas, habiendo salido aquel día Coſtanza con una toca ceñida
25　por las mejillas,[176] y dicho a quien se lo preguntó que por qué se la había pueſto, que tenía un gran 'dolor de muelas,° Tomás, a quien

toothache

sus deseos avivaban el entendimiento,[177] en un inſtante discurrió°

thought up

lo que sería bueno que hiciese, y dijo: "Señora Coſtanza, yo le daré una oración° en escrito, que a dos veces que la rece se le quitará

prayer

30　como con la mano su dolor."

"Norabuena," respondió Coſtanza; "que yo la rezaré, porque sé leer."

"Ha de ser con condición," dijo Tomás, "que no la ha de mos-

173　**Quitarnos desoa...** *save ourselves the trouble and just fire him*
174　**Conciencia** *matter of conscience*
175　**Andaba siempre...** *was always cautious, honeſt and modeſt*
176　**Toca** ceñida... *scarf wrapped around her cheek*
177　**Avivaban el...** *sharpened his wits*

trar° a nadie, porque la eſtimo en mucho, y no será bien que por
saberla muchos 'se menosprecie.°'"

"Yo le prometo," dijo Coſtanza, "Tomás, que no la dé a nadie; y
démela luego, porque me fatiga mucho el dolor."

"Yo la trasladaré de la memoria," respondió Tomás, "y luego se
la daré."

Eſtas fueron las primeras razones que Tomás dijo a Coſtanza, y Coſtanza a Tomás, en todo el tiempo que había que eſtaba
en casa, que ya pasaban de veinte y cuatro días. Retiróse Tomás
y escribió la oración, y tuvo lugar de dársela a Coſtanza sin que
nadie lo viese; y ella, con mucho guſto y más devoción, se entró
en un aposento 'a solas,° y abriendo el papel vio que decía deſta
manera: Señora de mi alma, yo soy un caballero natural de Burgos.
Si alcanzo de días a mi padre, heredo un mayorazgo[178] de seis mil
ducados de renta. A la fama de vueſtra hermosura, que por muchas leguas se extiende, dejé mi patria, mudé veſtido, y en el traje
que me veis vine a servir a vueſtro dueño; si vos lo quisiéredes
ser mío,° por los medios que más a vueſtra honeſtidad convengan,
mirad qué pruebas° queréis que haga para enteraros deſta verdad;
y, enterada en ella, siendo guſto vueſtro, seré vueſtro esposo y me
tendré por el más bien afortunado del mundo. Sólo, por aora, os
pido que no echéis tan enamorados y limpios pensamientos como
los míos en la calle;[179] que si vueſtro dueño los sabe y no los cree,
me condenará a deſtierro° de vueſtra presencia, que sería lo mismo
que condenarme a muerte. Dejadme, señora, que os vea haſta que
me creáis, considerando que no merece el riguroso caſtigo° de no
veros el que no ha cometido otra culpa° que adoraros. Con los
ojos podréis responderme, 'a hurto de° los muchos° que siempre os
eſtán mirando; que ellos° son tales, que airados° matan y piadosos°
resucitan.

En tanto que Tomás entendió que Coſtanza se había ido a leer
su papel, le eſtuvo palpitando el corazón, temiendo y esperando, o
ya la sentencia de su muerte o la reſtauración de su vida. Salió en
eſto Coſtanza, tan hermosa, aunque rebozada,° que si pudiera re-
cebir aumento su hermosura con algún accidente, se pudiera juzgar
que el sobresalto de haber viſto en el papel de Tomás otra cosa tan

---

178 **Heredo un...** *as firſt-born I inherit my father's eſtate*
179 **Echar en...** *don't mention to anyone*

show
loses its effect

alone

= mi dueño
proofs

exile

punishment
sin
hidden from, = muchos
ojos; = tus ojos, angry,
kind

muffled up

lejos de la que pensaba había acrecentado su belleza. Salió con el
papel entre las manos hecho menudas° piezas, y dijo a Tomás, que tiny
apenas se podía tener en pie: "Hermano Tomás, ésta tu oración
más parece hechicería° y embuste° que oración santa; y así, yo no la charm, trick
quiero creer ni usar della, y por eso la he rasgado, porque no la vea
nadie que sea más crédula° que yo. Aprende otras oraciones más gullible
fáciles, porque ésta será imposible que te sea de provecho."

En diciendo esto, se entró con su ama, y Tomás quedó suspenso, pero algo consolado, viendo que en solo el pecho de Costanza
quedaba el secreto de su deseo; pareciéndole que, pues no había
dado cuenta dél a su amo, por lo menos no estaba en peligro de
que le echasen de casa. Parecióle que en el primer paso que había
dado en su pretensión había atropellado° por mil montes de incon- overrun
venientes, y que, en las cosas grandes y dudosas, la mayor dificultad
está en los principios.

En tanto que esto sucedió en la posada, andaba el Asturiano
comprando el asno donde los vendían; y, aunque halló muchos,
ninguno le satisfizo, puesto que un gitano anduvo muy solícito
por encajalle° uno que más caminaba por el azogue que le había force on him
echado en los oídos que por ligereza suya; pero lo que contentaba
con el paso° desagradaba con el cuerpo, que era muy pequeño y no gait
del grandor y talle° que Lope quería, que le buscaba suficiente para size
llevarle a él por añadidura, ora° fuesen vacíos o llenos los cántaros. whether

Llegóse a él en esto un mozo y díjole al oído: "Galán, si busca
bestia cómoda° para el oficio de aguador, yo tengo un asno aquí suitable
cerca, en un prado,° que no le hay mejor ni mayor en la ciudad; y meadow
aconséjole que no compre bestia de gitanos, porque, aunque parez-
can sanas° y buenas, todas son falsas y llenas de dolames;° si quiere healthy, hidden defects
comprar la que le conviene, véngase conmigo y calle la boca."

Creyóle el Asturiano y díjole que guiase adonde estaba el asno
que tanto encarecía.° Fuéronse los dos mano a mano[180] como di- recommended
cen, hasta que llegaron a la Huerta del Rey, donde a la sombra de
una azuda° hallaron muchos aguadores, cuyos asnos pacían° en un waterwheel, were grazing
prado que allí cerca estaba. Mostró el vendedor° su asno, tal que seller
le hinchó el ojo[181] al Asturiano, y de todos los que allí estaban fue accommodating
alabado el asno de fuerte, de caminador y comedor,° y, sin otra mature

---

180 **Mano a** ...*together in full confidence*
181 **Hinchó el**... *made his eyes open wide in delight*

seguridad ni información, siendo corredores y medianeros[182] los demás aguadores, dio diez y seis ducados por el asno, con todos los adherentes° del oficio. — necessary extras

Hizo la paga real° en escudos de oro.[183] Diéronle el parabién de la compra y de la entrada en el oficio, y certificáronle° que había comprado un asno dichosísimo, porque el dueño que le dejaba, sin que se le mancase° ni matase,° había ganado con él en menos tiempo de un año, después de haberse sustentado° a él y al asno honradamente, dos pares de vestidos y más aquellos diez y seis ducados, con que pensaba volver a su tierra, donde le tenían concertado° un casamiento con una 'media parienta° suya. — en cash · swearing · beat, overwork · maintained · arranged · second cousin

Amén de los corredores del asno, estaban otros cuatro aguadores jugando a la primera,[184] tendidos° en el suelo, sirviéndoles de bufete la tierra y de sobremesa° sus capas. Púsose el Asturiano a mirarlos y vio que no jugaban como aguadores, sino como arcedianos,° porque tenía de resto° cada uno más de cien reales en cuartos y en plata.[185] Llegó una mano de echar todos el resto,[186] y si uno no diera partido° a otro, él hiciera 'mesa gallega.° Finalmente, a los dos en aquel resto se les acabó el dinero y se levantaron; viendo lo cual el vendedor del asno, dijo que si hubiera cuarto,° que él jugara, porque era enemigo de jugar en tercio.° El Asturiano, que era de propiedad del azúcar, que jamás gastó menestra, como dice el italiano,[187] dijo que él haría cuarto. Sentáronse luego, anduvo la cosa de buena manera; y, queriendo jugar antes el dinero que el tiempo, en poco rato perdió Lope seis escudos que tenía; y, viéndose sin blanca,° dijo que si le querían jugar el asno, que él le jugaría. Acetáronle el envite,° e hizo de resto° un cuarto del asno, diciendo que por cuartos quería jugarle. Díjole tan mal,[188] que en cuatro restos consecutivamente perdió los cuatro cuartos del asno, y ganóselos el mismo que se le había vendido; y, levantándose para — lying · tablecloth · deacons, kitty · the game, jackpot · a fourth player · threes · a cent · offer, wager

---

182 **Corredores y...** *go-betweens and partners in the business*
183 Prices were stated in ducados, but hard currency in escudos.
184 A card game in which number seven was the lucky card.
185 **Cien reales...** *100 reales in reales de a cuatro and reales de a dos*
186 **Echar el...** *bet it all*
187 **Propiedad...** From two Italian sayings: "zucchero non guastò mai vivanda" and "Mangia questa minestra o salta quella finestra" *one who never goes back on his word and who never passes up a chance.*
188 **Díjole tan mal** *la suerte*

volverse a entregarse en él, dijo el Asturiano que advirtiesen que
él solamente había jugado los cuatro cuartos del asno, pero la cola,°   tail
que se la diesen y se le llevasen[189] norabuena.

    Causóles risa a todos la demanda de la cola, y hubo letrados[190]
que fueron de parecer° que no tenía razón en lo que pedía, di-   opinion
ciendo que cuando se vende un carnero° u otra res° alguna no se   sheep, livestock
saca ni quita la cola, que con uno de los cuartos traseros° ha de ir   hind quarters
forzosamente. A lo cual replicó Lope que los carneros de Berbería
ordinariamente tienen cinco cuartos, y que el quinto es de la cola;
y, cuando los tales carneros se cuartean,° tanto vale la cola como   cut up
cualquier cuarto; y que a lo de ir la cola junto con la res que se vende viva y no se cuartea, que lo concedía;° pero que la suya no fue   accepted
vendida, sino jugada, y que nunca su intención fue jugar la cola, y
que al punto se la volviesen luego[191] con todo lo a ella anejo y con-
cerniente, que era desde la punta del celebro,° contada la osamenta   =**cerebro** *brain*
del espinazo,° donde ella tomaba principio y decendía, hasta parar   backbone
en los últimos pelos della.

    "Dadme vos," dijo uno, "que ello sea así como decís y que os la
den como la pedís, y sentaos junto a lo que del asno queda."

    "¡Pues así es!" replicó Lope. "Venga mi cola; si no, por Dios que
no me lleven el asno si bien viniesen por él cuantos aguadores hay
en el mundo; y no piensen que por ser tantos los que aquí están me
han de 'hacer superchería,° porque soy yo un hombre que me sabré   trick me
llegar a otro hombre y meterle dos palmos de daga por las tripas°   guts
sin que sepa de quién, por dónde o cómo le vino; y más, que no
quiero que me paguen la cola rata por cantidad,[192] sino que quiero
que me la den 'en ser° y la corten del asno como tengo dicho."   whole

    Al ganancioso° y a los demás les pareció no ser bien llevar   winner
aquel negocio por fuerza,° porque juzgaron ser de tal brío° el As-   against his will, deter-
turiano, que no consentiría que se la hiciesen; el cual, como estaba   mination
hecho al trato de las almadrabas, donde se ejercita todo género de
rumbo y jácara y de extraordinarios juramentos y boatos,[193] voleó°   threw into the air

---

189 **Se la...** *give him the tail and take the donkey*
190 **Letrados:** individuals who had some schooling and were somewhat
knowledgable in legal matters
191 **Al punto...** *give back then and there*
192 **Rata por...** *pro rate,* according to what the piece is worth.
193 **Todo género...** *all sorts of behavior and merry-making, outlandish*

allí el capelo y 'empuñó un puñal° que debajo del capotillo° traía, [clutched a dagger, cloak]
y púsose en tal poſtura, que infundió° temor y respeſto en toda [infused]
aquella aguadora compañía. Finalmente, uno dellos, que parecía
de más razón y discurso, los concertó en que se echase° la cola [bet]
contra un cuarto del asno a una quínola o a dos y pasante.[194] 'Fue-
ron contentos,° ganó la quínola Lope; picóse° el otro, echó el otro [they accepted, took offense]
cuarto, y a otras tres manos quedó sin asno. Quiso jugar el dinero;
no quería Lope, pero tanto le porfiaron° todos, que lo hubo de [insisted]
hacer, con que hizo el 'viaje del desposado,° dejándole sin un solo [wedding trip]
maravedí; y fue tanta la pesadumbre que deſto recibió el perdido-
so,° que 'se arrojó° en el suelo y comenzó a 'darse de calabazadas° [loser, threw himself, knock his head]
por la tierra. Lope, como bien nacido y como liberal y compasivo,
le levantó y le volvió todo el dinero que le había ganado y los diez
y seis ducados del asno, y aun° de los° que él tenía repartió° con los [even, = los *ducados*, divided up; those]
circunſtantes,° cuya extraña liberalidad pasmó° a todos; y si fueran [standing around, dumbfounded]
los tiempos y las ocasiones del Tamorlán,[195] le alzaran por rey de
los aguadores.

Con grande acompañamiento° volvió Lope a la ciudad, donde [retinue]
contó a Tomás lo sucedido, y Tomás asimismo le dio cuenta de sus
buenos sucesos. No quedó taberna, ni bodegón, ni junta° [assembly]
de pícaros donde no se supiese el juego del asno, el esquite° [recovery]
por la cola y el brío y la liberalidad del Aſturiano. Pero, como la
mala beſtia del vulgo,[196] por la mayor parte, es mala,° maldita° y [evil, corrupt]
maldiciente,° no tomó de memoria la liberalidad, brío y buenas [slanderous]
partes del gran Lope, sino solamente la cola. Y así, apenas hubo
andado dos días por la ciudad echando agua, cuando se vio señalar° [pointed at]
de muchos con el dedo, que decían: «Eſte es el aguador de la cola».
Eſtuvieron los muchachos atentos, supieron el caso; y, no había
asomado Lope por la entrada de cualquiera calle, cuando por toda
ella le gritaban, quién de aquí y quién de allí: «¡Aſturiano, daca la
cola! ¡Daca la cola, Aſturiano!» Lope, que se vio asaetear de tantas
lenguas y con tantas voces, dio en callar, creyendo que en su mu-
cho silencio se anegara° tanta insolencia.° Mas ni por éſas, pues [drown out, rudeness]
mientras más callaba, más los muchachos gritaban; y así, probó° [tried]

---

oaths and oſtentations

194　**Quínola…dos y pasante:** names of card games
195　Tamerlane, (1336 - 1405), the laſt great nomad power.
196　**Mala beſtia…** *basic inſtinſt of the masses*

a mudar su paciencia en cólera, y apeándose del asno dio a palos tras los muchachos, que fue afinar el polvorín[197] y ponerle fuego, y fue otro cortar las cabezas de la serpiente,[198] pues en lugar de una que quitaba, apaleando° a algún muchacho, nacían en el mismo   beating
instante, no otras siete, sino setecientas, que con mayor ahínco y menudeo[199] le pedían la cola. Finalmente, tuvo por bien de retirarse a una posada que había tomado fuera de la de su compañero, por huir de la Argüello, y de estarse en ella hasta que la influencia de aquel mal planeta pasase,[200] y se borrase de la memoria de los muchachos aquella demanda mala de la cola que le pedían.

Seis días se pasaron sin que saliese de casa, si no era de noche, que iba a ver a Tomás y a preguntarle del estado en que se hallaba; el cual le contó que, después que había dado el papel a Costanza, nunca más había podido hablarla una sola palabra; y que le parecía que andaba más recatada que solía,[201] puesto que una vez tuvo lugar de llegar a hablarla, y, viéndolo ella, le había dicho antes que llegase: "Tomás, no me duele nada; y así, ni tengo necesidad de tus palabras ni de tus oraciones: conténtate que no te acuso a la Inquisición, y no te canses"; pero que estas razones las dijo sin mostrar
ira° en los ojos ni otro desabrimiento° que pudiera dar indicio de   anger, harshness
riguridad alguna. Lope le contó a él la priesa que le daban los muchachos, pidiéndole la cola porque él había pedido la de su asno, con que hizo el famoso esquite. Aconsejóle Tomás que no saliese de casa, a lo menos sobre el asno, y que si saliese, fuese por calles
solas y apartadas; y que, cuando esto no bastase,° bastaría dejar el   be enough
oficio, último remedio de poner fin a tan poco honesta demanda. Preguntóle Lope si había acudido más la Gallega. Tomás dijo que
no, pero que no dejaba de sobornarle° la voluntad con regalos y   bribe
presentes de lo que hurtaba en la cocina a° los huéspedes. Retiróse   from
con esto a su posada Lope, con determinación de no salir della en otros seis días, a lo menos con el asno.

Las once serían de la noche cuando, de improviso° y sin pen-   unexpectedly

---

197 **Afinar...** *set up the powder keg*

198 Allusion to the many-headed serpent, the Hydra of Lerna; on cutting off one head two grew back.

199 **Ahínco y...** *determination and repetition*

200 According to the cosmology of the time, planets and comets had all sorts of influences over the earth.

201 **Más recatada...** *more cautiously than she used to*

sarlo, vieron entrar en la posada muchas varas de justicia, y al cabo°   at the end
el Corregidor. Alborotóse° el huésped y aun los huéspedes; porque,   became alarmed
así como los cometas cuando se muestran siempre causan temores
de desgracias e infortunios, ni más ni menos la justicia, cuando de
repente y 'de tropel° se entra en una casa, sobresalta y atemoriza   all together
hasta las conciencias no culpadas. Entróse el Corregidor en una
sala y llamó al huésped de casa, el cual vino temblando a ver lo
que el señor Corregidor quería. Y, así como le vio el Corregidor, le
preguntó con mucha gravedad: "¿Sois vos el huésped?"

"Sí señor," respondió él, "para lo que v. m. me quisiere mandar."

Mandó el Corregidor que saliesen de la sala todos los que en
ella estaban, y que le dejasen solo con el huésped. Hiciéronlo así; y,
quedándose solos, dijo el Corregidor al huésped: "Huésped, ¿qué
gente de servicio tenéis en esta vuestra posada?"

"Señor," respondió él, "tengo dos mozas gallegas, y una ama° y   housekeeper
un mozo que tiene cuenta con dar la cebada y paja."

"¿No más?" replicó el Corregidor.

"No señor," respondió el huésped.

"Pues decidme, huésped," dijo el Corregidor, "¿dónde está una
muchacha que dicen que sirve en esta casa, tan hermosa que por
toda la ciudad la llaman *la ilustre fregona*; y aun me han llegado a
decir que mi hijo don Periquito es su enamorado,° y que no hay   suitor
noche que no le da músicas?"

"Señor," respondió el huésped, "esa *fregona ilustre* que dicen es
verdad que está en esta casa, pero ni es mi criada ni deja de serlo."

"No entiendo lo que decís, huésped, en eso de ser y no ser vuestra criada la fregona."

"Yo he dicho bien," añadió el huésped; "y si v. m. me da licencia,
le diré lo que hay en esto, lo cual jamás he dicho a persona alguna.

"Primero quiero ver a la fregona que saber otra cosa; llamadla
acá," dijo el Corregidor.

Asomóse el huésped a la puerta de la sala y dijo: "¡Oíslo,° se-   darling
ñora: haced que entre aquí Costancica!"

Cuando la huéspeda oyó que el Corregidor llamaba a Costan-
za, turbóse y comenzó a torcerse° las manos, diciendo: "¡Ay desdi-   wring
chada de mí! ¡El Corregidor a Costanza y a solas! Algún gran mal
debe de haber sucedido, que la hermosura desta muchacha trae
encantados° los hombres."   bewitched

Costanza, que lo oía, dijo: "Señora, no 'se congoje,° que yo   worry
iré a ver lo que el señor Corregidor quiere; y si algún mal hubiere
sucedido, esté segura vuesa merced que no tendré yo la culpa."

Y, en esto, sin aguardar que otra vez la llamasen, tomó una vela
encendida sobre un candelero de plata, y, con más vergüenza° que   bashfulness
temor, fue donde el Corregidor estaba.

Así como° el Corregidor la vio, mandó al huésped que cerrase   as soon as
la puerta de la sala; lo cual hecho, el Corregidor se levantó, y, tomando el candelero que Costanza traía, llegándole la luz al rostro,
la anduvo mirando toda de arriba abajo; y, como Costanza estaba
con sobresalto, habíasele encendido° la color del rostro, y estaba   lit up
tan hermosa y tan honesta, que al Corregidor le pareció que estaba
mirando la hermosura de un ángel en la tierra; y, después de haberla bien mirado, dijo: "Huésped, ésta no es joya para estar en el bajo
engaste° de un mesón; desde aquí digo que mi hijo Periquito es   setting
discreto, pues tan bien ha sabido emplear sus pensamientos. Digo,
doncella, que no solamente os pueden y deben llamar *ilustre*, sino
ilustrísima; pero estos títulos no habían de caer sobre el nombre de
fregona, sino sobre el de una duquesa."

"No es fregona, señor," dijo el huésped, "que no sirve de otra
cosa en casa que de traer las llaves de la plata,[202] que por la bondad
de Dios tengo alguna, con que se sirven los huéspedes honrados
que a esta posada vienen."

"Con todo eso," dijo el Corregidor, "digo, huésped, que ni es
decente ni conviene que esta doncella esté en un mesón. ¿Es parienta vuestra, por ventura?"

"Ni es mi parienta ni es mi criada; y si vuesa merced gustare de
saber quién es, como ella no esté delante, oirá vuesa merced cosas
que, juntamente con darle gusto, 'le admiren.'"   amaze you

"Sí gustaré," dijo el Corregidor; "y sálgase° Costancica allá fue-   leave the room
ra, y prométase° de mí lo que de su mismo padre pudiera prome-   expect
terse; que su mucha honestidad y hermosura obligan a que todos
los que la vieren se ofrezcan a su servicio."

No respondió palabra Costanza, sino con mucha mesura° hizo   dignity
una profunda reverencia al Corregidor y salióse de la sala; y halló
a su ama desalada° esperándola, para saber della qué era lo que el   impatient
Corregidor la quería. Ella le contó lo que había pasado, y cómo su

---

202 **Llaves de...** *keys to the cupboard where the silver is kept*

señor quedaba con él para contalle no sé qué cosas que no quería que ella las oyese. No acabó de sosegarse la huésped, y siempre estuvo rezando hasta que se fue el Corregidor y vio salir libre a su marido; el cual, en tanto que estuvo con el Corregidor, le dijo: "Hoy hacen, señor, según mi cuenta, quince años, un mes y cuatro días que llegó a esta posada una señora en 'hábito de peregrina,° en una litera,° acompañada de cuatro criados de a caballo y de dos dueñas° y una doncella,° que en un coche° venían. Traía asimismo dos acémilas° cubiertas con dos ricos reposteros,²⁰³ y cargadas con una rica cama y con 'aderezos de cocina.'°²⁰⁴ Finalmente, el aparato° era principal y la peregrina representaba ser una gran señora; y, aunque en la edad mostraba ser de cuarenta o pocos más años, no por eso dejaba de parecer hermosa en todo extremo. Venía enferma y descolorida,° y tan fatigada° que mandó que luego luego²⁰⁵ le hiciesen la cama, y en esta misma sala se la hicieron sus criados. Preguntáronme cuál era el médico de más fama desta ciudad. Díjeles que el doctor de la Fuente. Fueron luego por él, y él vino luego; comunicó a solas con él su enfermedad; y lo que de su plática resultó fue que mandó el médico que se le hiciese la cama en otra parte y en lugar donde no le diesen ningún ruido. Al momento la mudaron a otro aposento que está aquí arriba apartado, y con la comodidad° que el doctor pedía. Ninguno de los criados entraban donde su señora, y solas las dos dueñas y la doncella la servían.

»Yo y mi mujer preguntamos a los criados quién era la tal señora y cómo se llamaba, de adónde venía y adónde iba; si era casada,° viuda° o doncella,° y por qué causa se vestía aquel hábito de peregrina. A todas estas preguntas, que le hicimos una y muchas veces, no hubo alguno que nos respondiese otra cosa sino que aquella peregrina era una señora principal y rica de Castilla la Vieja, y que era viuda y que no tenía hijos que la heredasen;° y que, porque había algunos meses que estaba enferma de hidropesía,° había ofrecido de ir a Nuestra Señora de Guadalupe²⁰⁶ en romería,

pilgrim's habit

litter

governesses, servant girl,

carriage; beast of burden; cooking utensils,

entourage

pale, exhausted

facilities

married, widow, single

inherit her estates

dropsy

---

203 **Reposteros** *heavy cloths with the coat-of-arms of the owner draped over the beasts of burden*

204 People on pilgrimage did not always find proper inns, hence they carried their own bedding and cooking utensils.

205 **Luego luego** *without delay*

206 A monastery located between Toledo and Merida

por la cual promesa iba en aquel hábito. En cuanto a decir su nombre, traían orden de no llamarla sino la señora peregrina.

Esto supimos por entonces; pero a cabo de tres días que, por enferma, la señora peregrina se estaba en casa, una de las dueñas nos llamó a mí y a mi mujer de su parte; fuimos a ver lo que quería, y, a puerta cerrada y delante de sus criadas, casi con lágrimas en los ojos, nos dijo, creo que estas mismas razones: "Señores míos, los cielos me son testigos que sin culpa mía me hallo en el riguroso trance° que aora os diré. Yo estoy preñada,° y tan cerca del parto,° que ya los dolores°" me van apretando. Ninguno de los criados que vienen conmigo saben mi necesidad ni desgracia; a estas mis mujeres ni he podido ni he querido encubrírselo. Por huir de los maliciosos ojos de mi tierra, y porque esta hora no me tomase en ella,° hice voto° de ir a Nuestra Señora de Guadalupe; ella° debe de haber sido servida²⁰⁷ que en esta vuestra casa me tome el parto; a vosotros está aora el remediarme y acudirme, con el secreto que merece la° que su honra pone en vuestras manos. La paga de la merced° que me hiciéredes, que así quiero llamarla, si no respondiere al gran beneficio que espero, responderá, alomenos, a dar muestra de una voluntad muy agradecida; y quiero que comiencen a dar muestras de mi voluntad estos docientos escudos de oro que van en este bolsillo." Y, sacando debajo de la almohada° de la cama un bolsillo de aguja, de oro y verde,²⁰⁸ se le puso en las manos de mi mujer; la cual, como simple y sin mirar lo que hacía, porque estaba suspensa y colgada° de la peregrina, tomó el bolsillo, sin responderle palabra de agradecimiento ni de comedimiento° alguno. Yo me acuerdo que le dije que no era menester nada de aquello: que no éramos personas que por interés, más que por caridad,° nos movíamos a hacer bien cuando se ofrecía. Ella prosiguió, diciendo: "Es menester, amigos, que busquéis donde llevar lo que pariere° luego luego, buscando también mentiras que decir a quien lo entregáredes; que por aora será en la ciudad, y después quiero que se lleve a una aldea. De lo que después se hubiere de hacer, siendo Dios servido de alumbrarme²⁰⁹ y de llevarme a cumplir mi voto, cuando de Guadalupe vuelva lo sabréis, porque el tiempo me

Right margin glosses:

difficult situation, pregnant, delivery; labor pains

= *mi tierra*, a vow,

= *Nuestra Señora*

= la *persona*
favor

pillow

so taken up
courtesy

solidarity

give birth to

---

207 **Debe de...** *it must have been her good pleasure*
208 **Bolsillo de...** *purse embroidered in gold and green silk thread*
209 **Alumbrarme** *give me a safe delivery*

habrá dado lugar de que piense y escoja° lo mejor que 'me conven-   choose
ga.° Partera no la he menester, ni la quiero: que otros partos más   be to my interest
honrados que he tenido me aseguran que, con sola la ayuda destas
mis criadas, facilitaré sus dificultades y ahorraré de un testigo° más   witness
de mis sucesos."

    Aquí dio fin a su razonamiento° la lastimada° peregrina y prin-   explanation, distressed
cipio a un copioso llanto, que en parte fue consolado por las mu-
chas y buenas razones que mi mujer, ya vuelta en más acuerdo,[210] le
dijo. Finalmente, yo salí luego a buscar donde llevar lo que pariese,
a cualquier hora que fuese; y, entre las doce y la una de aquella
misma noche, cuando toda la gente de casa estaba entregada al
sueño, la buena señora parió una niña, la más hermosa que mis
ojos hasta entonces habían visto, que es esta misma que vuesa merced acaba de ver aora. Ni la madre 'se quejó° en el parto ni la hija   groaned
nació llorando: en todos había sosiego y silencio maravilloso, y 'tal
cual° convenía para el secreto de aquel extraño caso. Otros seis   exactly what
días estuvo en la cama, y en todos ellos venía el médico a visitarla,
pero no porque ella le hubiese declarado de qué procedía su mal;°   illness
y las medicinas que le ordenaba nunca las puso en ejecución, porque sólo pretendió engañar° a sus criados con la visita del médico.   mislead
Todo esto me dijo ella misma, después que se vio fuera de peligro,
y a los ocho días se levantó con el mismo bulto,° o con otro que 'se   shape
parecía° a aquel con que 'se había echado.°   was similar, gone to
                                                                           bed; recuperated
    Fue a su romería y volvió de allí a veinte días, ya casi sana,°
porque poco a poco se iba quitando del artificio° con que después   contrivance
de parida se mostraba hidrópica. Cuando volvió, estaba ya la niña
dada a criar° por mi orden, con nombre de mi sobrina, en una aldea   be nursed
dos leguas de aquí. En el bautismo se le puso por nombre Costan-
za, que así lo dejó ordenado su madre; la cual, contenta de lo que
yo había hecho, al tiempo de despedirse me dio una cadena°de oro,   chain
que hasta aora tengo, de la cual quitó seis trozos,° los cuales dijo   links
que traería la persona que por la niña viniese. También cortó un
blanco pergamino° a vueltas y a ondas,° a la traza y manera como   parchment, zigzags
cuando se enclavijan° las manos y en los dedos se escribiese alguna   fit together
cosa, que estando enclavijados los dedos se puede leer, y después
de apartadas° las manos queda dividida la razón,° porque se divi-   separated, word
den las letras; que, en volviendo a enclavijar los dedos, se juntan

---

210 **Vuelta en…** *having regained her senses a little*

y corresponden de manera que se pueden leer continuadamente:
digo que el un pergamino sirve de alma° del otro, y encajados se   soul
leerán, y divididos no es posible, si no es adivinando° la mitad del   guessing
pergamino; y casi toda la cadena quedó en mi poder, y todo lo
tengo, esperando el contraseño° haſta aora, pueſto que ella me dijo   countermark
que dentro de dos años enviaría por su hija, encargándome° que   charging me
'la criase° no como quien ella era, sino del modo que se suele criar   bring her up
una labradora.° Encargóme también que si por algún suceso no le   peasant girl
fuese posible enviar tan preſto° por su hija, que, aunque creciese   soon
y llegase a tener entendimiento, no la dijese del modo que había
nacido, y que la perdonase el no decirme su nombre ni quién era,
que lo guardaba para otra ocasión más importante. En resolución,
dándome otros cuatrocientos escudos de oro y abrazando a mi
mujer con tiernas° lágrimas, se partió, dejándonos admirados de su   tender
discreción, valor, hermosura y recato.

»Coſtanza se crió en el aldea dos años, y luego la traje conmigo,
y siempre 'la he traído° en hábito de labradora, como su madre   I dressed her
me lo dejó mandado. Quince años, un mes y cuatro días ha que
aguardo a quien ha de venir por ella, y la mucha tardanza° me ha   delay
consumido la esperanza de ver eſta venida;° y si en eſte año en que   coming
eſtamos no vienen, tengo determinado de prohijalla° y darle toda   adopt her
mi hacienda, que vale más de seis mil ducados, Dios sea bendito.°   praise God

»Reſta aora, señor Corregidor, decir a vuesa merced, si es posible que yo sepa decirlas, las bondades y las virtudes de Coſtancica. Ella, lo primero y principal, es devotíſima de Nueſtra Señora:
confiesa y comulga° cada mes; sabe escribir y leer; no hay mayor   takes communion
randera° en Toledo; canta a la almohadilla²¹¹ como unos ángeles;   lace maker
en ser honeſta no hay quien la iguale. Pues en lo que toca a ser
hermosa, ya vuesa merced lo ha viſto. El señor don Pedro, hijo
de vuesa merced, en su vida la ha hablado; bien es verdad que de
cuando en cuando le da alguna música, que ella jamás escucha.
Muchos señores, y de título, han posado en eſta posada, y apoſta,°   on purpose
por hartarse de verla, han detenido su camino muchos días; pero
yo sé bien que no habrá ninguno que con verdad se pueda alabar
que ella le haya dado lugar de decirle una palabra sola ni acompañada. Eſta es, señor, la verdadera hiſtoria de LA ILUSTRE FREGONA,
que no friega, en la cual no he salido de la verdad un punto."

---

211 **Canta a...** *sings to herself*

Calló el huésped y tardó un gran rato el Corregidor en hablarle: tan suspenso le tenía el suceso que el huésped le había contado. En fin, le dijo que le trajese allí la cadena y el pergamino, que quería verlo. Fue el huésped por ello, y, trayéndoselo, vio que era así como le había dicho; la cadena era de trozos, curiosamente labrada;° en el pergamino eſtaban escritas, una debajo de otra, en el espacio que había de hinchir° el vacío de la otra mitad, eſtas letras: E T E L S N V D D R; por las cuales letras vio ser forzoso que se juntasen con las de la mitad del otro pergamino para poder ser entendidas. Tuvo por discreta la señal del conocimiento, y juzgó° por muy rica a la señora peregrina que tal cadena había dejado al huésped; y, teniendo en pensamiento de sacar de aquella posada la hermosa muchacha cuando hubiese concertado un monaſterio donde llevarla,[212] por entonces se contentó de llevar sólo el pergamino, encargando al huésped que si acaso viniesen por Coſtanza, le avisase y diese noticia de quién era el que por ella venía, antes que le moſtrase la cadena, que dejaba en su poder. Con eſto se fue tan admirado del cuento y suceso de *la iluſtre fregona* como de su incomparable hermosura.

    Todo el tiempo que gaſtó el huésped en eſtar con el Corregidor, y el que ocupó Coſtanza cuando la llamaron, eſtuvo Tomás 'fuera de sí,° combatida° el alma de mil varios pensamientos, sin acertar jamás con ninguno de su guſto; pero cuando vio que el Corregidor se iba y que Coſtanza se quedaba, respiró su espíritu y volviéronle los pulsos, que ya casi desamparado° le tenían. No osó° preguntar al huésped lo que el Corregidor quería, ni el huésped lo dijo a nadie sino a su mujer, con que ella también 'volvió en sí,° dando gracias a Dios que de tan grande sobresalto la había librado.

    El día siguiente, cerca de la una, entraron en la posada, con cuatro hombres de a caballo, dos caballeros ancianos de venerables presencias, habiendo primero preguntado uno de dos mozos que a pie con ellos venían si era aquélla la posada del Sevillano; y, habiéndole respondido que sí, se entraron todos en ella. Apeáronse los cuatro y fueron a apear a los dos ancianos: señal por do se conoció que aquellos dos eran señores de los seis. Salió Coſtanza con

wrought

fill

judged

beside himself, assailed

abandoned, dared

revived

---

212 He was not going to make a nun of her. Many convents were eſtablished for the maintenance and teaching of orphan girls. In an age when there were no schools for women, it was an opportunity for learning.

su acoſtumbrada gentileza a ver los nuevos huéspedes, y, apenas la
hubo viſto uno de los dos ancianos, cuando dijo al otro: "Yo creo,
señor don Juan, que hemos hallado todo aquello que venimos a
buscar."

5   Tomás, que acudió a dar recado° a las cabalgaduras, conoció   provision
luego a dos criados de su padre, y luego conoció a su padre y al
padre de Carriazo, que eran los dos ancianos a quien los demás
respetaban; y, aunque se admiró de su venida, consideró que debían de ir a buscar a él y a Carriazo a las almadrabas: que no habría
10   faltado quien les hubiese dicho que en ellas, y no en Flandes, los
hallarían. Pero no se atrevió a dejarse conocer en aquel traje; antes,
aventurándolo todo, pueſta la mano en el roſtro, pasó por delante
dellos, y fue a buscar a Coſtanza, y quiso la buena suerte que la
hallase sola; y, apriesa y con lengua turbada,° temeroso que ella no   confused
15   le daría lugar para decirle nada, le dijo: "Coſtanza, uno deſtos dos
caballeros ancianos que aquí han llegado aora es mi padre, que es
aquel que oyeres llamar don Juan de Avendaño; infórmate de sus
criados si tiene un hijo que se llama don Tomás de Avendaño, que
soy yo, y de aquí podrás ir coligiendo° y averiguando que te he di-   inferring
20   cho verdad en cuanto a la calidad de mi persona, y que te la diré en
cuanto de mi parte te tengo ofrecido; y quédate a Dios, que haſta
que ellos se vayan no pienso volver a eſta casa."

No le respondió nada Coſtanza, ni él aguardó° a que le res-   waited
pondiese; sino, volviéndose a salir, cubierto como había entrado,
25   se fue a dar cuenta a Carriazo de cómo sus padres eſtaban en la
posada. Dio voces el huésped a Tomás que viniese a dar cebada;
pero, como no pareció, diola 'él mismo.° Uno de los dos ancianos   himself
llamó aparte a una de las dos mozas gallegas, y preguntóle cómo
se llamaba aquella muchacha hermosa que habían viſto, y que si
30   era hija o parienta del huésped o huéspeda de casa. La Gallega le
respondió: "La moza se llama Coſtanza; ni es parienta del huésped
ni de la huéspeda, ni sé lo que es; sólo digo que la doy a la mala
landre,[213] que no sé qué tiene que no deja hacer baza° a ninguna de   a chance
las mozas que eſtamos en eſta casa. ¡Pues en verdad que tenemos
35   nueſtras faciones° como Dios nos las puso! No entra huésped que   features
no pregunte luego quién es la hermosa, y que no diga: «Bonita es,

---

213 **Doy a...** paraphrased version of **mala landre te coma** *may she be
eaten up by the plague.*

bien parece, a fe que no es mala; mal año para 'las más pintadas;° the prettiest ones
nunca peor me la depare la fortuna». Y a nosotras no hay quien nos
diga: «¿Qué tenéis ahí, diablos, o mujeres, o lo que sois?»"

"Luego esta niña, a esa cuenta," replicó el caballero, "debe de
dejarse manosear° y requebrar de los huéspedes."   be fondled

"¡Sí!" respondió la Gallega: "¡tenedle el pie al herrar!²¹⁴ ¡Bonita es la niña para eso! Par Dios, señor, si ella se dejara mirar
siquiera, manara en oro;²¹⁵ es más áspera que un erizo;° es una   hedgehog
tragaavemarías;²¹⁶ labrando° está todo el día y rezando. Para el día doing needlework
que ha de hacer milagros quisiera yo tener un cuento de renta.²¹⁷
Mi ama dice que trae un silencio²¹⁸ pegado a las carnes; ¡tome
qué,²¹⁹ mi padre!"

Contentísimo el caballero de lo que había oído a la Gallega, sin esperar a que le quitasen las espuelas, llamó al huésped; y,
retirándose con él aparte en una sala, le dijo: "Yo, señor huésped,
vengo a quitaros una prenda° mía que ha algunos años que tenéis   token
en vuestro poder; para quitárosla os traigo mil escudos de oro, y
estos trozos de cadena y este pergamino."

Y, diciendo esto, sacó los seis de la señal de la cadena que él
tenía.

Asimismo conoció el pergamino, y, alegre sobremanera con el
ofrecimiento de los mil escudos, respondió: "Señor, la prenda que
queréis quitar está en casa; pero no están en ella la cadena ni el
pergamino con que se ha de hacer la prueba° de la verdad que yo   test
creo que v. m. trata;° y así, le suplico tenga paciencia, que yo vuelvo refers to
luego."

Y al momento fue a avisar al Corregidor de lo que pasaba, y
de cómo estaban dos caballeros en su posada que venían por Cos-

---

214 **Tenedle el...** *You can get to know a person well if you live with him/
her*

215 **Se dejara...** *if she only let herself be looked at, she'd be swimming in
gold*

216 **Traga-avemarías** *she's constantly reciting the rosary and Hail, Mary.*

217 **Para el...** *the day she starts performing miracles is as remote as my
having a million maravedís for a dowry*

218 **Silencio** malapropism for **cilicio**, coarse haircloth worn next to the
skin as self-imposed penance

219 **Tome qué** malapropism for **tomeque**, part of a suit of armour from
the waist to the knees

tanza.

Acababa de comer el Corregidor, y, con el deseo que tenía de ver el fin de aquella historia, subió luego a caballo y vino a la posada del Sevillano, llevando consigo el pergamino de la muestra. Y, apenas hubo visto a los dos caballeros cuando, abiertos los brazos, fue a abrazar al uno, diciendo: "¡Válame Dios! ¿Qué buena venida es ésta, señor don Juan de Avendaño, primo y señor mío?"

El caballero le abrazó asimismo, diciéndole: "Sin duda, señor primo, habrá sido buena mi venida, pues os veo, y con la salud que siempre os deseo. Abrazad, primo, a este caballero, que es el señor don Diego de Carriazo, gran señor y amigo mío."

"Ya conozco al señor don Diego," respondió el Corregidor, "y 'le soy muy servidor.°"   much obliged

Y, abrazándose los dos, después de haberse recebido con grande amor y grandes cortesías, se entraron en una sala, donde se quedaron solos con el huésped, el cual ya tenía consigo la cadena, y dijo: "Ya el señor Corregidor sabe a lo que vuesa merced viene, señor don Diego de Carriazo; v. m. saque los trozos que faltan° a   are missing
esta cadena, y el señor Corregidor sacará el pergamino que está en su poder, y hagamos la prueba que ha tantos años que espero a que se haga."

"Desa manera," respondió don Diego, "no habrá necesidad de dar cuenta de nuevo al señor Corregidor de nuestra venida, pues bien se verá que ha sido a lo que vos, señor huésped, habréis dicho."

"Algo me ha dicho; pero mucho me quedó por saber. El pergamino, 'hele aquí.°"   here it is

Sacó don Diego el otro, y juntando las dos partes se hicieron una, y a las letras del que tenía el huésped, que, como se ha dicho, eran E T E L S N V D D R, respondían en el otro pergamino éstas: S A S A E AL ER A E A, que todas juntas decían: ÉSTA ES LA SEÑAL VERDADERA. Cotejáronse° luego los trozos de la cadena y hallaron   they compared
ser las señas verdaderas.

"¡Esto está hecho!" dijo el Corregidor. "Resta aora saber, si es posible, quién son los padres desta hermosísima prenda."

"El padre," respondió don Diego, "yo lo soy; la madre ya no vive: basta saber que fue tan principal que pudiera yo ser su criado. Y, porque,° como se encubre su nombre no se encubra su fama,° ni   = **para que**, reputation
se culpe lo que en ella parece manifiesto error y culpa conocida, se

ha de saber que la madre desta prenda, siendo viuda de un gran
caballero, se retiró a vivir a una aldea suya; y allí, con recato y con
honestidad grandísima, pasaba con sus criados y vasallos una vida
sosegada y quieta. Ordenó la suerte que un día, yendo yo a caza
por el término de su lugar, quise visitarla, y era la hora de siesta
cuando llegué a su alcázar:° que así se puede llamar su gran casa;   castle
dejé el caballo a un criado mío; subí sin topar° a nadie hasta el   bump into
mismo aposento donde ella estaba durmiendo la siesta sobre un
estrado° negro. Era por extremo hermosa, y el silencio, la soledad,   long couch
la ocasión, despertaron° en mí un deseo más atrevido que honesto;   aroused
y, sin ponerme a hacer discretos discursos, cerré tras mí la puerta, y,
llegándome a ella, la desperté; y, teniéndola asida fuertemente, le
dije: «Vuesa merced, señora mía, no grite, que las voces que diere
serán pregoneras° de su deshonra: nadie me ha visto entrar en este   heralds
aposento; que mi suerte, para que la tenga bonísima en gozaros,°   enjoying you
ha llovido sueño en todos vuestros criados, y cuando ellos acudan a
vuestras voces no podrán más que quitarme la vida, y esto ha de ser
en vuestro mismos brazos, y no por mi muerte dejará de 'quedar en
opinión° vuestra fama». Finalmente, yo la gocé contra su voluntad°   called into question, will
y a pura fuerza mía: ella, cansada, rendida° y turbada, o no pudo o   overcome
no quiso hablarme palabra, y yo, dejándola como atontada° y sus-   stunned
pensa, me volví a salir por los mismos pasos donde había entrado,
y me vine a la aldea de otro amigo mío, que estaba dos leguas de la
suya. Esta señora se mudó de aquel lugar a otro, y, sin que yo jamás
la viese, ni lo procurase, se pasaron dos años, al cabo de los cuales
supe que era muerta; y podrá haber veinte días que, con grandes
encarecimientos, escribiéndome que era cosa que me importaba
en ella el contento y la honra, me envió a llamar un mayordomo
desta señora. Fui a ver lo que me quería, bien lejos de pensar en lo
que me dijo; halléle a punto de muerte, y, por abreviar razones, en
muy breves° me dijo cómo al tiempo que murió su señora le dijo   = breves *razones*
todo lo que conmigo le había sucedido, y cómo había quedado pre-
ñada de aquella fuerza;° y que, por encubrir el bulto,° había venido   rape, bulk
en romería a Nuestra Señora de Guadalupe, y cómo había parido
en esta casa una niña, que se había de llamar Costanza. Diome
las señas con que la hallaría, que fueron las que habéis visto de la
cadena y pergamino. Y diome ansimismo treinta mil escudos de

oro, que su señora dejó para casar a su hija.[220] Díjome ansimismo
que el no habérmelos dado luego, como° su señora había muerto,   =**cuando**
ni declarádome lo que ella encomendó° a su confianza y secreto,   entrusted
había sido por pura codicia° y por poderse aprovechar de aquel di-   greed
nero; pero que ya que estaba a punto de ir a dar cuenta a Dios, por
descargo° de su conciencia me daba el dinero y me avisaba adónde   relief
y cómo había de hallar mi hija. Recebí el dinero y las señales, y,
dando cuenta desto al señor don Juan de Avendaño, nos pusimos
en camino desta ciudad."

A estas razones llegaba don Diego, cuando oyeron que en la
puerta de la calle decían a grandes voces: "Díganle a Tomás Pedro,
el mozo de la cebada, cómo llevan a su amigo el Asturiano preso;°   prisoner
que acuda a la cárcel, que allí le espera."

A la voz° de *cárcel* y de *preso*, dijo el Corregidor que entrase el   word
preso y el alguacil que le llevaba. Dijeron al alguacil que el Corregidor, que estaba allí, le mandaba entrar con el preso; y así lo hubo
de hacer.

Venía el Asturiano todos los dientes 'bañados en sangre,° y   bloody
muy malparado y muy bien asido del alguacil; y, así como entró en
la sala, conoció a su padre y al de Avendaño. Turbóse, y, por no ser
conocido, con un paño, como que se limpiaba la sangre, se cubrió
el rostro. Preguntó el Corregidor que qué había hecho aquel mozo,
que tan malparado le llevaban. Respondió el alguacil que aquel
mozo era un aguador que le llamaban el Asturiano, a quien los
muchachos por las calles decían: «¡Daca la cola, Asturiano: daca la
cola!»; y luego, en breves palabras, contó la causa porque le pedían
la tal cola, de que no rieron poco todos. Dijo más: que, saliendo por
la puerta de Alcántara, dándole los muchachos priesa con la demanda de la cola, se había apeado del asno, y, dando tras todos, alcanzó a uno, a quien dejaba medio muerto a palos; y que, querién-
dole prender,° se había resistido, y que por eso iba tan malparado.   seize

Mandó el Corregidor que se descubriese° el rostro; y, porfian-   uncover
do a no querer descubrirse, llegó el alguacil y quitóle el pañuelo,°   handkerchief
y al punto le conoció su padre, y dijo todo alterado:° "Hijo don   angry
Diego, ¿cómo estás desta manera? ¿Qué traje es éste? ¿Aún no se
te han olvidado tus picardías?"

---

220   This was the maximum dowry allowed by law, equivalent to 12 million maravedís.

Hincó las rodillas²²¹ Carriazo y fuese a poner a los pies de su padre, que, con lágrimas en los ojos, le tuvo abrazado 'un buen espacio.° Don Juan de Avendaño, como sabía que don Diego había venido con don Tomás, su hijo, preguntóle por él, a lo cual respondió que don Tomás de Avendaño era el mozo que daba cebada y paja en aquella posada. Con eſto que el Aſturiano dijo se acabó de apoderar la admiración en todos los presentes, y mandó el Corregidor al huésped que trajese allí al mozo de la cebada.

a good while

"Yo creo que no eſtá en casa," respondió el huésped, "pero yo le buscaré." Y así, fue a buscalle.

Preguntó don Diego a Carriazo que qué transformaciones eran aquéllas, y qué les había movido a ser él aguador y don Tomás mozo de mesón. A lo cual respondió Carriazo que no podía satisfacer a aquellas preguntas tan en público; que él respondería a solas.

Eſtaba Tomás Pedro escondido en su aposento, para ver desde allí, sin ser viſto, lo que hacían su padre y el de Carriazo. Teníale suspenso la venida del Corregidor y el alboroto° que en toda la casa andaba. No faltó quien le dijese al huésped como eſtaba allí escondido; subió por él, y más por fuerza que 'por grado° le hizo bajar; y aun no bajara si el mismo Corregidor no saliera al patio y le llamara por su nombre, diciendo: "Baje vuesa merced, señor pariente, que aquí no le aguardan osos° ni leones."

uproar

willingly

bears

Bajó Tomás, y, con los ojos bajos y sumisión grande, se hincó de rodillas ante su padre, el cual le abrazó con grandísimo contento, a fuer del²²² que tuvo el padre del Hijo Pródigo cuando le cobró° de perdido.

recovered

Ya en eſto había venido un coche del Corregidor, para volver en él, pues la gran fieſta no permitía volver a caballo. Hizo llamar a Coſtanza, y, tomándola de la mano, se la presentó a su padre, diciendo: "Recebid, señor don Diego, eſta prenda y eſtimadla por la más rica que acertárades a desear. Y vos, hermosa doncella, besad la mano a vueſtro padre y dad gracias a Dios, que con tan honrado suceso ha enmendado,° subido y mejorado la bajeza de vueſtro eſtado.°"

redressed

status

Coſtanza, que no sabía ni imaginaba lo que le había acontecido,° toda turbada y temblando, no supo hacer otra cosa que

happened

---

221 **Hincó las...** *knelt down*
222 **A fuer...** *like the contentment*

hincarse de rodillas ante su padre; y, tomándole las manos, se las comenzó a besar tiernamente, bañándoselas con infinitas lágrimas que por sus hermosísimos ojos derramaba.

En tanto que esto pasaba, había persuadido el Corregidor a su primo don Juan que se viniesen todos con él a su casa; y, aunque don Juan lo rehusaba,° fueron tantas las persuasiones del Corregi-   declined
dor, que lo hubo de conceder; y así, entraron en el coche todos. Pero, cuando dijo el Corregidor a Costanza que entrase también en el coche, se le anubló° el corazón, y ella y la huéspeda se asieron una   clouded
a otra y comenzaron a hacer tan amargo llanto, que quebraba los corazones de cuantos le escuchaban. Decía la huéspeda: "¿Cómo es esto, hija de mi corazón, que te vas y me dejas? ¿Cómo tienes ánimo de dejar a esta madre, que con tanto amor te ha criado?"

Costanza lloraba y la respondía con no menos tiernas palabras. Pero el Corregidor, enternecido,° mandó que asimismo la hués-   moved
peda entrase en el coche, y que no se apartase de su hija, pues por tal la tenía, hasta que saliese de Toledo. Así, la huéspeda y todos entraron en el coche, y fueron a casa del Corregidor, donde fueron bien recebidos de su mujer, que era una principal señora. Comie-
ron regalada y sumptuosamente, y después de comer contó Carria- zo a su padre cómo por amores de Costanza don Tomás se había puesto a servir en el mesón, y que estaba enamorado de tal manera della, que, sin que le hubiera descubierto ser tan principal, como era siendo su hija, la tomara por mujer en el estado de fregona. Vistió luego la mujer del Corregidor a Costanza con unos vestidos de una hija que tenía de la misma edad y cuerpo de Costanza; y si parecía hermosa con los° de labradora, con los cortesanos° parecía   = **los** *vestidos*, refined
cosa del cielo: tan bien la cuadraban,° que daba a entender que   dresses; suited
desde que nació había sido señora y usado los mejores trajes 'que
el uso° trae consigo.   that status

Pero, entre tantos° alegres, no pudo faltar un triste, que fue   = tantos ***hombres***
don Pedro, el hijo del Corregidor, que luego se imaginó° que Cos-   realized
tanza no había de ser suya; y así fue la verdad, porque, entre el Corregidor y don Diego de Carriazo y don Juan de Avendaño, se concertaron en que don Tomás se casase con Costanza, dándole su padre los treinta mil escudos que su madre le había dejado, y el aguador don Diego de Carriazo casase con la hija del Corregidor, y don Pedro, el hijo del Corregidor, con una hija de don Juan de

Avendaño; que su padre se ofrecía a traer dispensación del paren-
tesco.[223]

Desta manera quedaron todos contentos, alegres y satisfechos,
y la nueva de los casamientos y de la ventura de LA FREGONA ILUS-
TRE se extendió por la ciudad; y acudía infinita gente a ver a Cos-
tanza en el nuevo hábito, en el cual 'tan señora° se mostraba como   so ladylike
se ha dicho. Vieron al mozo de la cebada, Tomás Pedro, vuelto
en don Tomás de Avendaño y vestido como señor; notaron que
Lope Asturiano era muy gentilhombre después que había mudado
vestido y dejado el asno y las aguaderas;[224] pero, con todo eso, no
faltaba quien, en el medio de su pompa, cuando iba por la calle, no
le pidiese la cola.

Un mes se estuvieron en Toledo, al cabo del cual se volvieron
a Burgos don Diego de Carriazo y su mujer, su padre, y Costanza
con su marido don Tomás, y el hijo del Corregidor, que quiso ir a
ver su parienta y esposa. Quedó el Sevillano rico con los mil escudos y con muchas joyas que Costanza dio a su señora; que siempre
con este nombre llamaba a la que la había criado.

Dio ocasión la historia de LA FREGONA ILUSTRE a que los poetas del dorado Tajo ejercitasen sus plumas en solenizar y en alabar
la sin par hermosura de Costanza, la cual aún vive en compañía
de su buen mozo de mesón; y Carriazo, ni más ni menos, con tres
hijos, que, sin tomar el estilo del padre ni acordarse si hay almadrabas en el mundo, hoy están todos estudiando en Salamanca; y su
padre, apenas vee algún asno de aguador, cuando se le representa
y viene a la memoria el que tuvo en Toledo; y teme que, cuando
menos 'se cate,° ha de remanecer° en alguna sátira el «¡Daca la cola,   =se *percate* *take heed,*
Asturiano! ¡Asturiano, daca la cola!»   *reappear*

---

223 Being second cousins, ecclesiastical dispensation was required to
legitimize the marriage.

224 **Aguaderas** *saddle-bags slung over a donkey's back to carry water jugs*

Spanish-English Glossary

This glossary includes marginal glosses, in case you forgot the definition the second time the word came up, and also lots of other words that you might not know. Multi-word expressions are listed with the first word, as you see in the first column below. Nouns are in the cingular form; adjectives in the masculine singular; and verbs are listed with their infinitives.

A
a to, from, for, to
a borde on deck
a caballo on horseback, mounted
a causa de because of
a despecho disregarding, in spite of
a fe in truth, upon my honor
a hurto hidden from
a jorro towed
a la castellana Spanish-style
a la esguízara Swiss-style
a la inglesa English-style
a la mira watching for
a la par all together
a la valona Walloon-style
a lo payo peasant style
a malas penas just barely
a mano handy
a más tardar at the latest
a oscuras in the dark
a pique at the point
a pocos lances in a short time
a poder in the hands
a punto ready
a salvo safe
a solas alone
a su parecer in one's opinion
a sus anchas without a worry
a título de in order to show
a trueco in exchange, so that

a vuelta de besides
abalanzarse to throw oneself on
abanico fan
ablandar to soften
abogar to practice as a lawyer
abono guarantee
aborrecer to detest
abrasado aflame
abrasar to scorch, to burn
abrazar to embrace
abuela grandmother
acabar to finish, to conclude, to die
acaecer to happen
acaso in case, by chance
aceite olive oil
acémila beast of burden
acerbamente harshly
acercar to get near
acertado right, wise
acertar a to happen to, to manage to, to surmise, to venture to
acíbar aftertaste
acobardar to intimidate
acogerse to take refuge, to resort to
acometer to attack,
acomodarse to install oneself
acompañamiento retinue
acongojarse to grieve
aconsejar to advise
aconsejarse to consult

acontecer to occur

acordar to agree, to decide

acordarse to remind, to remember, to recall

acortar to shorten

acostarse to go to bed

acrecentar to increase

acuchillado slashed

acudir to obey, to come/go, to attend to, to turn to

acuerdo memory, resolution, decision, senses

acullá beyond

adelantar to advance, to surpass

adelante ahead

ademán gesture

aderezar to make ready, to prepare, to set up

aderezos de cocina cooking utensils

adherentes extras

adivinar to guess

adivino mind-reader

admirado surprised, puzzled

admirar to amaze

admitido accepted, acknwledged

adobar to disguise

adorno decoration

adquirir to acquired

advertencia foresight

advertir to advise, to bear in mind, to be aware, to listen, to take heed, to notice

afear to censure

afectos sentiments

afición a liking

aficionado enthusiastic

aficionarse to take a liking to

afirmar to settle for

afligido heartbroken

afrentar to dishonor

afrentarse to be ashamed

agasajado well treated

agradar to take pleasure

agradecer to thank, to appreciate, to be grateful for

agradecido grateful

agrado willingness

agravio offense, injustice, insult

aguador watercarrier

aguardar to expect, to wait for

agudeza wit

agudo sharp, witty, clever, keen

águila eagle

agujero hole

ahínco earnestness, insistence

ahogarse to drown

ahorcar to hang

ahorrar to save

airado angry

airoso graceful

ajeno foreign, belonging to someone else

al cabo at the end

al descuido nonchalantly

al parecer to seem

al revés the opposite, upside down

alabanza praise

alabar to praise

alamedas tree-lined paths

alargar to prolong

alas wings

albayalde whiting chalk

albedrío fancy

alborotarse to became alarmed

alboroto uproar

alborozarse to be jubilant

alcahueta go-between

alcándara bird perch

alcanzar to achieve, to reach, to take in, to obtain, to overtake, to see

alcázar castle

aldea village

alegrar to gladden, to delight

alegrías rejoicings

alentado sustained

alerta on guard

alfenicado affected

alferecía epilepsy

alférez subaltern

algalia civet

algodón cotton

alguacil chief officer, sergeant

algún tanto somewhat
alhaja coffer
aliento breath
alivio relief
alma heart, soul
almizcle musk
almohada pillow
alojamiento boarding house, lodgings
alojar to quarter, to lodge
alpargatas rope-soled sandals
alquilar to rent
altanería hawking
alterado angry
alteza loftiness
altivo haughty
alumbramiento delivery, childbirth
alumbrar to light the way
alzar to lift, to raise
alzarse to stand up and leave
ama mistress, housekeeper
amainar to take in
amancebado lover
amanecer daybreak
amapolas red poppies
amargo bitter
ambos the two, both
amén besides
amenaza threat
amo master
amohinar to irritate
amontonar to pile up
amparo protection, protector
añadidura extra
añagaza bait
ancho wide
anciano old
andar a una to go hand in hand
anegar to drown
anejo attached to
anillo ring
ánima soul
animar to cheer up
ánimo spirit, will
aniquilar to destroy
anoche last night
anochecer to spend the nigh, to get

dark
ansias anxieties
ante before
antecoger to lead
antepasados ancestors
anteponerse surpass
antes bien instead
antiguo old, senior
antojar to fancy
anublar to cloud
añudar to resume
apacible peaceful
apalear to beat
aparato entourage
aparecer to appear
aparejado just right
apartado at a distance
apartarse to separate oneself from, to
    step aside
apasionado prejudiced
apearse to dismount, to alight
apelación appeal
apenas hardly, barely
apercebir to have ready
apetites incentives
aplauso acclaim
apoderarse take hold
apoplejía stroke
aposento bedroom
aposta on purpose
apostar to bet
apreciar to value
apresurar to hasten
apretado tight
apretar to oppress, to hurt
aprieto difficult situation
aprisa quickly
aprobar to approve it
aprovechado successful, to be useful
aprovechar to avail oneself of, to make
    use of, to seize, to take advantage of
apurar to refine
arañarse to scratch oneself
arca coffer
arcabucería artillery
arcabucero harquebucer

arcaduce labyrinth
arcedianos deacons
arcipreste bishop's assistant
arder to be on fire
arenas sands
argamasa mortar
árganas saddlebags
armada fleet
arrancar to pull out
arrebatar to seize, to snatch
arremeter to assail, to rush at, to charge
arrepentimiento repentence
arribar to drift, to pull up to
arriero muleteer
arrimarse to lean against, to approach, to get near, to seek protection
arroba bushel
arrojado headstrong
arrojarse to threw, to alight, to jump out/off of
artificio contrivance
asaetear harass
asalto attack
asco repulsive, disgusting
asegurar to assure, to set at ease
asentar to record, to deal out
asiento location
asimismo likewise
asir to clutch, to sieze, to grab
asistente (corregidor) chief magistrates
asomarse to lean out, to appear, to stick one's head out
aspereza harshness
astuto crafty
asunto business
atajador mounted scout
atambor drum
atar to tie
atender to pay attention
atolladero mud hole
atónito shocked, amazed
atontado out of his wits
atontar to stun
atraillar to lock up
atravesado crossways
atravesar to pass through

atreverse to dare
atrevimiento audacity, boldness
atropellar to run over, to overrun
atun tuna fish
aumentar to increase
aun even
aunque although
ausentarse to made oneself absent
autores directors, managers
autoridad pomp, social status
ave bird
avenir to agree, to conform
aventajadamente extremely
aventurar to risk
averiguar to establish, to find out, to inquire
avisar to inform, to notify, to certify
avispa wasp
avivar to increase
ayo tutor
azogue quicksilver
azores goshawks
azotar to beat, to flog
azucenas lilies
azuda waterwheel
báculo staff

B

bagajes beasts of burden
bajel boat
balas shots
bañar to bathe
banco moneychanger
bandera banner, flag
bando proclamation, ban
barbacana city wall
barbas beard, whiskers
barra sandbar
barreño tub
barrer to sweep
barrio neighborhood, quarter
bastimentos supplies
batalla war
baza a chance
bellaco rogue, rascal, scoundrel

bendecir to bless
bendiciones blessings
beneplácito approval
bien wise, good
bien criado well mannered
bien empleado worthwhile
bien mío my darling one
bien nacido of noble birth
bien ordenadas properly governed
bien partido sharing
bien propio one's own good
bien visto accepted
bienaventurado blessed
bienes de fortuna wealth
bienhechora benefactor
billete note
bisoños rookies
bizarría generosity, gallantry
bizarro dashing
blanca a cent
blanco target
blasonar to brag about, to boast
boatos ostentations
bobo silly
boda wedding
bodas wedding celebrations
bodega wine cellar
bogar to row
bonanza good weather
boquimuelle naive
bordado embroidered
borracho drunkard
borrador rough draft
borrar to erase
borrascas squalls
bota wineskin
botica shop
boticario apothecary shop
branzas heavy rings
bravo spunky
breve brief
brinco bound
brío spirit, verve, determination
brioso dashing, spirited
bruja witch,
brumar to batter

buena gana gladly
buena voluntad good will
bullir to bubble over
bulto bulk
burgalés from Burgos
burla jeers, mockery, hoax, trick
burlarse to make fun, to mock

C

cabal exact
cabales trappings
cabalgaduras horses and mules
cabellera wig
caber to fit
cabeza head
cabo end
cabrestrantes capstans
cachorro puppy
caco theif
cadena chain
caer to fall
caja box
cajón bin
cala small inlet
calabozo cell
calidad status
calificar to commend, to evaluate, to test
callado silent, mute
calor fervor, heat
caluroso hot
calzarse to wear, to put on shoes
calzas stockings, trousers
cama bed
camarada companion, friend
camarera Lady of the Privy Chamber
cambio money-changer
camino path, way
camisa shirt, nightshirt
campaña battle
campear to be everywhere
campo countryside, field
canalla rabble
canas gray hair
candelero candlestick
candil oil lamp

cano grey haired
cañones roots
canónigo bishop
canonizar to applaud
capacidad size
capitan admiral
capitana flagship
capotillo cloak
cárcel jail
carecer to lack
carga burden
cargado loaded
cargar to charge, to load
cargo post
caridad charity, pity, solidarity
carigorda fat-faced
carne flesh, meat
carnero sheep
caro dear, priceless
carrera race, game
carroza carriage
casa family, house, address
casa llana brothel
casa religiosa convent
casados married couple
casamiento marriage
cascos brain
casero household
castigar to punish, to teach someone a lesson
catedrático chair professor
caterva throng
cautiverio captivity
cautivos captives, prisoner
caza hunting
cebada barley
cédula seal, warrant, document, bill of exchange
cejas eyebrows
celemín a measure
celo scruples
celos jealousy
cenar to eat supper
ceñido fastened round the waist, tight-fitting
centésimo hundredth

centinelas night watches
cepas vines
cera wax
cercar to encircle
cercos blockades
cerebro brain
cerrar to lock, to close
certificar to swear
cesar to cease
cetro scepter
chinche bed bug
chinelas clogs
chirimías small flutes
chocarrerías silly jokes
churrullero big talker
cicateruelo pick-pocket
ciego blind
cielo abierto open air
cierto certain
cinchar rig up
ciñirse to fasten around the waist
cinta belt, ribbon
cintura waist, waistband
circundar to encircle
circunspecto cautious
circunstantes those standing by
cirujano surgeon
clarines bugles
claveles carnations
cobardía cowardice
cobrar to recuperate, to regain, to recover
cobro in hiding
coche carriage
codicia greed
codiciar to covet
coger to seize, to catch
cojear to limp
cojín saddlebags
cola tail
colchón mattress
colegir to infer
colgado hanging, to be taken up
collar neckless, collar band
colorado red
combatir to assail

comediante actor
comedia theater
comedimiento courtesy
comento notes
cometer to commit
comidas meals
comidas amatorias love victuals
comisión assignment, post
como as well as, as long as, if
como si as if
cómoda suitable
comodidad facility, circumstances
comoquiera somewhat
compadecerse to agree, to harmonize with
compadre buddy
compás beat
complacerse to take pleasure
componerse to fix
compuesto arranged, prepared, calm, elegant, groomed
comulgar to take holy communion
con propiedad accuracy
conceder to yield, to accept
concertado coherent
concertar to arrange, to agree to
concierto agreement, deal
concurso crowd, throng
condescender to comply
condición character, nature
confesor spiritual director
confirir to compare
congojarse to worry, to be distressed
conmutar to exchange
conocido acquaintance
conocimiento information, recognition, knowledge
consejo advise
consentir to allow, to consent
considerado respectful
consuelo consolation
contar to count
contentar to please
contornos surroundings
contrabando (bando) ban
contrahacer to mimic, to copy

contrario opponent, adversary
contraseñas sign, signature, countersign
convecino neighboring
convenir to be suitable, to be to one's interest
convidado invited, guest
convite dinner party
corchete assistent, cop, officer
cordura wisdom
corona crown
corpiño laced bodice
correo courier
correo de a pie postman
correr to sail, to run, to go, to embarrass someone
correrse to feel embarrassed
correspondencia contact, agent
corrido confused, embarassed
corriente flow
corro group
corsario pirate
cortar el camino cut one off
cortedad short-lived
cortés kind, polite
cortesano polite
cosecha crop
costa expense
costado side
costas court costs
costilla rib
costumbres morals
cotejar to compare
coyuntura occasion
crecer to grow, to grow up
crédito letter of credit
crédulo gullible
criado servant
crianza breeding
criar to bring up, to raise
criatura child
cristiandad Christian spirit
cristiano devout, Christian, Catholic
crucifijo crucifix
cuadrar to suit
cualquiera whatever, whoever

Cuaresma lent
cuartear to cut up
cuarto room, quarter
cuba wine cask
cubierta deck, pretext
cubierto covered
cuello neck, collar
cuenta judgement, account, ledger,
    accounting, reckoning, list
cuentas rosary beads
cuento story, a million maravedis
cuerda rope, fuse, wick
cuerdo sane
cuero skin
cuerpo body
cuesta hill
cuidado responsibility, care, worry
cuitado poor thing
culpa fault, offense, blame, sin
culpado guilty
cumbre lofty heights
cumplimiento fulfillment
cumplir to comply with, to fulfill
cura treatment
cura de la parroquia parish priest
curar to treat a wound
cuyo lover

D
dádiva gift, present
dama lady-in-waiting
damasco tapestry
daño harm, ruin
dañoso harmful
dar to hit, to give
dar a entender to conclude
dar a la banda to turn on its side
dar a luz to give birth to
dar aviso to inform
dar cabo to throw out a rope
dar calabazadas to knock one's head
    against
dar cuenta to report, to tell
dar fe to acredit
dar grita to make fun of
dar lugar to give rise to, to permit

dar muerte to kill, to murder
dar música to dedicate music to
dar noticia to report
dar voces to scream, to shout
darse to care, to mind
de (a)grado willingly
de alquiler hired
de derecho by right
de fiado on credit
de industria purposely
de memoria from memory
de nuevo anew, again
de ordinario always
de repente unexpectedly
de rodillas kneeling
de suerte so that, in such a way
de suyo on one's own account
de todo punto absolutely
de veras truthfully
deber to ought to, must
debido due, proper
decir to announce, to recite, to say, to
    tell
dedicar to intend
dejar to quit, to stop, to leave, to leave
    behind, to allow
delantal apron
deleitar to delight
delito crime
demanda appeal, inquiry, request
demasiado excessive
denegrido black
deparar to provide
departir to talk, to argue
deprecaciones prayers, suplications
derechamente straightway
derramar to shed
derribado demolished
derrota sea route
derrotado in route
desabrimiento harshness
desabrochar to unbutton
desafío duel
desafuero excess
desagradecido ungrateful
desahuciado deprived of all hope

desalado impatient
desalmado cruel
desamparar to abandon
desapasionado indifferent
desasirse to get loose
desasosiego anxiety
desastrado awful
desatar to untie
desatentadamente rashly, thoughtlessly, out of one's wits
descargar to unload
descargo relief
descartar to abandon
descolorida pale
descoser to open
descubierto openly
descubrir to scout ahead, to get sight of, to denounce, to uncover, to reveal
descuentos compensations
descuido carelessness
desde luego from that very moment
desdecir to be unworthy, not to comply with
desdeñar to scorn
desdichado unfortunate, unlucky, wretched
desdichas misfortunes
desembanastar to unpack
desembarazar to clear
desengañarse to see clearly, to distinguish
desenvainar to draw
desenvoltura confidence, assertiveness, self-confidence, natural, easy going
desesperarse to be driven to dispair, to commit suicide
desfallecer to die
desgarrarse to ran away from home
desgracia disgrace
desgraciado wretch
deshacer to undo
designio plan
desistir to give up
deslumbrar to dazzle
desmán misbehavior, abuses
desmandarse to misbehave

desmayo faint, swoon
desmentir to trick, to fool
desmoronar to destroy
desnudar to undess
despachar to get rid of
despacio gradually, slowly
despecho defiance, despair
despedazar to break into pieces
despedir to fire
despedirse to bid farewell
despertar to arouse, to awaken, to wake up, to stir up, to awaken
desplegar to open
despojar to clear
despojos spoils, plunder
desposar to marry
desposorio wedding, marriage
despuntar to excel
desquijarar to dislocate jaws
desquite recovery
desterrar to exile
destruido battered
desvanecer to lose one's identity
desvelarse to be anxious
desventura misfortune
desventurado wretched
desvergonzado shameless
desviarse to turn off course
detener to stop, to delay
determinar to decide
deuda debt
diablo devil
dibujar to depict
dicha happiness
dicho expression, words
dichoso happy
diestro fencer
digno worthy
dijes trinkets
dilatar to prolong, to delay
discantar to make comments
discreción wisdom
discreto prudent, wise
disculpa apology
discurrir to reason, to think up
discurso advice, course, logic

disfraz mask
disfrazar to disguise
disimular to conceal
disparar to fire
disparate absurdity
divino sacred
dolames hidden defects
dolencia ailment
doler to hurt
dolor grief, pain
dolor de muela toothache
dolores labor pains
donaire charm
doncella young girl, unmarried woman, servant
dondequiera wherever
dorado gilded
doseles canopies, hangings
dotado endowed
dote dowry
duda doubt
dudoso doubting
dueña governess
dueño owner
durable continuous
durar to take (time), to last
duro hard

E
echar to get rid of, to throw, to throw away, to throw out
echar a fondo to sink
echar de menos to miss
echar de ver to take notice
echar el resto to put all at stake, to gamble
echar la llave to lock
echar raíces to take root
echarse to throw oneself, to go to bed
efectos results
eficacia efficacy
eficaz effective
ejército army
él mismo he himself
embajada message
embarcar to board

embebecido dumbfounded
embelesamiento amazement
embestir run up against
embozo mask
embuste trick, lie, deceit
empedrar to cover with stones
empeñado in debt, pledged
empeño enterprise
empinar to stand on tiptoe
empresa business, enterprise
en carnes naked
en corso privateering
en cuerpo without a jacket
en este tiempo meanwhile
en fin finally
en fuerza in pursuit
en limpio clean copy
en los huesos skin and bones
en lugar instead of
en ocasión in time, sometime
en poder de in hands of
en ser whole
en su acuerdo in one's right mind
en tanto meanwhile
en tela de juicio to put on trial, to question
en un punto all one, all at once
enamorado in love, suitor,
enamorar to inspire love, to fall in love, to court
enbuenhora certainly
encajar to force on
encaminado intended for
encantado bewitched
encantar to enchant
encantos charms
encarecer to extol, to recommend
encarecimiento exaggeration, earnestness, entreatings
encargar to commission, to charge
encender to kindle, to set on fire
encendidamente passionately, ardently
encerrar to confined, to lock up
enclavijar to fit together, to clasp
encomendar to commend, to entrust, to charge

encubrir to hide, to conceal
encumbrar to exalt
endemoniado perverse
enfadar to annoy, to irritate, to vex
enflaquecer to grow thin, to grow weak
engañar to deceive, to mistake, to mislead
engarrafar to hold tight
engastado mounted
engaste setting
engendrar to engender
engolfarse to sail out of sight of land
engrandecer to magnify, to extol
enharinado covered with flour
enhechizar to bewitch
enhorabuena certainly
enjaezar to harness
enjalma saddle
enmendar to amend
enmendar to redress
enojarse to get angry
enronquecer to be hoarse
enseñar to teach
ensillado seated
ensortijado curly
entendimiento mind, understanding, wisdom
enterarse to know
entereza perfect state
enternecido moved
entero full, full-length
enterrar to bury
entonado haughty
entonar to be heard
entrambos the two, both, together
entrañable deep
entrañas soul
entrar to approach
entregar to surrender, to give, to hand over
entretanto meanwhile
entretejido interwoven
entretener to amuse, to occupy, to entertain, to detain
entristecer to be sad, to sadden
envenenar to poison

enviar to send
envidia envy
envite invitation, offer
erizo hedgehog
es no es something of
escalón step
escapar to save, to avoid
escocesa Scottish
Escocia Scotland
escoger to choose
escondido hidden
escribano notary
escritorio desk
escritura public document
escuadra fleet
escudo shield
escupir to spit
esfera sphere
espacio time, while
espada sword
espanto admiration, terror, consternation
esparcir to sprinkle
especería spices
espejo mirror, reflection
esperanza hope
espía spy
esportillero porter
esposas handcuffs
espuelas spurs
esquife skiff
esquina street corner
esquivo shy, aloof, wild
estada stay over
estado status
estampa printing, illustration
estancia lodging, room, abode
estandarte banner
estar atento to pay attention
estar caballero to be mounted
estar quedo to not budge
estocada banned
estorbar to hinder, to prevent
estrado long couch, drawing room
estrechez cramped quarters, privation, poverty, strictness

estrecho narrow, tight fitting, close
estribo stirrup
excusar to avoid, to make unnecessary
exhalación shooting star
expirar to die
extenso detailed
extrañeza strangeness
extranjero foreigner
extraordinario unique
extremos excesses

F
fabricar to remake, to invent
facciones features
facultad career
falda hat brim
falta lack of, without, shortcoming,
    defect, absence
faltar to fall behind, to lack, to be
    lacking, to be missing, to be needed
faltriquera bag, pouch
faluga, falúa, faluca launch
fama reputation
fantasma ghost
farsa theatre
farsanta actress
fastidio vexation
fatigar to vex, to exhaust, to worry
favor protection
fe faith
fealdad ugliness
fechas date and place
feliz good
feo ugly
festín feast
fiador security
fiar to entrust, to trust, to vouch for
fidelidad faithfulness
figura individual
figuras parts
finalmente in short
fingido false, make-believe
fingir to invent
firma signature
flaco skinny
flamenco Flemish

flaqueza weakness
flaqueza de estómago loss of appetite
flecha dart
fletar to contract, to hire
florentín from Florence
florestas groves
florido choice, tender, early, young
forrado lined
fortalecer to strengthen
forzado galley slave
forzar to compel, to rape, to contrain
forzoso obligatory, unavoidable
fraile, fray friar, priest
fregar scrub
fregona kitchenmaid
frente forehead
frontero in front of, across from
fuente fountain
fuera outside
fuera de sí beside oneself
fuerza strength, force, violence, rape,
    force
fulano so and so
funda covering
fundar to be based on
furia frenzy

G
galán handsome, good-looking,
    gentleman
galas festivities, gems
galas de desposado wedding clothes
galeon de armada war ship
galera galley ship
galgo greyhound
galima petty theft
gallardía gracefulness
gallardo brave, splendid, manly,
    dashing, graceful
gallego from Galicia
ganado livestock, herd
ganancia earnings
ganancioso winner
ganar to earn
garbín hairnet
garganta neck, throat

gargantilla necklace
garitero owner of a gambling-house
gastar to spend
gasto expense
gavia mayor topmast
gazafatones mistakes
gemir to sigh
generación brood
general admiral
género sort
género humano humandkind
gente de bien honest folk
gentil charming
gobernarse to manage their affairs
golosina desire
goloso desirous to taste
gota gout
gozar to enjoy, to possess
gracia charm, elegance
gracioso witty
grado degree
Gran Señor Grand Turk
grandeza splendor
granero granary
granjear to gain
grillos iron clamps, shackles
grita uproar
gritar to cry out, to shout
grueso thick
gruñir to squeak, to grumble
guante glove
guardarse to take care
guarnecido embellished
guiar to lead, to guide
guisar to cook
gusto pleasure, wishes, taste
gustoso pleasant

H
haberes goods
habilidad authority, skill
habitar to live
hace poco a little while ago
hacer camarada to become
  companions
hacer cuenta to pretend, to understand,
  to recognize, to bear in mind, to
  take notice
hacer suertes to win
hacer temblar to scare
hacienda estate, housework
hallar to meet, to find, to encounter
hallazgo recovery
hambre hunger
hampa underground
hartarse to get one's fill
hartura glutteness
hazaña feat
hebra thread
hechicería charm
hechizo magic potion, magic spell
hecho turned into
hechos acts
hele aquí here it is
hembra female
hender to make one's way through
hendido split wide open
heredar to inherit
hereje disrespectful, heretic
herida wound
herido injured
herir to shake, to wound
hidalgo gentleman, noble
hidropesía dropsy
higueral fig orchard
hiladillo silk
hilo thread
hincar to kneel down
hinchar to swell
hinchir to fill
hocico snout
holanda cambric
holgar to be pleased, to enjoy oneself
holguras past-times
hombre de bien noble
horca gallows
hostería inn
huésped guest, host, innkeeper
huir to avoid, to flee, to escape
humillarse to bow
hurtar to steal
hurto theft

I

idiotez stupidity
ilustre noble
imagen crucifix
imaginación delusion, suspicion, thoughts
imaginar to suppose, to understand, to realize
impedir to hinder, to obstruct
impensadamente unexpectedly
impertinente uncalled for
ímpetu impulse
importar to be to one's advantage
importunar to insist, to nag
imposible impossibility
imprimir to print
improvisar to ad-lib
improviso unexpected
inadvertencia oversight
incomodidad uneasiness, discomforts
incomparable matchless
indicio indication
industria skill, ingenuity
industriar to instruct in manual skills
infame terrible
infamia disgrace, shame
inferir to conclude
infierno hell
infundir to infuse
ingenio intellegence, minds, talent, wit
injuria offense, insult
inllevable unbearable
inquietar to disturb
insignia emblem, sign, banner
insolencia boldness, rudeness
intentar to try
intento intention, purpose, persuasion
intricado complicated
inurbano impolite
inusitado unusual
inutilidad uselessness
invierno winter
ira anger, rage
irse a pique to sink

J

jábega dragnet fishing
jácaro ruffian
jaez sort
jalbegar to whitewash, to make up
jamás ever again, never
jaspeado streaked
jornada day's journey, march
joya jewel
jubileo indulgence
júbilo rejoicing
jubón doublet
juez judge
jugar to gamble
juguetón playful
juicio sanity
junta assembly
juntarse to join
junto a next to
juntos together
jurar to swear, to promise
justicia justice, authority, police
justo fair, honest
juzgar to judge

L

labios lips
labor needlework
labrado wrought
labrador peasant
labrar to do needlework
lacayo footman
ladrar to bark
ladrillo brick
ladrón thief
lago lake
lágrima tear
lanza spear
largo lasting
lascivo lustful
lástima pity
lastimado distressed
lastimar to injure, to hurt, to harm
lata tin
lauro laurels
lavandera laundress

lazo trap, bond, ribbon
lecho bed
legua 3.5 miles
lejar, alejar to separate
lejos far
lengua tongue
leonado tawny
letra de aviso certified letter
letrado lawyer, learned
letras learning
levantado rough
levantar to increase, to raise
levantarse to get up, to mutiny
ley law
liberal generous
libertad freedom
librar to spent time, to transfer
libre free, free-wheeling, loose-living
libre albedrío self-determination
librero bookseller
licencia leave, furlough, permision
licenciado en leyes with degree in law
liebre rabbit
lienzo canvas
ligereza swiftness
ligero light
limosna alms
lisonjear to flatter
litera litter
liviana light
llaga affliction, wound
llama flame
llamar a consejo to consult
llanto tears, weeping, crying
llegar to arrive, to get near, to approach
llevar to be accompanied by, to take, to carry, to pull
llorar to cry, to weep
llover to shower, to rain
lo justo due, just
lobo wolf
lóbrega gloomy
locura madness
loza crockery
lucio shiny
lucir to show, to look

luego immediately
luego luego without delay, at once, then and there
luengo long
lugar home, place, opportunity
lumbre light
luna moon
lunar mole

M

madeja mass
madera wood
madrugar to get up early
maitines morning prayers
majuelo vineyard
mal illness, evil
mal hecho evil deed
mal punto untimely
mal suceso bad turn of events
malas entrañas ill-disposed
malaventurado dejected
maldecir to curse
maldiciente slanderer, slanderous
maldito corrupt
malhechor evil-doer
malicia wickedness
malignidad malice
malparado injuried, badly hurt
malsine informer
maltratado ill-treated
maltratar to pester
mancar to beat
mandar to control, to order
manejo shrewd
manga sleeve
manojo bunch, handful
manosear to fondle
mansedumbre humility
manso gentle, mild
mar océano Atlantic ocean
maravilla wonder
mareado seasick
maretas swells
marfil ivory
marina beach
marinero sailor

marítimo sea-going
mármol marble
martirio martyrdom
martirizar to torture
mas but, however, moreover
mascar barro to be dead, to be in the grave
mayor greater, greatest
mayoral foreman
mayorazgo properties inherited as first-born
mayordomo administrator, steward
media parienta second cousin
medianía modest
medio means, middle, half, half-way point
mejilla cheek
mejor better
melifluo sweet
melindres prudish ways
membrillo quince
menear shake, sway
menester to be necessary
menguar to decrease
menoscabar to spoil
menospreciarse to lose its effect
menosprecio scorn
mentecato fool
mentir to lie
menudamente in detail
menudear to fall thick and fast
menudo tiny
mercader merchant
mercancía commerce, merchandize
mercedes favors, mercies
merecer to be worth, to deserve
mesa gallega jackpot
mesón inn, tavern
mesura dignity
mesurado gravely
meter to put
mezclar to mix
miedo fright, fear
milagro miracle
millar thousand
ministros officers

mira watch, look out
miramientos manners
mirar to consider
misa mass
miseria privation, stinginess
misericordia compassion, mercy
mocedad youth
mocetona big, well-built girl
mocoso running nose
moderno young, junior
modo way
mojado wet
moler to beat
mondar to clear one's throat
monja nun
moradas sempiternas heavenly places
morar to dwell
morir to die, to murder, to kill
morisca Moorish woman
moro Turk, Moor
morrión helmet
mortaja shroud
mosca fly
mostrar to show
mostrenco unclaimed property
motejar to accuse
motejo nickname
mozo young boy, servant, unmarried
mozo de mula muleteer
mozo del mesón stableboy
muchedumbre many, crowd
mudar to move on, to change
mudo speechless
mueca sneer
muerte death
muerto killed, dead
muestra proof, sign, demonstration, sign
mugriento greasy
mujer wife
muladar manure pile, dung-heap
muletas crutches
muralla city wall
muro wall
músicas songs, nonsense
músico singer, musician

N

naciones nationalities
naipe card game, playing card
nao ship
natural character
naturaleza nature
navegar to sail
navío ship
neblíes hawks
necedad foolishness
necesidad need
necio foolish, stupid
negar to deny
negocio business
ni por pienso never
nieve snow
niñerías trivialities, childish things
no más only
no visto unheard of
notable remarkable
notar to reflect on, to take note of
noticia attention, knowledge
nudo knot
nueva(s) news
nutria beaver

O

obispo bishop
obligado under oath
obra deed
ocasión opportunity, situation
oculto hidden
odrina wineskin
oficio profession, trade
ofrecimientos good wishes
oídos ears
oir to hear
oíslo darling
ojeras rings under one's eyes
ojeriza exasperation, ill will
oler stink
olvidar to forget
ondas zigzags
onza ounce
opinión reputation
oponer to stand in the way of

oponerse to rival
ora whether
oración prayer
oratorio private chapel
oreja ear
osamenta del espinazo backbone
osar to dare
oso bear
otorgar to grant
otro día the following day, the next day
oveja sheep
overo yellowish
oyente listener

P

pacer to graze
paga payment
paga real cash
paja straw
pajar straw pile
pájaro bird
pájaros de volatería wild fowl
paje page
palma triumph
palos blows with a stick
pandero tamborine
paño cloth, wool
pañuelo, pañizuelo handkerchief
papagayo parrot
parabienes best wishes
paradero end, stop
paraje place
parar to stop
pardo dark grey
parecer opinion, to seem, to look, to look like
pared wall
pariente cousin, relative
parir to give birth to
parroquia parish
parte place, part, party, qualities
partera midwife
particular private
partida amount
partido game, preferable
partir to depart

parto delivery
parvas sheaves
pasados forefathers
pasajero passenger
pasar to spend
pasar adelante to persist
pasar de to be worth more than
pascua paschal lamb
pasearse to stroll
pasmado astonished
pasmar to dumbfound, to stun
paso pace, step, gait, slowly, softly
pastelero pastery maker
pastora shepherdess
patria homeland
patrón ship captain
paz peace
pecado sin
pecador sinner, unfit
pecho bosom, chest, heart
pedazos pieces
pedir to ask, to beg, to require, to allow
pegar to hit
pelear to fight
peligro danger
pellizco pinch
pena grief, sorrow
peña rock
penar to torment
pendencia quarrel
pender to hang
pendient hanging
penitenciario, penitenciero cardinal, priest
pensar to expect
pensativo deep in thought
pensión rest
percatar to take heed, realize
perder to lose
perder el juicio to go crazy
pérdida loss
perdido crazy for
perdidoso loser
perdigones pellets
perdonar to spare
peregrinación journey, travels,

pilgrimage
peregrino pilgrim
pereza laziness
pergamino parchment
perjuicio detriment
permanecer to last
perseguir to persecute
persignarse to make the sign of the cross
pesado heavy
pesadumbre grief
pesar grief, regret, to grieve
pescado fish
pesquería fishing ground
pestañas eyelashes
pez pitch
piadoso kind
picar to sting
picarse to take offense
pie de la letra literally
piedad compassion
piedra stone
pienso fodder
pífaro fife
pimienta pepper
pinta looks
pintada pretty
pintura painting
pisar to step on, to trampled on
pistoletes pistol shots
planta sole of one's foot
plata bruñida polished silver
plata labrada silverware
plática conversaton, chat, discourse
playa costal town
plegarias entreaties
pleito lawsuit
pleito de acreedores bankruptcy
plugo to be pleased
pluguiese a Dios would to God
pluma feather, pen
poblado town
pobreza poverty
poderoso mighty, sturdy
poltrona sluggish
poltronería loafing

polvo powder
ponderar to appreciate
pone en estrecho to trap between
poner en obra to make work of
poner en olvido to forget
poner en opinión to question
ponerse de hinojos to kneel
por through, because of, for
por amor de for the sake of
por añadidura in addition
por fuerza by force, by necessity,
   against one's will
por momentos at every turn
por orden via
por precio money's worth
por puntos all the time, every second
por sí on its/one's own
por ventura by chance
porfía persistence
porfiar to argue, to insist
portería entrance hall
posada inn, lodging
posadera butt, rear end
posar to rest
posponer to subordinate
posta relay horses
postizo false, fake
prado meadow
preciso indispensible
predicador preacher
pregón town crier
pregonar to proclaim, to announce
premiar to reward
premio prize
preñada pregnant
prenda guarantee, jewel, treasure, token
prender to seize, to arrest
presa prize
presagio omen
presencia look, looks
preso prisoner
prestado borrowed
prestar atención to pay attention
presteza speed
presto quickly, soon, swift
presuroso quick

pretendiente suitor
pretensión pursuit
pretina belt
prevaricador crook
prevenciones exhortations
prevenido prepared
prima prime
primo cousin
principio basis, beginning
priora prioress
prisiones detentions
privado favorite
privilegio rights
probar to try
proceder to cause, to bring about
procurador attorney
procurar to try, to take care
pródigo lavish
prometerse to anticipate, to expect
prometer to promise
prontitud speed
pronto ready
propina bonus
propincua so near
propio appropriate, one's own
proseguir to continue on with
próspero prosperous
provecho profit, benefit
provisor vicor-general
prueba sign, proof, test
puente bridge
puesto place
puesto (por supuesto) of course,
   despite the fact
pugnar to struggle
pulgas lice
pullas pranks
puñal dagger
puño fist
punta end, touch, slightest bit
punto moment
puntualmente precisely
purga purgative

Q

quebradizo brittle
quebrantar, quebrar to break
quedar to be left, to stay, to agree, to remain
quedar en opinión to call into question
quejarse to complain, to scream, to groan, to bemoan
querella charges, case
querer to love
quienquiera whoever
quietar to quiet
quitar to deprive of, to destroy, to take away, to take out of, to free
quitar delante to disappear

R

rancho grub
randera lace maker
raro rare, extraordinary
rascarse to rummage through
rasgar to tear up
ratón mouse
rayos rays
razón reasonable
razonamiento explanation
razones arguments, reasons, words
real royal
rebosando overflowing
rebozado muffled up
recado errand, message, task, provision
recato caution, decorum, modesty
recaudo certificate, document
recetar to perscribe
recibir to take in
recio strong
récipe prescription
reclamo call
reclinar to lean
recoger to retire
recogido controlled, secluded
recogimiento modesty, withdrawal
reconocer to spy out, to acknowlege
recrear to give pleasure
recrearse to enjoy oneself
rectar to reproach

recto just
red net
redentor ransomer
redoma glass flask
reducirse to limit oneself, to return, to reconcile, to summarize
refregar to rub
regalar to entertain, to lavish with attention
regalo care, attention
regalos gifts
registro logbook
regocijo rejoicing
rehusar to decline, to refuse
reir to laugh
reja iron grating, window grate
relatar to recite, to tell
relevado outstanding
religiones religious orders
religiosa nun
religioso clergy, priest, monk
remanecer to reappear
remate conclusion
remedar to mimic
remediar to help, to rectify, to set right
remo oar
remolcar to tow
remozar to rejuvenate
rendido disabled, overcome
rendir to capture
renegar to blaspheme, to curse
reñir to quarrel, to scold
renombre fame, nickname
rentoy a card game
reparar to take into account
repartir to divide up
replicar to reply
república society, country
requerir to call for, to require
requiebro flirty remark, flattery
requisitos necessary essentials, conveniences, requirements
res livestock
rescatado ransomed
rescatar to collect
reseña description

resplandeciente shining
resplandor light
resquicio crack
restar to remain
resto kitty, wager
resuelto resolved
retahíla list
retirada standoffish
retirarse to withdraw
retraimiento seclusion
retratar to paint
retrato portrait, representation
reverencia bow
revuelto confused
rezar to recite, to say prayers, to say, to state
ribera bank
riendas reins
rigor harshness
riguroso harsh
rincón corner
riqueza wealth
risa laughter
rizos curls
robar to kidnap, to rob
robo kidnapping
rodear to stand round, to surround, to encircle, to turn round, to move, to encircle
rodeos roundabout ways
roer eat away
rogar to beg
rogativas pleas
rolliza plump
romance Spanish, ballad
romería pilgrimage
romper to break
ronco mournful
ropa overgarment
ropero shopkeeper, clothes dealer
roto broken, torn, patched up
rubio fair
rucio gray mule
rueda circle, wheel
ruego entreaty
rufianes rogues

ruido noise
ruin despicable
ruina destruction
rumbo crafty
rumor clamor

S

sábana sheet
saber to learn, to know
sabiduría knowledge
sabio wise
sacar to get/take out, to shaking off, to take from
sacristán priest
sacudir to shake off
saeta dart, arrow
sagaz shrewd
sala room
salir to come out, to depart, to leave
salir a la voz to make known
salir con to succeed
saltar to beat hard
saltear to assault, to rob, to assail
salud health
salva solomn introduction
saña anger
sanar to heal
sanear to repair
sangre blood
sano cured, healthy, sound
santiguar to cross oneself
sarta string
sastre tailor
saya gown, full-length skirt
sazón time
sazón del tiempo season
secarse to wither away
seguidillas rhyming verses
seguir to follow
segundar to repeat
seguridad security
seguro safe, sure
sembrado strewn
semejante similar
semejanza likeness
seña, señal sign

señalar to point to
señas name and address
seno breast, inner pocket
señor master
señoría republic
sentarse to sit
sentido upset
sentidos senses
sentir to feel, to regret, to perceive, to
   hear
sepa Ud. you should know
sepultado buried
sepultura burial, grave
servidor faithful friend, servant
servir to court
sesgo quietly
si acaso if
si no except
sien brow
siesta early afternoon
significar to indicate
siguiente following
silla de manos sedan chair
silla rasa stool
sin entrar en cuentas to set aside
sin par matchless
sin sentido fainted
sin ventura unfortunate
siniestro sinister
sino but rather, except
sitiales seats of honor
sitio location
so pena under penalty
soberbio proud
sobornar to bribe
sobrar to exceed
sobras surplus
sobrellevar to beat
sobremesa tablecloth
sobremodo extremely
sobresaltarse to scare, to panic
sobresalto fright
sobrina niece
sobrino nephew
socarrón sarcastic
socorro relief

soldadesca military
soledad lonely place, loneliness
solemnizar to celebrate
soler often, commonly, to be in the
   habit of, used to
solicitador lawyer
solicitud diligence
sollozos sobs
solo deserted
sombra ghost, shadow
son sound
sonar rumors have it, to sound
sordo deaf
sosegado quiet
sosegar to rest, to calm down
sosiego peace of mind, calm
sospechar to suspect
soterrar to bury
suavidad smoothness
súbito sudden
suceder to befall, to happen, to occur
suceso affair, fortune, plight, incident,
   outcome, event
sucio dirty
sudar to perspire
suegro father-in-law
suelas soles
suelo earth, ground
suelto on one's own
suerte way, sorts, stroke of good luck,
   fate
sufrir to tolerate
sujeto individual, social status
sumar to summarize, to sum up
superchería trick
suplicar to beg
suplir to make up for
suspensión amazement
suspenso confused, baffled
suspirar to yearn, to sigh
sustentar to defend, to feed, to support,
   to maintain, to uphold
sustento livelihood
sutil thin

T

tablado stage

tablas wooden panels

tacha defect

tachar to accuse

tahúr gambler

tal such, such and such, certain

tal vez occasionally

talle size

tañer to play

tantear to calculate

tapado covered, blindfolded

tardanza delay

tardar to take long, to take (time)

tardo slow

tartamudar to stammer

teja roof tile

tejado roof

temer to fear

temeroso afraid, fearful

temor fear

tempestad storm

templar to reduce

templo church

temprano early yeild

tenacidad stubbornness

tender to lie flat

tendero shopkeeper

tendido flat

tener asido to held tight

tener cuenta to take care, to take into account

tener en aprecio to appreciate

tener pena to worry

tener por bien to see fit

tener razón to be right,

tenerse to consider oneself

teñír to dye

tentar to feel one's way along, to touch

terceras procuresses, go-betweens

terciado sideways, on a slant

tercio troops

terciopelo velvet

tercios sides

termas hot baths

término time, limit, verge, term

testigo witness

testimonio legal document, testimonial

tez complexion

tibio lukewarm

tiempo de mutación rainy season

tiempos seasons

tiento care

tierno fragil, tender

tierra homeland, land

tierra a tierra within sight of land

tieso stiff

tiestos clay pots

tinaja earthen jar

tinieblas darkness

tinta dye

tirar to throw away, to throw at, to shoot at

tiros scabbard ribbons

titerero puppeteer

titubear to waver

toca, tocado coif, headdress

tocar to be obliged, to play, to touch, to verge on, to be a share/turn, to concern

todavía yet

tomar to put up with, to reach

tomar el hábito to take the veil

tomar la mano to take the iniciative

tomo weight

topar to bump into, to ran into, to come across

torcer to pervert, to stray, to twist, to turn, to wring

torcido devious

tormenta storm

tornar a poner to put back

torniscón slap

torno capstan

torre tower

tosco rough

tósigo poison

trabajos fatigues, hardships, efforts

trabar to strike up

traer to carry, to bring, to dress, to wear

tráfago hustle and bustle

trance difficult moment

trapo rag
trasero last one, butt
trasero hind
trasladar to copy over
trasnochadar to stay up all night
trastejar to change
trasudar to perspire
tratamiento treatment
tratar to deal with, to treat, to refer to, to talk about
trato manners, conduct, ways, practice
travesura mischief
travieso naughty
traza design
trazar to devise, to plot
trenzado braided
tripas guts
trocada fictitious
trocar to exchange, to barter
tronar to thunder
tronco tree trunk
tropel all together
tropelía magic
tropezar to stumble, to trip
trova romance
trozo link
truhanes jesters
tuertos injustices
tullido cripple, maimed
tumba grave
turba crowd, rabble
turbado confused, alarmed, distressed
turbamulta gang
turbar to dazzle, to upset, to alarm, to disturb
turquesco Turkish

U

último latter, last
un no sé qué something of
ungüento ointment
única unique, the best
untar to grease
usarse to be the custom
usurpar to take over

V

vagamunda idle
vaguidos de cabeza feeling faint
vainillas needlework
valeroso valient
valerse to avail oneself
válgame Dios bless me
valiente brave
valija bag
vara stick, walking stick, staff
varia varied
vecino close, neighbor
vejez old age
vela candle, sail
vencer to conquer, to defeat, to overcome, to win, to be victorious
vencimiento defeat, victory
venda blindfold
vendar to cover
vendedor seller
veneno poison
venganza revenge
venida arrival, coming
venidero following, up coming
venta inn
venta común public house, brothal
ventura good luck, happiness, bliss, fortune
venturoso lucky, fortunate
verano summer
verdadero truthful
verdugo executioner
vergüenza bashful
verter to shed
vestido clothes, dressed
vestir de camino to be in a riding suit
viaje journey
víbora viper
vicario del arzobispo deputy
vida de la religión monastic life
vidrio glass
vidrios glass jugs
viento wind
vientre hold
vihuela guitar
virtuoso upright

vislumbres glimmers
vista looks, sight, view, sight, meeting
vistas de recreación scenic areas
vistir to dress
vituperar to condemn
viuda widow
viveza liveliness
vivienda life style
vivo vivid
voces shouts, shrieks
volar to fly
volear to throw into the air
voluntad desire, will, wishes, feelings
volver to return
volver en sí to come to, to revive
volverse to turn into

voto vow
voz voice, shout, word
vuelta return, towards
vuesa merced sir
vulgo mob, throng

Y
yerbas herbs
yerro error
yeso plaster
yugo yoke

Z
zahareña unsociable
zancadilla trick
zapatero shoemaker

CPSIA information can be obtained
at www.ICGtesting.com
Printed in the USA
FSHW021249250820
73286FS